閻王叫我和他談戀愛

咩嚕羊
著

Content

目次

Content

目次

第一章　我現在是死了嗎？

市立殯儀館，某靈堂內。

「對不起。」

楊辰逸將手上的香插進香爐，他抬頭看了眼前那張面無表情的男人遺照，楊辰逸本想對陳謙再說些什麼，但左思右想，楊辰逸最後還是又從嘴裡擠了句對不起。

這句道歉，楊辰逸已經向陳謙說了好幾遍，他看著陳謙的遺照，內心實在五味雜陳，若在一週前問楊辰逸，這世上最希望誰消失，楊辰逸肯定想也不用想，這個人絕對是陳謙。豈料，楊辰逸一生視為眼中釘的男人，居然在一個禮拜前就這麼一命嗚呼！

陳謙的驟逝，代表著楊辰逸和陳謙的孽緣終於劃下句點，這本該是開心的一件事，但楊辰逸卻怎麼樣都開心不起來，只因，陳謙是因他而死。

楊辰逸，一個相貌平平，單身二十八年，存款永遠不超過五位數的悲慘男人，而陳謙卻截然不同，一米九的身高、劍眉星目的相貌，要不是他還沒被街上的星探給相中，否則他大概已在演藝圈發光發熱，論課業、工作資歷，他永遠都輾壓楊辰逸一大截。

這兩人之間，看似沒有任何關聯，但卻有著複雜且難以言喻的關係，他們的孽緣從小就開始，現在的陳謙，更是楊辰逸的頂頭上司，他們既是鄰居也是竹馬，曾經的二人，要好到把對方家裡當自家廚房在跑。不過在十四歲那年，兩人因一場口角，澈底斷開這段竹馬情，一直到現在，陳謙成了楊辰逸這輩子最深惡痛絕的人。

求學時，身邊的人總拿他和陳謙做比較，楊辰逸各項總被陳謙無情輾壓，對於陳謙，他真是避之唯恐不及，若真要說他有哪一點贏過陳謙，那大概就是——楊辰逸比陳謙還早一步脫離母胎單身。

回想一週前，楊辰逸下班後，私下約了公司的女同事一起到附近的咖啡廳喝咖啡，楊辰逸對這位新進的女同事頗有好感，二人相處上也有曖昧的意味。當天楊辰逸鼓起勇氣，向她提出了交往的請求，而女方也很快就點頭答應交往。

單身這麼多年，楊辰逸終於在二十八歲這一年，劃下母胎單身的句點，只是誰能想到，楊辰逸前一刻才剛交到女友，興高采烈地牽著女友走出咖啡廳，下一秒就這麼好死不死地被該死的陳謙給撞見！

陳謙是楊辰逸和這位女同事的上司，加上辦公室戀情這件事本身就要低調，想當然，女方第一時間就將楊辰逸的手甩開，她隨口說了自己還有事，撇下楊辰逸和陳謙就先行離開。

女方離去，留下楊辰逸和陳謙在原地大眼瞪小眼。

「你在和周羽涵談戀愛？」

「關你屁事？」楊辰逸嘴角抽動，似笑非笑回問。

「別和她交往。」

「請問我們是什麼關係？你別因為自己交不到女朋友，就眼紅干涉別人的私生活。」楊辰逸譏諷回道。

楊辰逸的反唇相譏，似是惹怒了陳謙，他鄙夷嗤笑道：「你是單身太久，想女人想瘋了？就非得和她談辦公室戀情？」

經過兒時那場口角之後，楊辰逸怎麼看陳謙就是不對盤，更何況陳謙自從成了他的上司，工作上各種對他挑毛病。現在楊辰逸一看陳謙就倒胃口，更別說陳謙竟因自己眼紅，而把話說得如此不堪，楊辰逸哪裡忍得下這口氣？他氣得衝上前推了陳謙一把，破口大罵：「幹，你這見不得別人好的死單身狗！」

這一推，陳謙戲劇性的往後摔了一跤，他不只往後跌，後腦杓還撞上路邊變電箱的尖角，撞擊當下他的後腦勺出現一個十元硬幣大小的外傷。送去醫院之後，除了傷口出了點血並沒有其他異狀，只是誰能想到，當天陳謙回家睡一覺，竟然就這麼腦出血直接死在床上，還是兩天後，他一直沒來上班，楊辰逸直覺有異，跑去他家才發現他死在家裡。

人死不能復生，再多悔恨亦是枉然，楊辰逸收回心思，離開靈堂前，他又再次向陳謙道了一次歉。楊辰逸走出殯儀館，驅車返家，今日他才剛踏進家門，就見到自家老媽邊講電話邊往他這邊走來。

楊母將電話稍稍拿開，她招手喊了楊辰逸：「阿逸，葬儀社在問你塔位要買貴的還是便宜的？」

「隨便，妳決定就好，看多少錢再跟我說。」

楊母見楊辰逸回得隨便，她喔了一聲，拿著電話又走回客廳裡面，繼續與葬儀社商談陳謙的後事。今天是陳謙的頭七，雖說他討厭陳謙，但畢竟陳謙也是因他而死，加上陳謙沒有半個親戚願意接手他的後事，於是他便一把攬下處理，就當作給陳謙賠罪。

累整天的楊辰逸，他到浴室洗了個澡，簡單吃過晚飯後就早早回房休息。楊辰逸躺在床上，他滑開手機看了銀行裡那可笑的帳戶餘額苦笑，看來他大概要分期，才能付清陳謙辦後事和買塔位的費用。或許是連日的疲勞，楊辰逸才躺下沒多久，濃厚睡意很快就襲上，只是他才剛睡下不到半小時，耳邊卻一直聽見詭異的窸窣人聲。他嚇得猛然睜眼，他的房間竟不知從哪冒出兩個不速之客。

「你們是誰？」

楊辰逸警覺地立刻坐起身，眼前這兩個男人穿得西裝筆挺，身高一高一矮，高的皮膚死白，笑容滿面，矮的皮膚黝黑，擺著臭臉。

「楊先生您好，初次見面，這是我們的名片。」高個子的男人，客氣地遞上名片。

楊辰逸困惑接過名片，不看還好，一看差點驚掉下巴，這兩個怪咖居然用冥紙印名片，而且細看名片上的文字，楊辰逸更加確信他的房間現在闖入兩個神經病。

地下府城股份有限公司

引路人　謝必安，外號　七爺

公司股票代號：888168

地下府城股份有限公司
引路人　范無救，外號　八爺
公司股票代號：888168

有別於楊辰逸的瞠目結舌，高個子的男人倒是顯得泰然自若，他簡單介紹自己和身旁的矮男人。他說，他們是地府派來的使者，高的名叫謝必安，外號七爺，矮的叫范無救，外號八爺。

「楊先生，時間有限，請跟著我們走吧。」

楊辰逸還在試圖理解這個自稱七爺的神經病所說的瘋話，只是七爺卻不給他思考的時間，話才剛說完，七爺立刻伸出慘白的右手，一把抓住楊辰逸的右腕，拉著他就想往床下走，但他這一舉動，卻是讓楊辰逸死命抵抗、大聲呼救。可奇怪的是，楊辰逸都快把喉嚨喊破，家裡卻一點動靜都沒有。

楊辰逸使勁吃奶力氣，終於甩開七爺的箝制，他一個箭步跳下床，腦子想著要盡快逃離這間房間。只是他一下床，很快就察覺到不對勁，因為——這房間裡居然有兩個楊辰逸！

楊辰逸先是低頭看了自己的雙手雙腳，不知為何，身體好像有那麼一點透明，他再看向床上閉眼的自己，胸口平穩無一絲起伏。楊辰逸就這樣抬頭，低頭，抬頭，低頭，反覆看了數十遍，最後他終於意識到自己好像是死了。

「我、我現在是死了嗎……？」

臉臭的八爺，不雅地嘖了一聲，語氣不耐煩：「不然呢？」

「……」楊辰逸晴天霹靂。

萬分震驚的楊辰逸，狼狽地爬回床上，他想試著讓靈魂進入自己的肉體，只是他在床上胡搞瞎搞許久，怎樣都還是回不去自己的肉體裡。

瞎忙老半天，楊辰逸總算願意接受自己死亡這件事，只是他仍想不透，自己為何會無故猝死。他抬頭看向七爺，眼神哀怨：「所以我到底是怎麼死的？」

七爺也不知從哪變了台平板電腦，只見他在平板上點了幾下之後，開口說：「楊先生，生死簿上面記載，您是被口水噎死，享年二十八歲。」

「……」被口水噎死？這到底是什麼狗屁死法？

「楊先生，時間不早了，還請您盡快跟我們走吧。」七爺再次開口催促。

「那個……不走行嗎……？」

「不行。」八爺一口回絕。

「可是……」被口水噎死根本不符合常理阿！

楊辰逸本想替自己的死亡提出異議，但他卻見到七爺和八爺手上各變出一隻狼牙棒，他們舉著狼牙棒，以三七步站姿站到楊辰逸面前。這兩個鬼差，現在看上去就像是要去路邊砸車的棒球隊。

「再問你一次，你到底要不要跟我們走？」八爺將狼牙棒抵在楊辰逸眼前，厲聲問。

楊辰逸看著近在咫尺的狼牙棒，旁邊的七爺也蠢蠢欲動不時揮動手上的兇器，他只覺得自己下一秒真的會被他們當球打。楊辰逸伸手將眼前的狼牙棒推開，臉上擠出假到不能再假的諂笑：

「兩位大哥，你我都是文明人，有話可以好好說，我們先把球棒收起來，你看怎樣？」

「楊先生，你如果現在肯跟我們走，我們就是文明人，如果不跟我們走，我們就是野蠻人，所以你要跟我們走了嗎？」七爺笑容可掬，口氣和善。

「……」

楊辰逸雖對猝死心有不甘，但面對兩名手持兇器的打擊手，他也沒蠢到想跟他們硬拚，他暗忖，現在也只能暫時配合他們，等到了地府再藉機伸冤。

第二章　閻王叫我和他談戀愛

楊辰逸一點頭答應，兩名鬼差旋即一人一手抓住楊辰逸的左右手，轉瞬之間，楊辰逸已經和鬼差來到地府。

一進入地府，楊辰逸本以為這裡也和這兩個穿西裝的鬼差一樣跟上時代，應該會是什麼高級商業大廈，但打從楊辰逸踏進地府，沿路走來，地府就和古裝劇裡的宮廷沒什麼兩樣，只是地府四周圍的色調，走到哪都是灰濛濛一片陰暗。

楊辰逸跟著鬼差走到一扇高聳的木門面前，木門最上方掛著黑漆漆的一塊大匾額，木匾用硃砂寫著三個大字，閻羅殿。

「來，這裡是閻羅殿，所有的往生者都必須經過閻王大人的審判。等您見到大人時，有什麼冤屈都可以向閻王大人伸冤，他會替您主持公道的。」

七爺簡單介紹了閻王殿，楊辰逸竊喜，他想，只要見到閻王，他就能向閻王控訴自己被口水噎死的不合理死法，說不定還能重生回人間。

八爺指著抽號機，催促道：「去抽號碼牌，等叫號。」

在這古色古香的地府裡面，閻王殿前卻出現不合時宜的現代設備，厚重且緊閉的木門上面，裝了一台號碼顯示器，木門旁擺了個小木桌，木桌上面放著一台銀行常見的抽號碼機。

楊辰逸照著八爺的指示，抽了張號碼牌，他一看上面的號碼，9487號。鬼差見他抽了號碼，又開口交代要他安分在這等叫號，否則錯過叫號就必須再抽一次號碼牌，重新排隊等叫號。

兩名鬼差離去，楊辰逸抬頭看著門前飄了密密麻麻的排隊鬼潮，門上數字顯示，5487。楊辰逸看著門上的號碼顯示器，號碼正龜速的往上增加，門內的鬼差也是久久才開門叫號一次，直到喊到他的9487號，楊辰逸只覺得自己等了半個世紀之久。

閻羅殿內的叫號鬼差，腰側別著小蜜蜂擴音機，頭上戴著麥克風，大聲呼喊：「9487，現場9487有在嗎？」

「在、在，鬼差先生，我是9487。」楊辰逸在茫茫鬼海裡，邊跳邊揮手喊著自己是9487。

「來，9487進來填資料。」

楊辰逸進入閻王殿，眼前的景象，若硬要形容的話，大概就是古裝劇裡衙門的場景，左右各站一排青面獠牙的鬼差，正中央坐了個身穿官服，頭戴烏紗帽的威嚴老者，老者的右側還站著一名身形枯瘦的文官。楊辰逸在大門旁的木桌上填完資料，鬼差很快就將楊辰逸的個人資料給送上去。

「宣，楊辰逸。」

大殿裡傳來一聲傳喚聲，楊辰逸進入大殿，他跪在閻王面前，欲開口替自己的死亡叫屈，卻被閻王身旁的師爺給抬手制止，無可奈何，楊辰逸只能安靜地跪在地上，看著大堂上的閻王，查閱自己的生平資料。

只見閻王眉頭緊蹙、面色凝重，半晌，他放下手上的資料，側眼瞥了師爺一眼，身側的師爺一接收到閻王的視線，立即朝跪地的楊辰逸大喊：「楊辰逸，你享年二十八，生平……」

師爺才剛開口說話，楊辰逸便心急火燎打斷話：「閻王大人，我很冤，我平白枉死，七爺八爺說我被口水噎死，可是這根本不合理，請您一定要替我作主，我才二十八，況且我也才剛交女朋友……」

楊辰逸猝不及防的插話，讓閻王神色驀地一沉，師爺見狀，大聲乾咳幾聲，制止楊辰逸繼續說下去：「楊辰逸，這死法沒有問題，無須再議。」

「可、可是……到底是誰會被口水噎死？這生死簿真的有問題……」

「胡說！生死簿怎麼可能有問題！」

師爺又再次否認楊辰逸的質疑，可心急的楊辰逸哪管得上這麼多，還是不停反駁替自己叫屈，他與師爺爭辯許久，怎樣就是不肯接受這麼莫名的死法。只是楊辰逸的伸冤，非但未取得閻王的同情，反而換來閻王的震怒。

啪！震耳欲聾的驚堂木拍案聲。

威——武——

「大膽刁民，大堂之上豈容你放肆！」

閻王肅然的沙啞老聲迴盪在這座閻羅殿，大堂嚴肅的氛圍，雖讓楊辰逸心生畏懼，但他仍不放棄繼續對著閻王叫屈。結果閻王卻是讓鬼差拿來一堆滿清十大酷刑的刑具放到他眼前，並表明若是楊辰逸再這麼鬧下去，便要給他上刑具懲治他的無理取鬧。

一朝橫死已經有夠倒楣，誰知道到了閻羅殿要伸冤，卻被閻王當成無理取鬧。楊辰逸實在啞巴吃黃蓮，滿腹委屈都只能往肚裡吞，他知道自己再說下去，不但無法替自己平反，還會換來酷刑伺候讓自己遭罪。這下子，他真的只能認栽莫名橫死這件事。

師爺見楊辰逸終於閉嘴，他趕緊把剛才未完的話繼續往下說：「楊辰逸，你享年二十八，生前不僅沒有行善積德，待人處事更是極盡刻薄，上述說的這些你是否承認？」

師爺的指控，楊辰逸實在聽得一臉懵。生前他確實沒多餘的閒錢行善捐款沒錯，但待人處事他自認圓融，平時鮮少與人交惡，那這刻薄的指控是從何而來？

「師爺大人……我生前確實沒有在行善，可是我待人處事卻也沒有你說的刻薄……是不是哪裡有誤會……？」

師爺不雅地啐了一聲，鄙夷道：「楊辰逸，你還敢狡辯，你生前不就惡意針對你的鄰居，甚至還將他害死嗎？」

楊辰逸暗自一驚，師爺口中又是鄰居，又是害死，他頓時明白師爺指的就是陳謙！但他和陳謙的恩怨，真的不是三言兩語就能說完，楊辰逸正準備開口解釋，殊不知師爺完全不給楊辰逸話語權，他一個撇頭，朝著殿門的鬼差大喊一聲。

「帶，陳情人陳謙上來。」

楊辰逸一聽陳謙這名字，心頭一震，他緊張回頭看向後方，閻王殿的大門緩緩開啟，殿外飄進他這一生都不想再見到的冤家，陳謙。

只見陳謙頂著一張討人厭的帥臉，不疾不徐地飄到楊辰逸身旁。楊辰逸側頭偷瞄陳謙，他發現陳謙恰巧也斜眼瞥了他一眼，二人視線對上，不知怎的，楊辰逸突然有種不好的預感。

「陳謙，生前楊辰逸是否時常惡言相向，處處針對？」閻王問道。
「是的……」
「我再問你，你意外身亡那天，楊辰逸是否又對你口出惡言，接著出手傷害你？」
「沒錯……閻王大人……請您千萬要替我作主……我真的死得好冤……」
陳謙垂著頭，一邊控訴，一邊惺惺作態地抽著鼻子，右手還裝模作樣地在那裡擦拭根本沒滴下半滴眼淚的眼角，而且楊辰逸還見到陳謙一句話說得楚楚可憐，雙唇卻是不懷好意的微微揚起。楊辰逸頓時明白，陳謙準備要挖洞給他跳！
為了不讓陳謙的奸計得逞，楊辰逸當然要馬上為自己平反，他焦急喊道：「閻王大人，千萬別聽他胡說……那天其實都是他先起頭的……如果要追究的話，他也要負一半責任……」
楊辰逸話都還沒說完，卻又惹得閻王大發雷霆抓起驚堂木重拍桌面：「住口！我現在讓你說話了嗎？」
這一拍，嚇得楊辰逸立刻噤聲。
「陳謙，你繼續說。」
「閻王大人，我十二歲成了孤兒，自小就過得辛苦，可是楊辰逸卻處處針對我，認識我的人都知道，我是個連螞蟻都不忍心踩死，見到老太太還會扶她過馬路的好人，我努力活到二十八歲，都還沒和喜歡的人告白，就這麼平白枉死……請您一定要替我做主……」
陳謙還在不停訴說自身的悲慘遭遇，那內容簡直比狗血連續劇還慘絕人寰，但閻王和師爺卻是聽得為之動容，居然還在眾目睽睽之下落下男兒淚。

「本王都明白了，陳謙你別擔心，本王會替你做主的。」閻王抽抽噎噎說道。

「感謝閻王大人……」陳謙又再次擦拭根本沒掉淚的眼角。

楊辰逸目瞪口呆地看著陳謙那爛到不能再爛的表演，他邊哭邊說著自己有多可憐，一旁的楊辰逸簡直都要被他噁心到吐了，但最讓他嘔血的是，陳謙那拙劣的演技，竟然能賺得閻王和師爺的熱淚！

閻王接過師爺遞上的面紙，他擤完鼻涕、擦乾眼淚，很快又恢復成冷靜的威嚴老者，他神態凜然，沉聲道：「楊辰逸，方才陳謙的指控，你是否認罪？」

一拿到話語權的楊辰逸，擠眉弄眼硬是擠出兩行清淚，試圖博取閻王的同情，他聲淚俱下說：「大人您有所不知……陳謙這人最愛顛倒是非，我從小被他霸凌到大，為了躲避他的欺負，我只能選擇轉學……我就是這麼活在他陰影下長大……還有我單身二十八年好不容易交到女朋友，陳謙度量小見不得人好……硬是跑來要我和對方分手，我不答應，他便對我口出惡言……大人您說，陳謙的話能信嗎？我才是那個真正的受害者……」

楊辰逸在閻王面前不停哭訴陳謙的惡行，他本以為自己精湛的演技能感動到閻王半分，孰料，閻王卻是一滴眼淚都沒落下，甚至還反常地眉頭緊皺，面沉如水，似是在思考什麼。好半晌，閻王終於開口說話。

「行了，本王都明白了，還有，讓你說話就好好說，少在那裡假哭博取同情。」

「……」陳謙頂著帥臉假哭，你都能看成真哭，我這醜男哭成這樣，你卻說我假哭，媽的，閻王是不是有長相歧視阿？

楊辰逸和陳謙陳述完各自的冤屈，閻王又重新審視兩人生平資料，沉吟片刻，他開始提筆寫下楊辰逸的判決。師爺將閻王的判決接過手，高聲朗誦：「楊辰逸，雖陳謙有錯在先，但他仍因你而死，此事並無爭議，以你這一生功過來論，你需墮入畜生道，投胎轉世成一頭豬……」

一聽自己要投胎變成豬，楊辰逸五雷轟頂，倒抽好大一口氣。

「但，閻王願再給你一次贖罪的機會，只要你能在三個月內取得陳謙的原諒，閻王將改判你來世再入人道；若不能，楊辰逸你將依照原先的判決，墮入畜生道輪迴。楊辰逸，你是否願意贖罪？」

為了不投胎成豬，楊辰逸也只能硬著頭皮答應閻王的要求。只是楊辰逸才剛回答願意，陳謙嘴角立即揚起壞笑，這一笑，楊辰逸頭皮又是一陣發麻。

「閻王大人，既然楊辰逸有心贖罪，我可否在此提出一個請求，若是他能完成我未了的心願，我和他的恩怨便一筆勾銷。」

「可以，你說。」

「我人生最大的遺憾，就是到死之前都沒好好談上一場戀愛，若是楊辰逸能讓我談場戀愛，也讓我感受一下愛情的美妙，那麼我就原諒他的過錯。」

陳謙話音剛落，楊辰逸不假思索立刻對著閻王叫屈：「大人，我是有心要贖罪沒錯，可是我們現在都死了，他喜歡的人肯定還活著，我是要怎麼讓一個活人和死人談戀愛？陳謙不是擺明在刁難我嗎？大人請您一定要……」

閻王見楊辰逸說著說著又情緒激動起來，他抬起手，制止楊辰逸再往下說：「陳謙提的要求並非是件難事，只要我讓你們短暫還陽重返人間就行，但現在的問題是……」

楊辰逸一聽，閻王居然還能短暫還陽!?這也就是說，只要在有限的時間內幫助陳謙談戀愛，他也能跟著重返人間，和周羽涵來一場煙花般短暫且絢麗的愛情。

起初楊辰逸對於陳謙贖罪的條件還百般抵抗，但現在這麼一想，這樣的贖罪似乎還不壞，他馬上變臉一改先前的態度，口氣溫和詢問道：「敢問閻王，此事還有什麼難處嗎？既然陳謙這麼想談戀愛，那就由我來替他完成願望，不管什麼問題或困難，我都能盡力配合。」

閻王見楊辰逸態度軟化，看上去似是十分真誠地想要彌補自己犯下的過錯，閻王原先凜然的神情也稍稍和緩，他說：「楊辰逸，聽到你這麼說，本王甚是欣慰。陳謙說他的遺願就是談場戀愛，那麼本王這邊有個不錯的提議，你們聽完若是沒問題，此事就這麼定下。」

「好的，閻王大人您請說，小的必定全力配合。」楊辰逸禮貌一笑，微微頷首。

閻王聞言，點了點頭，開始緩緩解釋。他說，死人確實是無法和活人談戀愛，即便他將陳、楊短暫送回人間，但仍是改變不了兩人是死人的事實。倘若陳謙真的回到陽間和活人談戀愛，一旦活人愛上陳謙，時間一到陳謙一樣又會死亡，對那個活人來說，這就是一段極其不負責任的孽緣。更何況地府嚴格規定，死人不能影響活人的運勢和氣數，他身為地府之首，更是需要嚴格遵守這項規定。

聽完閻王的解釋，楊辰逸頓時心頭一緊，他緊張地出言追問：「那、那這樣的話該怎麼辦……？」

「別急，這就是我接下來要說的。地府明文規定，死人跟活人不能談戀愛，不過卻沒說死人不能跟死人談戀愛。」

正當楊辰逸的大腦還在思考閻王那句，死人可以和死人談戀愛，豈料，閻王立即又丟了顆震撼彈，他說：「所以，我決定讓你跟陳謙兩個人談戀愛。」

第三章　這一切都不是夢

楊辰逸一聽閻王要他和陳謙談戀愛，他嚇得倒抽一口氣，一臉驚恐：「什、什麼!?」

閻王見楊辰逸這麼誇張的反應，不禁眉頭一皺，聲音也冷了幾分：「方才你不是說可以全力配合的嗎？怎麼現在是這副表情？」

不是啊，我是要全力配合，可是不是要全力配合搞基啊！楊辰逸真不知道為什麼事情會變成這樣，就在他準備開口拒絕閻王之際，誰知閻王卻是面色一沉，冷聲道：「楊辰逸，公堂之上公然說謊可是罪加一等，到時就不是輪迴一世當豬這麼簡單就能了事的了。」

「……」此話一出，楊辰逸又再度啞巴吃黃蓮，一回想起幾分鐘前自己還信誓旦旦地說出「全力配合」這四字，他就崩潰到想一頭撞死在公堂之上。

眼看楊辰逸不再發話，閻王轉頭看向陳謙：「陳謙，本王剛才都說得很明白了，那麼，本王的提議，你意下如何？」

楊辰逸僵硬地轉頭看向陳謙，此時此刻，他只希望陳謙能出言替他拒絕這個荒唐的搞基戀愛。只可惜，天不從人願，他竟是見到陳謙那張該死的俊顏，臉上的笑意越笑越燦爛，他笑回：「可以，一切全聽大人的安排。」

陳謙一答應，楊辰逸眼前差點一黑，這次他再也忍不下去了，硬是出言打斷閻王和陳謙的談話：「大、大人……還請您三思，我和他都是男人……是要怎麼談戀愛……？」

「男人跟男人怎麼就不能談戀愛了？更重要的是，陳謙也不介意不是嗎？」閻王挑眉反問。

「是的，大人，我一點都不介意。」陳謙莞爾笑道。

啊啊啊啊啊，他媽的陳謙你快給我閉嘴！你不介意，可是我很介意啊！

「既然你們都不反對本王的意見，那麼這件事就這麼決定。」

陳謙和閻王笑著達成協議，楊辰逸一顆心涼到簡直不能再涼。只是現在的楊辰逸早已沒有退路，要嘛投胎當豬，要嘛和陳謙搞基，權衡之下，楊辰逸最後還是含淚選擇搞基。

為了讓兩人認真談戀愛，閻王還特意讓師爺寫了張協議書，要求楊辰逸和陳謙各自在上頭畫押。協議書上面寫著，若有任何一方矢口否認兩人之間的戀愛，那麼說出口的那一方，就必須無條件墮入畜牲道。

二人先後在紙上畫押，師爺將收走協議書之後，只見師爺又拿了另一樣東西交給陳謙，楊辰逸側頭一看，那東西，看上去形似筆記本，只是筆記本上卻寫了奇怪的五個大字：「戀愛小本本」。

「陳謙，在這簽上你的名字。」師爺遞上毛筆，左手指了筆記本封面空白處。

眼見陳謙正往戀愛小本本封面簽下自己的名字，楊辰逸感覺這筆記本肯定另有玄機，他趕忙開口問：「師爺大人，請問……這本子是要做什麼用的……？」

師爺聽聞楊辰逸的疑惑，他乾咳幾聲清清嗓子，緩緩道：「別急，我正要解釋，這冊子呢，是要給陳謙打分數用的……」

「打分數？」楊辰逸一臉茫然。

「沒錯，談戀愛也要有憑有據，所以閻王大人特地讓我拿來這本冊子。這三個月內，陳謙除了每天都要記下你們戀愛中的互動，每一週他更需要替你打上戀愛分數，連續打十二週，平均分數達八十分你才算合格。」

楊辰逸一聽，臉又綠了一半，寫寫戀愛日記也就算了，只是誰知道，談戀愛竟然還要打分數？而且分數居然要高達八十分才算及格，這未免也太強人所難了！況且陳謙有了戀愛小本本，就等於掌握楊辰逸的投胎關鍵。楊辰逸太過了解陳謙，他為人陰險又狡詐，陳謙必定會拿著這本冊子，將楊辰逸往死裡整。

「大人，簽好了，這本戀愛小本本除了打分數、寫日記，還有什麼要注意的嗎？」陳謙問。

「有的，這本冊子打上分數之後，便無法再做修改，還請多加留意。」

陳謙點頭表示明白，楊辰逸的審判也暫時告一段落，閻王一聲令下吆喝殿外的鬼差進入大殿，要鬼差將二人領出殿外。

「楊辰逸、陳謙，你們將暫回人間，三個月期限一到，鬼差便會前去領你們二人再到此地進行審判。」閻王道。

二人離開閻羅大殿，他們隨著鬼差走入另一間大殿內。殿門一推開，映入眼簾的是一座紅色大橋，大橋上面掛著寫上奈何橋的木牌，而奈何橋前有好長一排排隊鬼潮，他們都在排隊等領過橋前的孟婆湯。

「我去和孟婆申請免排隊的快速通關，你們給我在這等著，千萬別亂跑。」

鬼差暫離，留下二人在原地，楊辰逸看著身旁的陳謙，心裡又是一陣惡寒，他清楚陳謙心裡在打什麼如意算盤。陳謙自己分明也是個直男，但他卻一口允下談戀愛，這分明就是在報復楊辰逸害他枉死這件事。楊辰逸知道，三個月後他一定會跟閻王報告他感受不到戀愛的感覺。

所幸天無絕人之路，既然方才簽下的協議書上有特殊條款，這根本就是老天賜給楊辰逸的一線生機，只要楊辰逸能讓陳謙自己開口否認他們之間的戀愛關係，那麼投胎成豬的就會是陳謙，而不是他楊辰逸！

楊辰逸雙目緊盯陳謙，內心開始盤算如何設計陳謙違反協議，而一旁的陳謙，感受到楊辰逸那灼熱的視線，他輕勾唇角，笑著回望：「怎麼一直看我？我們都還沒重生，難道你就已經等不及先愛上我了？」

「……」幹，愛你去死啦！

「不過你現在開始愛上我，這樣也會讓我對你印象加分，好好加油，自己的分數自己爭取。」陳謙一邊壞笑，一邊對著他做了個握拳的加油手勢。

「媽的……你不要……」太過分。

楊辰逸話都還沒說完，剛才離去的鬼差已經處理好快速通關的手續。因他們並非正常投胎，他們略過排隊人潮，直接走過奈何橋。楊辰逸和陳謙先後下了橋，前方是一扇敞開的大門，大門另一端閃著令人目眩的強光。鬼差將二人強行推進門內，耀眼的強光讓楊辰逸下意識閉上雙眼，再次睜眼，楊辰逸竟已安然無恙的躺在自己房間內。

「嗬！」楊辰逸發出一聲驚呼，猛然坐起身。

楊辰逸坐在床上摸了摸自己的臉。很好，是溫的。他又往自己的大腿用力擰了好幾回。很好，會痛。楊辰逸現在沒有躺在棺材，沒有身處殯儀館的靈堂內，他暗吁一口氣，這下，確確實實證明剛才只是一場毫無邏輯的惡夢而已。

和煦陽光灑進房間，楊辰逸拿起床邊的手機一看，早上六點半，只是這一看，楊辰逸卻是寒毛直豎，手機上的日期竟有些奇怪。為此，楊辰逸還去查了國際標準時間，只是反覆確認多次，都一再證明手機上的日期正確無誤。今天，竟然是陳謙出事當天！

不行……絕對不行，這千萬一定要是場夢，他真的不想跟陳謙搞基，更不想投胎變成豬！

楊辰逸見鬼般跳下床，他上身穿著短T，下身只穿條四角褲就衝出家門，他奔至陳謙家門口，狂按門鈴又大力拍門。

「陳謙！陳謙你不在對不對？」

楊辰逸大清早就在陳謙家門前鬼吼鬼叫，但陳謙卻遲遲不來應門。數十分後，楊辰逸懸在心上的大石總算得以放下，他安慰著自己，剛才的日期，應該只是他過於勞累一時看錯而已，一切都跟先前一樣，陳謙已死而他還活得好好的。

只是，楊辰逸才剛轉身欲離去，身後的大門卻響起嘎吱的開門聲。這聲音，聽得楊辰逸背脊一涼，他心臟狂跳，全身僵硬地把頭轉向身後。

楊辰逸身後站著陳謙，他的臉上還掛著迷人又好看到刺眼的笑容。楊辰逸呼吸一窒，原來，這一切都不是夢，他不只和陳謙一起重生，時間更倒回到七天前了！

「早安，我的男朋友。」

「……」

看著陳謙那張人畜無害，實則表裡不一的俊顏，楊辰逸是真的想哭，這下，他真的要和陳謙搞基了。

第四章　我知道你不是渣男

「一大早跑來我家，你有什麼事嗎？」陳謙笑問。

內心還在崩潰的楊辰逸，腦子唯一想法就是找個地方先讓自己冷靜一下。他生無可戀地說了句沒什麼，轉頭就想離開此地，只是陳謙卻拽住楊辰逸不讓他離開。

「我晚點要弄早餐，要一起吃嗎？」

楊辰逸一見陳謙就反胃，哪還能跟他面對面吃東西，他甩開陳謙的手，瞥頭冷回：「不了，我沒胃口。」

「多少吃一點？」陳謙再次伸手抓住不讓楊辰逸離去。

心浮氣躁的楊辰逸，一心只想獨處冷靜，眼下陳謙又在這裡死纏爛打，搞得楊辰逸莫名惱火。他憤怒回頭，再度甩開陳謙的手：「不吃！就說沒……」

這一回頭，楊辰逸眼角餘光注意到陳謙左手竟拿了個東西，只見陳謙緩緩把手上的東西舉高，竟是「戀愛小本本」！

陳謙笑意濃厚，又問道：「一起吃早餐？」

「……不吃。」楊辰逸臉色驟變，卻仍嘴硬拒絕。

「確定？我再問最後一次，一起吃嗎？」陳謙嘴角輕勾，他晃了晃手上的戀愛小本本。

「……」

三十分後，楊辰逸簡單洗漱，換上公司制服，再度來到陳謙家裡。

「坐著等一下，我煎個蛋。」

「……喔。」

楊辰逸坐在客廳內的老舊木長椅上，客廳的玻璃矮桌上已放了罐家庭號牛奶和空杯，他環視陳謙家裡一圈，裡面的擺設，還是他兒時印象中那樣，沒什麼太大的變化，這讓楊辰逸感到既熟悉又陌生。如果不算上陳謙猝死，楊辰逸拿著他家鑰匙衝到他家那次，楊辰逸再度踏進陳謙家裡，已是過了十多年。明明他們兒時的關係，是親密到兩人都有對方家中的鑰匙，結果現在卻變成不共戴天的仇人。

五分鐘過去，陳謙從廚房走出來，雙手還各端一份吐司夾蛋放到楊辰逸面前：「左邊這份是我的，別拿到我的。」

語落，陳謙先行上樓換衣服，楊辰逸看著陳謙的背影，只覺得他腦子不知道哪根筋不對勁，今天竟然會找他來家裡吃早餐？

陳謙下樓，桌上的吐司楊辰逸卻是一口都沒吃，陳謙一屁股坐到他旁邊，他拿起自己的吐司大口咬下：「怎麼不吃？該不會是在等我一起吃？」

楊辰逸還是不動手，他一言不發看著吃吐司的陳謙，二人對視一分鐘，楊辰逸終於開口問：「為什麼找我吃早餐？你是不是又在打什麼主意？」

「我們現在是什麼關係？」陳謙嘴裡咬著吐司，嘟噥問。

楊辰逸不答，他死也不想從嘴裡說出他們在談戀愛。

陳謙見他沉默，他也不以為意，自己接著話繼續說：「我們不是情侶嗎？一起吃個早餐又怎麼了？」

「而且你一直不吃，是在等我餵你嗎？」

「……」

楊辰逸沒好氣地翻了個白眼，他拿起桌上的吐司一咬，半熟蛋的蛋汁流進嘴裡，這讓他感到訝異，只因陳謙只吃全熟蛋，而他竟還記得楊辰逸只吃半熟蛋。他越來越想不透陳謙這人，若說，他仍是那個最懂楊辰逸的好哥們，那當年他是為了什麼而整個人都變了調？

「喂，陳謙。」

「幹嘛？」陳謙替自己和楊辰逸倒了杯牛奶。

「有些事我們要先說好。」

「恩？」

「現在雖然我們暫時回來，但這三個月日子還是要照過，醜話我先說在前頭，交往歸交往，公司歸公司，你別拿著打分數這件事，在工作上對我刻意找碴。」

「可以，還有我是你的主管，有時候不是我要找碴，而是你東西做得不夠好。」

一提到這個，楊辰逸又是嘔得不行，他和陳謙同所大學畢業，當年陳謙以優異的在校成績面試上，幾乎壟斷生活用品市場的P公司，而楊辰逸因成績普通，只能進入同樣在賣生活用品的小公司工作，本來楊辰逸還慶幸著自己再也可以不用見到陳謙那張晦氣的臉，誰知道一年後，陳謙居然從P公司離職，直接空降到他們公司成了他的頂頭上司。

「知道了，不用你特別提醒我辦事能力不好，報告這幾天我會重新再改一份給你。」楊辰逸瞪了陳謙一眼。

二人早餐吃完，楊辰逸和陳謙先後抵達公司。今天一整天，就和重生前沒什麼兩樣，今日所接觸的每一個人事物、每一句對話，楊辰逸都早已經歷過，更重要的是，今天是他和周羽涵約好要去咖啡廳告白的日子，現在既已讓他短暫重生，他無論如何也要再向周羽涵告白一次，即使只能當三個月的男女朋友也沒關係。

楊辰逸今日特地準時下班，一下班他馬上直奔咖啡廳，但他來的太早，距離約定的六點半還有段時間。楊辰逸想先進去坐著等，只是他一推開咖啡廳大門，居然見到陳謙正坐在裡面悠哉地喝咖啡。楊辰逸一看簡直要暈了，有這傢伙在，他還能告白嗎？他不假思索立刻衝上前，硬是將陳謙給拉進廁所裡，兩個大男人就這樣站在廁所洗手台前面大眼瞪小眼。

「你來這裡幹什麼？」楊辰逸氣急敗壞問道。

「來抓姦。」

「你吃飽沒事幹？而且你跑到這裡來抓誰的姦？」

「抓你。」

「……」

「你等等是不是準備要出軌？我來這裡就是要阻止你出軌。」

陳謙臉上笑的得意，明顯就是故意來這裡破壞楊辰逸的好事。楊辰逸知道陳謙就是眼紅見不得人好，這一回，他死都不會讓陳謙壞事。

「陳謙你聽好，閻王要我跟你談戀愛，我一樣會好好配合你，但我私下要跟誰走在一塊，你管不著。」

「楊辰逸，你難道忘記閻王說過，死人不能影響活人，你現在和她交往不就違反了陰間的規定？」

閻王說的這些話，楊辰逸當然沒忘記，只是陳謙想談戀愛，楊辰逸當然也想，既然他都重生回人間，他是如何能忍著不和周羽涵來場甜度破表的戀愛？於是，楊辰逸異想天開地想著，如果一開始就和周羽涵攤牌講清楚，說自己患上絕症只剩三個月時間，倘若周羽涵還是願意和他交往，那麼這就是雙方你情我願，閻王或許會斟酌從輕發落。

「我當然知道，但這是我的事你管不著，所以，馬上給我滾。」

眼看勸說無效，楊辰逸還無情嚷著要陳謙趕緊滾，陳謙立馬又換了個方式，他刻意擺出傷痛欲絕的神情，故作可憐道：「渣男。」

「渣、渣男!?」

「你都有我了，現在又要去找其他女人，不是渣男是什麼？」陳謙裝模作樣擦拭沒有眼淚的眼角。

渣你妹阿！你強逼我跟你搞基，你比我更渣好嗎？

「隨你怎麼說，反正你立刻離開這裡。」楊辰逸強壓下在他臉上揍一拳的衝動，咬牙切齒道。

「不走，還有你真的和她在一起，你就別妄想我給你打高分。」

此話一出，楊辰逸又是滿肚子火，陳謙這神經病，一不如他的意，就拿打分數這件事來威脅。楊辰逸怒不可遏地快步走上前，他本想直接朝著陳謙臉上來上一拳，孰料，地板竟不知為何有灘滑溜的洗手乳。楊辰逸一時不察，右腳往洗手乳踩下去，他腳底一滑，整個人竟以神奇的姿勢，身體前傾撲向陳謙的懷抱，更可怕的是，陳謙身高一百九，楊辰逸身高一七三，他不僅和陳謙抱在一起，再加上兩人該死的身高差，讓楊辰逸的額頭直接撞上陳謙的嘴唇，現在兩人的姿勢，若以旁人來看，實在百分百的 Gay 味十足。

「啊——！」

他們才剛抱在一起，身後驟然響起一聲驚呼女聲。

楊辰逸一聽身後有人，嚇得趕緊推開陳謙，他轉頭看向後方，來人竟是周羽涵！

「羽涵……妳怎麼會在這裡……？」

「我才想問辰逸哥怎麼會和主任在這裡……這裡可是女廁啊……」周羽涵大驚失色，顫聲回道。

周羽涵一說女廁，楊辰逸眼前頓時一片黑，剛才他急著將陳謙帶離現場，完全沒注意到自己拉著他走進女廁，但最倒楣的是，他居然被周羽涵看見自己和陳謙在女廁摟摟抱抱！

「我……我是不是打擾到你們了……？」

「沒……」有這回事。

楊辰逸話才說到一半，陳謙卻硬是插上話：「對。」

陳謙一說出口，楊辰逸看著周羽涵那甜美可人的臉蛋，霎時血色盡失，她驚慌失措道：「辰逸哥……原來你……」

「不、不是……羽涵妳聽我說……」楊辰逸冷汗直流，急著想解釋。

「祝你們幸福……」

周羽涵眼眶含淚，轉身離開女廁，楊辰逸目瞪口呆地站在原地，陳謙輕拍楊辰逸肩頭，一臉遺憾說道：「別難過，哭出來會好一點。」

楊辰逸氣得拍開陳謙的手，他扭頭往咖啡廳店外衝，周羽涵提著包包，快步走出咖啡廳，楊辰逸急奔上前，扯住周羽涵不讓她離去。周羽涵一看楊辰逸追上來，委屈地眼淚都快落下來：「辰逸哥……你放開我……」

「羽涵……妳聽我說……事情真的不是妳想的那樣……」

「不然是怎樣……我一直以為辰逸哥對我……」

「羽涵妳相信我……我喜歡的是妳……」

「那我剛剛在廁所裡看到的又是什麼……你們難道不是在交往嗎……？」

「我和他……」楊辰逸話說到一半，旋即把後半段的話又吞回去。

「你和他怎樣……為什麼不回答我……？」

「……」一說我就會投胎變成豬，不能說，死都不能說！

周羽涵見他不語，她心灰意冷說了句祝福的話，甩手轉身就要離去，只是楊辰逸卻又扯著她，不讓她離開。

「羽涵，妳聽我說，我是真的喜歡妳……」

啪！響亮的巴掌落在楊辰逸臉上。

「夠了！你這腳踏兩條船的渣男！」

「……」

楊辰逸站在街上，癡望著周羽涵離去的背影，此刻他的內心，猶如嚴冬來臨，實在冷得令他發顫。楊辰逸呆站在大街上，右肩卻猛然被人輕拍兩下，他傻愣回頭一看，原來是陳謙。

陳謙拍著楊辰逸的肩膀，唇角輕揚，笑著安慰道：「沒事的，我知道你不是腳踏兩條船的渣男，現在，你的身邊只有我。」

第五章　我和他是這種關係

「好了，早點回家，明天記得來上班。」陳謙爽朗一笑，他撇下內心崩潰的楊辰逸，轉身就要離開。

被晾在後方的楊辰逸，實在被陳謙的所作所為氣到理智就快斷弦，他拔腿奔向前，硬是把陳謙給扯了回來。

「怎麼了？想要我陪你一起回家？」

「陳謙……你夠了吧……」

「什麼夠了？我不懂你的意思。」

「你到底為什麼要一直插手管我的私事？我他媽到底是哪裡招惹你了！」氣急敗壞的楊辰逸，不顧形象地對著陳謙大吼。

楊辰逸歇斯底里在街上吼叫，路上的行人紛紛停下腳步，視線都往他們這邊投射過來，但被憤怒沖昏腦的楊辰逸，早已顧不上那麼多，他仍舊不停對著陳謙破口大罵。陳謙眼看周遭越聚越多的人潮，他臉色一沉，抓起楊辰逸的手腕，強行將他帶離現場。

陳謙拖著沿路鬼吼鬼叫的楊辰逸，二人一路來到咖啡廳附近的停車場，楊辰逸奮力掙脫陳謙力大如牛的箝制，眼神淩厲地狠瞪眼前這個令他倒胃口的男人。

「喂，你冷靜點行嗎？」

「冷靜？你要不要看看你剛才都做了什麼？」

「我是為你好。」

這死皮賴臉的陳謙，不僅不肯認錯，現在居然還將自己的錯給合理化。楊辰逸只覺得自己小時候的腦子肯定有被自家老媽摔過，否則他怎麼可能會和這種無賴當哥們。

「你知道你現在在講什麼屁話嗎？」楊辰逸額上冒起青筋，抽著嘴角問道。

「我有說錯嗎？」陳謙一臉理直氣壯。

楊辰逸被陳謙的態度氣到血壓都飆高了，但陳謙卻不以為然地將剛才的話接續下去：「你應該知道我們現在是重生吧？」

「那又怎樣？」

「閻王讓我們重生是要我們談戀愛，結果你卻跑來跟另一個女人混在一起，你就不怕閻王知道了會懲罰你？」

楊辰逸聽聞，他只覺得陳謙真是虛偽至極。陳謙說了這麼多，不就只是為了掩蓋他眼紅見不得人好的心態嗎？他居然還敢在那邊裝模作樣，裝作一副十分替他著想的模樣。

「陳謙你少拿這個給我當藉口，我要和誰談戀愛是我的自由，就算我真的因為這件事被閻王懲罰，這又關你什麼事？」

楊辰逸一反唇相譏，陳謙這次索性也不演了，他冷哼一聲，嗤笑回：「是啊，確實是不關我的事，但楊辰逸你是不是忘記一件事，我們談戀愛是要寫日記還要打分數的，既然我這個正牌男友已經明說不許你跟她在一起，你還敢為了這件事跟我在這裡大呼小叫？你現在是連分數都不想要就是了？」

「……」

「如果你這麼想投胎變成豬，你就儘管跟她在一起，但我警告你，只要你和她在一起，這三個月的每一週，我都只會給你打零分。」

楊辰逸一聽陳謙又拿打分數一事來威脅，他真是氣到只差沒當場嘔出一口血，聽不下去的楊辰逸憤而離去，與其在這裡和陳謙繼續浪費時間，倒不如趕快想個辦法，設計陳謙自己脫口否認兩人之間的戀愛關係，讓這段荒唐的戀愛鬧劇提早結束。

翌日，W市市中心，某商業大樓十樓，G公司。

因早上十點有個跨部門的重要會議要開，所以楊辰逸特地起了個大早，想早點進公司再次確認開會前的會議資料，但他才剛踏進辦公室，就看見周羽涵比他還早到公司。

身後傳來的腳步聲，很快就引起周羽涵的注意，她一個轉頭，兩人視線對上，氣氛很是尷尬。

「早。」楊辰逸率先開口。

周羽涵站在楊辰逸的辦公桌前，臉上掛著尷尬卻不失禮貌的微笑，她也對楊辰逸回了聲早。

「妳……怎麼會在這裡？」

「我今天是辦公室值日生……剛好看到辰逸哥桌上的植物快枯死了……所以就順手替它加了點水……」

楊辰逸目光看向桌上那盆性命垂危的白鶴芋，內心又是一陣感傷。這花，有一帆風順之意，他還記得，周羽涵那天捧著花，笑著對他說，她希望楊辰逸手上的專案能一帆風順，但可悲的是，現在他們兩人的愛情，大概就如這盆花一樣，還沒開花便先枯萎凋謝。

「謝謝妳……還有昨天……」

周羽涵隱約知道楊辰逸想說什麼，她旋即搶先一步開口：「抱歉，辰逸哥，我要先去打掃交誼廳了，晚點再聊吧……」

「嗯。」楊辰逸無奈苦笑。

周羽涵匆匆離去，楊辰逸也往辦公桌前坐下，他彎腰欲將電腦開機，但他卻發現電腦早已亮起開機燈。楊辰逸暗想，該不會是昨天自己忘記關機？否則電腦怎麼會是亮燈狀態？

這件小事楊辰逸並沒有放在心上，他打開螢幕在待機畫面輸入密碼，隨後又點開桌面的資料夾，開始確認等一下開會要用的會議資料。

楊辰逸身為男性沐浴新品專案的負責人，他將會議前要用的資料影印了數十份，早上九點五十分，他提早到會議室，將資料按座位各放一份在桌上，而陳謙也早已抵達會議室，他正在確認楊辰逸待會要報告的會議資料。

發完資料的楊辰逸，往陳謙右側的位置坐下，他打開會議室專用的筆電，並將簡報投放到投影布幕上。他拿起會議桌上的雷射筆按了幾下，想確認是否正常可使用，就在這時，坐在一旁翻閱文件的陳謙，轉頭看向楊辰逸：「下一次的報告，把行銷部上週拿過來的市調資料加進去，這禮拜五下班前把報告資料寄給我。」

「嗯。」

楊辰逸反覆按了幾下雷射筆，他發現雷射筆似乎投射不出紅點。楊辰逸下意識直覺這雷射筆肯定是沒電了，孰料，楊辰逸的手機好死不死卻在這時響起鈴聲，他本想直接將電話按掉，但他卻發現來電顯示，竟是化工原料廠商打來的電話。楊辰逸思忖，距離會議還有幾分鐘的時間，接個電話應該還綽綽有餘。

楊辰逸想到會議室外面接電話，只是才剛拉開門，他赫然想起雷射筆沒電要換電池，楊辰逸迅速轉過身，誰知陳謙居然一聲不響拿著雷射筆站在他的身後，楊辰逸一時不察就這麼與陳謙撞個正著。更悲劇的是，會議室的門不知道被誰用力給打開，門板不偏不倚地又朝著楊辰逸的後背來個死亡爆擊。

楊辰逸被會議室大門一撞下去，他瞬間失了重心整個人往陳謙身上壓過去，陳謙也沒料到楊辰逸會往自己身上倒，陳謙一個踉蹌，往後退了幾步，他的後腰撞上會議桌的桌緣，所幸陳謙的反應夠快，他立即用雙手撐住會議桌以穩住身形，楊辰逸則因重心不穩而以環抱陳謙的姿勢，整個人貼在他的身上。

大門另一側的人慌慌張張開門，對方渾然未覺自己開門時撞到東西，會議室大門一開，門外走入數名要參與會議的人，只是他們萬沒料到，一推開門居然見到陳謙和楊辰逸兩人在會議室裡摟摟抱抱。

「抱歉、抱歉，我們來晚了……靠、靠北啊——！」

人群中傳來一聲驚嚇過度的咒罵聲，楊辰逸也嚇得在第一時間將陳謙推開，他轉頭看向門口，這一眼望去，門外站著數名要參加會議的同仁，其中還站著楊辰逸和陳謙的頂頭上司，研發部協理，老高。

剛才的場面，若是一男一女被撞見，那就是個美麗的誤會，但兩個男人在大庭廣眾下抱在一起還被人撞見，那就是一場大型社會死亡現場。楊辰逸望著臉色慘白的眾人，以及自家部門主管那看到鬼的表情，楊辰逸的腦袋頓時一片空白，他甚至都忘了要向眾人解釋剛才的事全是誤會。

只是，這場會議並沒有因為這個可怕的意外而取消，楊辰逸作為這場會議的主講人，他能感受到會議室瀰漫一股顯而易見的低氣壓，以及眾人對他和陳謙不時投以異樣眼光。楊辰逸表面上硬是裝作處變不驚，總算是順利撐過這次會議。

「你們兩個，現在馬上來我辦公室。」

眾人離去，楊辰逸和陳謙被研發部協理喊進辦公室。

老高臭著一張臉，沉聲問：「誰來跟我解釋一下現在是什麼狀況？」

老高細長的眼眸瞇成一線，他將眼神看向楊辰逸，示意他先回答。楊辰逸本想開口解釋剛才的事情都是誤會，但就在他準備解釋的前一秒，楊辰逸突然一個靈光乍現，他暗想，反正三個月後他倆就要死了，他何不藉這個機會趁機設計陳謙？

在公司裡，陳謙年紀輕輕就當上中階主管，工作能力更是被公司高層所讚賞，加上他為人處事圓融，是這間公司裡最被看好的主管，而且他因為過於俊美的容貌，已連續三年奪下公司單身女性最想結婚對象的榜首。陳謙這人，特別注重言行舉止以及自己的外貌，他注重到只要有吃東西，就一定會跑去廁所仔細檢查齒縫有沒有卡殘渣，這樣一個重顏面、愛形象的男人，怎麼可能會當著協理的面承認他們在交往這件事。

機智如楊辰逸，他立刻故作嬌羞，猶如戀愛中的少女，他羞怯伸手戳了身旁的陳謙：「主任……你快和協理說我們的關係……」

楊辰逸這招果然奏效，老高順著楊辰逸的話，將視線移向陳謙，楊辰逸雙頰泛紅，右手羞澀輕扯陳謙的衣袖，這些舉動都在暗示老高他們兩人正在交往。

楊辰逸和陳謙兩人四目相交，陳謙不發一語直盯著他看，楊辰逸看他那副模樣就知道，陳謙，內心現在肯定在死命掙扎。如果他一承認，就等同宣告出櫃，為了他的面子，楊辰逸就不信陳謙敢開口承認！

老高見陳謙一直不回答，他眉頭緊皺，語氣不耐煩：「陳謙，你們兩個到底是怎麼回事？」

「主任……你為什麼不說話……」

楊辰逸用著含羞帶怯的眼神頻頻對陳謙拋媚眼，他看著陳謙那糾結的表情，心裡就是一陣舒爽，反正他剛才已經社會性死亡，現在再加個出櫃也沒什麼大不了的，但陳謙就不一樣了，他帥得不可方物，又是這間公司裡眾多單身女性的男神，一個面子重如泰山的男神，怎麼可以是個Gay？陳謙，絕對不會讓這種事情發生。

「主任……你……昨天才對我……」

楊辰逸欲再說個幾句刺激陳謙，豈料，陳謙竟出乎意料地抬手覆上楊辰逸的後腦，猛力一按，硬把楊辰逸的臉給扳過來，又以迅雷不及掩耳的速度，將臉湊上去直接在老高面前，來個火熱的法式深吻。

楊辰逸：「……」

老高：「……」

唇齒交纏，兩舌碰撞，陳謙吻得認真，此時的楊辰逸和老高都感覺到自己的心臟快要停了。

一分後，這個基情四射的舌吻終於結束，陳謙吻完，他還深情地伸手替楊辰逸擦掉嘴唇上的口水，隨後又轉頭對著老高燦笑。

「協理，我和他是這種關係。」

第六章　你，是Gay嗎？

陳謙爆炸性的舉動和言論就像顆震撼彈，楊辰逸彷彿在耳邊，聽見心跳監測儀心臟跳停的長音嗶聲，他，就快被陳謙給嚇死了。

楊辰逸腦子空白，眼前一黑，他甚至都不記得自己後來是怎麼走出協理辦公室，直到他回神過來，他和陳謙兩個人已在茶水間。

「楊辰逸，我知道你在打什麼主意，既然閻王要我和你談戀愛，我就會照著閻王的意思好好跟你談戀愛，無論你再怎麼逼我，我都不會否認我們之間的關係。」

「……」

「我告訴你，就算全世界都說我是Gay我也不在意，我死都不會開口否認我們的關係！」

陳謙撂下這句狠話，便甩頭大步走回自己的座位。只是從這一刻起，楊辰逸的災難現在才正式拉開序幕，他和陳謙的戀情，沒過幾個小時，整間公司便已傳得沸沸揚揚，加上先前和楊辰逸傳出曖昧的周羽涵，都私下間接證實，楊辰逸確實在和陳謙交往，而倒楣的楊辰逸，就這樣成了全公司單身女性的眾矢之的。

下午兩點，行銷部。

「那個 Judy 姐……這次新品已經正式確定，我們主任想請我跟你們建議，如果新品上市之後，行銷推廣可以做素人盲測的短影片，這樣也可以給消費者了解，我們的新品使用上的感受其實並不輸大品牌……」

「你們研發部現在是怎樣？我們行銷還需要你們研發教我們怎麼做？你就專心談好你的戀愛，少在那邊管我們行銷的事情。」Judy 姐冷淡瞅一眼楊辰逸，一句話說得酸溜溜。

「……」

下午三點半，採購部。

「思萍，那個沐浴新品的原料廠，價格的部分不知道能不能再壓看看？上次妳報過來的單價，其實並不符合我們這裡的預想……你也知道這次新品上面很重視，尤其新品的成本價，財務高層早就已經訂好……如果這間壓不下來，能不能再找其他間？」

「楊先生，你要不要自己去問看看，你們要的原料價格就是在這邊，首批上市又不是大量生產，量少是要我們怎麼壓下來？你當我是沒事故意找麻煩嗎？」思萍殺氣騰騰，一副要將楊辰逸生吃入腹。

「我也知道……可是成本就是這樣，妳能不能再稍微和對方談一下……」楊辰逸鞠躬哈腰，死求活求。

「那是你家的事，壓不下來就是壓不下來，你自己去和財務談！」

「……」

下午四點，財務部。

「庭姐，新品的成本，金額能再提高一些嗎？採購說量不夠多，價格真的很難壓……」

「那你就再去找採購協調，壓不下來是她們的問題，跟我們有什麼關係？」

「可是……如果庭姐能幫忙和上層談一下，這樣大家都好做事……」

「你以為這東西這麼好講嗎？要不然你自己去找財務長談！」庭姐憤怒摔筆怒斥。

「……」

前陣子各部門大家都還很好相處，這些部門的女性，看在陳謙的面子上，各個配合度都極高，但今天陳謙死會的消息一傳開，楊辰逸馬上感受到這些單身女性的強大怨念。

楊辰逸面如死灰走回自己的座位，現在他真的欲哭無淚，一朝橫死已經夠倒楣，一重生還被逼著強制搞基，現在更被各部門的單身女性針鋒相對，他開始懷疑自己上輩子該不會是殺了陳謙全家，否則陳謙為何總要來找他麻煩？

被針對的日子，一連持續了三天，而且不只沒有消停的跡象，反倒還愈發嚴重。楊辰逸知道她們為何會這樣，她們心目中的男神不僅是個 Gay，而且還被其貌不揚的楊辰逸給勾搭上，這叫她們情何以堪？想當然，無處發洩的怒氣全往楊辰逸身上撒。

「我禮拜二不是讓你週五下班前把報告先寄給我嗎？現在都幾點了？東西呢？」

埋首於電腦前的楊辰逸，轉頭瞪了陳謙，他怒極反笑回問：「陳、主、任，你覺得我這幾天有空做你要的報告嗎？」

這幾日，楊辰逸為了這些瑣事，不停在各部門之間奔波遊說，雖然最後還是只能請陳謙出面，讓他替自己搞定這些事，但楊辰逸仍有許多資料和報告等著他處理。

「等等的部門聚餐，你有要去？」

「……不去。」今天老高難得請大家吃燒肉吃到飽，楊辰逸雖也想跟著去，但礙於他手上還有一堆事沒處理完，只能含淚忍痛拒絕。

今天是週五，加上老高請客，同部門的同事早已一溜煙跑光，研發部的辦公區域只剩下陳謙和楊辰逸。陳謙一聽楊辰逸的回答，沒多說什麼也跟著下班去聚餐。

直到楊辰逸忙完，已是晚上八點，整層辦公樓層早就漆黑一片，就只剩下研發部的辦公區域還亮著幾盞燈。楊辰逸將報告寄出，東西收拾收拾便離開公司，只是他才剛踏出商辦大樓，卻與站在大樓入口的陳謙撞個正著，他的手上還提了包路邊買來的燒烤。

「你在這裡幹嘛？聚餐結束了？」

「沒有，我提早離開。」

「喔，報告寄給你了，你有空記得去收信。」

楊辰逸累到現在連口飯都還沒吃，陳謙手上那包燒烤香氣四溢，讓楊辰逸更是餓得不行，他草草交代完，便急著想去買點東西來吃，只是陳謙卻將手上的燒烤強行塞到他手裡。

「你幹嘛？」

「你不是忙到現在嗎？應該也還沒吃飯吧，這個先將就點吃。」

「……」楊辰逸實在想不透陳謙的動機，他甚至還想著，這包燒烤該不會裡面被他加了什麼奇怪的東西。

「你這什麼眼神？是怕我毒死你嗎？」

「不然呢？你沒事會買東西給我？」

「……怕就別吃。」陳謙伸手欲將燒烤搶回。

「喂，你這裡面真的沒放老鼠藥還是瀉藥的東西？」

「廢話，放了是犯罪好嗎！」

楊辰逸拿著燒烤，又問：「你剛才腦子是不是有被門夾到？不然怎麼會突然買東西過來給我吃？」

「……你他媽到底要不要吃，屁話一堆。」

十分鐘後，楊辰逸和陳謙坐在超商外面，桌上還擺了兩罐剛結帳的汽水。

楊辰逸指著紙袋內的雞肉串，說道：「這串給你，其他我的。」

「為什麼？」陳謙皺眉不解。

「有沒有毒不是你說了算，所以你先吃給我看。」

「……」

楊辰逸親眼看著陳謙將肉串安然吞下肚，他才願意動起紙袋內的其他燒烤。

「你這時間來公司幹什麼？有東西忘記拿？」楊辰逸嘴裡塞滿食物，含糊問。

「不是，我只是聚餐想提早走人，所以我用你當藉口，說你要我買點東西過去給你吃。」

「……你真的這麼說？」

「當然，我們兩個人現在的關係，整間公司還有誰不知道的？」

「……」媽的，把我害成這樣，現在還拿我當擋箭牌。

「你瞪我幹什麼？我這不是買過來給你吃了嗎？」

「是嗎？那你為什麼不拿上來給我，該不會只是想站在門口做做樣子而已？」

「做樣子我會在門口等你一小時？」

「少裝了，拿給我之後，你就可以走人了，你還需要站門口等一小時？」

平時伶牙俐齒的陳謙，這次倒是反常地噤聲不回。

楊辰逸見他這古怪的反應，赫然想起了什麼，他試探問道：「都這麼多年了，你該不會……」

「夠了吧，閉上嘴，安靜吃你的東西。」陳謙臉色陰沉，喝斥道。

陳謙的語氣驟變，讓氣氛瞬間降至冰點，楊辰逸識趣地閉上嘴專心吃東西。晚上九點，陳謙站起身，說了他想先回去休息，離開前，楊辰逸攔著陳謙又問了句他一直很在意的問題。

「陳謙，問你一件事，你老實回答。」

「恩？」

「你，是Gay嗎？」

但見陳謙好看的薄唇，勾起一抹耐人尋味的笑意：「楊辰逸，那你覺得我是嗎？」

第七章　阿謙和阿逸

陳謙的反問，楊辰逸並沒有思考太久，他斬釘截鐵回道：「不是。」

「既然你都已經有答案了，還問我做什麼？」

楊辰逸和陳謙當了這麼多年的鄰居，更遑論他們以前小時候感情特別好，在楊辰逸的記憶裡，陳謙從未在他面前表現出喜歡男生的行為，但這次他是真的覺得有些奇怪。前幾天在老高面前，陳謙大可直接開口表明他們的關係，根本就不需要在老高面前強吻他，奪走他珍藏二十八年的寶貴初吻。

「你如果不是 Gay，那為什麼前幾天在老高辦公室，你居然……」後半段的話，楊辰逸根本就說不出口，他光想到那天的事就雞皮疙瘩掉滿地。

陳謙聞言，側頭思考片刻，又對楊辰逸爽朗一笑：「楊辰逸，有句話叫做偷雞不著蝕把米，既然你想挖洞給我跳，那我在老高面前也不會給你好過。」

媽的，不給人好過就要強吻別人作為報復？陳謙真他媽喪心病狂，反社會人格！

「對了，明天早上十點，準時來我家。」

「你、你又想做什麼？」陳謙竟然開口要求去他家，楊辰逸一聽，整個人都警戒起來了。

「都過這麼多天了，我一點談戀愛的感覺都沒有，這樣我是要怎麼寫日記、打分數？」

一提到打分數，楊辰逸頭皮一麻，他完全把這件事忘得一乾二淨了。

「明天十點，別睡過頭了。」

「……」

陳謙也不管楊辰逸有沒有答應，事情交代完就先行離開。

當晚，楊辰逸洗完澡躺在床上，對於明天的事情，楊辰逸實在心煩意亂，他雙眼緊閉，在床上翻了好幾次身，一直到了凌晨他才逐漸有了睡意，楊辰逸意識模糊，緩緩闔上雙眼。

再次睜眼，楊辰逸發現自己站在以前就讀的小學裡，而他的衣角正被瘦小的陳謙給拽著，楊辰逸很快就意識到，這是一場夢，而且這夢，是久到他自己都快忘記的往事。

楊辰逸的面前還站著一名體育老師，老師帶著數十名孩子在上體育課，今天的體育課上足壘球，老師正在替孩子們進行分組。

「老師，我不要跟陳謙一組，有他在我們一定會輸的啦！」

「阿宏，大家都是同學，不可以這麼說陳謙。」宜美老師皺起眉頭，低聲訓斥道。

「不管！老師你問其他人，他們也不想和他一組啊！」阿宏轉頭指著其他孩子，而被阿宏指到的孩子也紛紛點頭。

楊辰逸看了身旁紅著眼眶的陳謙，他氣得一把抓起陳謙的手，並帶著陳謙走到宜美面前，忿忿道：「宜美，我跟陳謙去另一組，你換兩個過來這邊。」

宜美一聽楊辰逸沒大沒小叫著自己，立刻伸手捏了他的嘴邊肉：「楊辰逸，說幾次了，不可以直接叫老師的名字！」

楊辰逸被捏嘴也不在意，他嘿嘿一笑，拉著陳謙走去對面的防守方。

「哇，阿逸你頭殼壞掉喔！就算你一個人再強，有他在就一定會輸的好不好？」

「阿宏你才頭殼壞掉！我不管跟誰一組，都能輕鬆打爆你啦！」楊辰逸自信滿滿地指著阿宏大聲回嗆。

楊辰逸和阿宏一陣隔空叫囂，一旁的宜美最後看不下去，跳下來硬把楊辰逸拉開，趕緊開始這場足壘球比賽。

四十分鐘過去，下課鐘聲響起，宜美吹響哨音，比數48：50

「阿宏，看到了沒有，這就是我的實力——！」

贏得比賽的楊辰逸，得意地在場邊瘋狂對阿宏炫耀，氣得阿宏臉色一陣青一陣白，不停回罵楊辰逸只是僥倖獲勝。

當天放學，楊辰逸一如既往和陳謙一同返家，兩人途中經過一間雜貨店，陳謙卻猛然停下腳步，他抓著楊辰逸的書包不放，喊道：「阿逸，你要不要吃冰？」

楊辰逸回頭，尷尬笑說：「不用……你吃就好……」

「你又把錢花光了？」

「阿就拿去買四驅車……」

陳謙似乎早就知道他沒錢，他淡定道：「我買給你。」

陳謙一說要請吃冰，楊辰逸眼睛都發亮了，他一個轉頭，箭步衝進雜貨店，毫不客氣地挑了兩枝紅豆冰棒拿去給坐在櫃台的老太太結帳。

幾分鐘後，兩人手上各拿一支紅豆冰棒，跑去附近的公園坐著吃。

「欸，阿謙，哩今天腫麼灰請窩粗冰？」楊辰逸大口咬下冰棒，冰涼糕體入口，冰得他頭皮發麻，說起話來也含含糊糊。

相較於楊辰逸，陳謙倒是將冰棒含在嘴裡慢慢舔化，他將嘴裡的冰吞下，側眼偷瞄了楊辰逸一眼，隨後又趕緊收回視線，低頭看著自己的冰棒：「今天體育課……謝謝你……」

「謝神摸？」楊辰逸將剩餘的紅豆冰全塞進嘴裡。

「我很笨……連球都接不到……還害你跟阿宏吵架……」

陳謙個頭比同齡孩子還矮小，他性子喜靜，不擅運動，和楊辰逸過於好動且熱情的個性相比，簡直天差地遠。楊辰逸是同年級裡的孩子王，就連其他班級的孩子都會跑來找他玩，但楊辰逸不管去到哪，都會帶上陳謙和大家一起玩。可是陳謙不管玩什麼總是連累大家，久而久之，就莫名形成一堆孩子在排擠陳謙，而楊辰逸老是在替他出氣。

楊辰逸把紅豆冰全吞下肚，他抬手拍了陳謙肩膀，慷慨激昂道：「阿謙，你才不笨！還有你比我小，我是哥哥，我會負責保護你的，誰都不能說你壞話！」

陳謙緩緩抬頭，兩人視線一對上，陳謙便被楊辰逸的話，感動到熱淚盈眶：「阿逸……」

楊辰逸有別平時的吊兒郎當，他看著泫然欲泣的陳謙，一本正經道：「阿謙，你聽我說。」

「說、說什麼……？」

「你的冰……」

「……？」

「你的冰要融掉了，你不吃的話，就給我吃吧。」楊辰逸一邊說，一邊伸手直接搶過陳謙手上的那枝冰棒。

「……」

很快地，楊辰逸吃完冰棒，也差不多時間該回家吃飯，他們各自走到家門口前，楊辰逸卻忽地想起，剛才他對陳謙說了自己把零用錢全拿去買四驅車這件事。這次換楊辰逸扯著陳謙的書包，不讓他踏進家門。

「阿逸，你不回家嗎？」

「欸，陳謙，你過來一下。」

「……」

通常楊辰逸直接喊他全名，大抵準沒什麼好事，但陳謙仍由著楊辰逸將自己拉去旁邊。只見楊辰逸神祕兮兮地湊到他耳邊，輕聲說：「如果我老媽問你我是不是又亂買東西，你這次跟她說，我把錢拿去請你吃東西，千萬不可以告訴她我又拿去買四驅車喔！」

楊辰逸從小便將及時行樂這四字發揮地淋漓盡致，所以他每個月的零用錢，一到手很快就會被他花光，而楊辰逸為了躲避自家老媽的追問，總是編了許多謊話胡謅一通，後來楊母也學會變通，時常私下跑去詢問陳謙，看自家兒子到底又亂買了什麼東西。

「可是你讓我講的理由，我說給阿姨聽，阿姨根本就不相信……」

楊辰逸想了想，陳謙說得好像也沒錯。但這次情況非同小可，他家老媽已經下達最後通牒，如果楊辰逸再亂買四驅車而不用功讀書，她就要把楊辰逸的十幾台車子全部沒收，直到考完段考才要還給他。為了保護他心愛的四驅車，楊辰逸說什麼也要讓陳謙替自己守住這個祕密。

「不然這樣，我剛剛冰棒吃到再來一枝，這個給你，但你不可以跟我媽說我買四驅車。」

陳謙看著楊辰逸從口袋掏出一枝上面寫著再來一枝的冰棒棍，但其實這枝冰棒是剛才楊辰逸從他手上搶走的那枝。他瞪了眼楊辰逸，癟嘴道：「不要。」

「還是我把剛買的四驅車借你玩？」楊辰逸還在試圖誘惑。

「沒興趣。」

「不然要怎樣你才能替我保守祕密？」

兩人對望片刻，陳謙一副欲言又止，躊躇許久，他囁嚅問道：「上次你不是說鈺茹跟你告白嗎？那……你拒絕她了嗎？」

「沒有，其實……我還滿喜歡她的。」楊辰逸難為情地撓頭訕笑。

楊辰逸話一講完，陳謙瞬間臉色刷白，他又問：「那你為什麼……？」

「上次是因為阿宏在那邊鬧，所以我才在班上說自己不喜歡鈺茹。」

但楊辰逸似乎沒察覺到陳謙的異樣，仍自顧說著：「這個祕密我只跟你說而已，但同樣地，你也要替我保守祕密，不跟我媽說我買四驅車的事。」

陳謙抿唇不語，兩人杵在原地乾瞪眼，只是陳謙看著看著，竟掉下眼淚哭了起來。

「阿謙……你又怎麼了……？」

「我、我不幫你……保守祕密了……」

此話一出，楊辰逸晴天霹靂，而陳謙哭著鼻子，轉頭就要回家，急得楊辰逸跑上前，拉住陳謙的胳膊：「欸，阿謙，你、你該不會也在喜歡鈺茹……？」

楊辰逸左思右想也只有這個可能，否則陳謙怎麼會沒事突然問起這個問題，然後他一說喜歡，整個人就哭成這樣？

可是楊辰逸這麼一問，陳謙情緒卻更加激動了，他用力甩開楊辰逸的手，甚至還出手將楊辰逸推倒在地，他哭著大罵：「楊辰逸！你這個大騙子！」

「……」楊辰逸坐在地上愣怔望著負氣而去的陳謙。

碰——！

用力的甩門聲，穿入楊辰逸的耳膜，這一聲巨響，嚇得他心臟一縮。

熟睡的楊辰逸在床上猛然睜開雙眼，或許是作了整晚的夢，現在的他，感到頭痛欲裂。

「媽的，這都多久以前的事了……我沒事怎麼會突然夢到這個……」

第八章　情侶必做的浪漫小事

楊辰逸揉著發疼的太陽穴，他抓起床頭邊的手機一看，這不看還好，一看又是一陣頭暈目眩，他竟然睡到十點半才醒來。打從陳謙重生之後，陳謙的腦子就變得不太正常，現在他又不小心睡過頭，不就正好又給了陳謙一個理由來惡整自己？

楊辰逸慌張跳下床，他迅速洗漱又換了套衣服，急急忙忙奔下樓，可是他才剛下樓，就看見陳謙正坐在他家客廳裡面，還和自家老媽和妹妹聊得十分熱絡。

「唉呦，好久沒看到阿謙來我們家坐了，我們家阿逸在公司有沒有給你惹麻煩？」楊母一邊閒話家常，一邊俐落地剝著橘子，剝完之後還將橘子塞到陳謙的嘴裡。

「謙哥，這麼多年了，我哥終於跟你和好了嗎？不然你今天怎麼會突然過來？」

陳謙嘴裡被楊母塞了好幾瓣的橘子，他想嚥下去回話，卻又被楊母搶走話：「楊辰玲，妳問這是什麼問題？如果他們還在吵架，是會過來我們家嗎？阿謙，你不要理辰玲，你難得過來，等等留在我們家吃午餐，你看怎樣？」

「謙哥，問你一件事，我哥在公司是不是又被女生拒絕了？禮拜一的時候，他下班回到家，那個臉臭得跟什麼一樣。」

陳謙將嘴裡的橘子吞下肚，臉上掛著溫文儒雅的笑容：「對，他確實是被拒絕，不過我想他應該很快就會沒事，反正這也不是頭一回了。」

「阿姨，今天我跟辰逸還有公司的事情要忙，下回我再過來讓阿姨請吃飯，我也好久沒吃到阿姨煮的飯菜了，很想念阿姨的好手藝。」

陳謙才剛回答部分問題，楊母和楊辰玲又立即開口問了一堆陳謙的近況。對於陳謙，楊家上下對他是再熟悉不過，自從陳家出了意外，獨留年僅十二歲的陳謙後，楊母總會特別照顧他，讓他到家裡來吃飯，還會讓陳謙和楊辰逸一起睡同間房間。只是這樣的日子，一直到陳謙和楊辰逸上了國三，兩人也不知道怎麼了，楊辰逸開始和陳謙吵架，而且這一吵，竟吵了十幾年。今日是陳謙時隔多年，再次來到楊辰逸家裡，楊母一見陳謙，彷彿像是看到離家多年的兒子終於願意返家，她只差沒有當場落下感動的淚水。

這三人在客廳裡有說有笑，就連楊辰逸下樓，楊母和楊辰玲都沒分神看他一眼，這天差地遠的態度，讓楊辰逸內心白眼翻了好幾圈。他不滿地走到陳謙面前，皮笑肉不笑道：「不是說還有公司的事要處理？你要在這裡坐到什麼時候？」

此時的陳謙，卻也沒有要搭理楊辰逸的意思。眼前這三人，視他如無物，搞得像是陳謙才是親兒子，楊辰逸則是從垃圾桶裡撿來的。

楊辰逸沒好氣地走上前，他強行將陳謙拉離自家客廳，兩人走出家門前，楊母還依依不捨地提醒陳謙，一定要抽空過來他們家吃飯。

「你沒事跑來我家幹嘛？」

「現在都幾點了，你睡過頭還好意思問我這個？我是怕你被自己的口水給噎死，所以才去你家關心你。」

「……」楊辰逸雖然清楚這只是陳謙的玩笑話，但如果被陳謙知道，他還真的死於被口水噎死，到時陳謙不知道又要怎麼對他冷嘲熱諷。

幾分鐘後，楊辰逸踏進陳謙家裡，客廳的桌上放著一袋東西，塑膠袋上印著連鎖早餐店的LOGO。

「你吃了嗎？還沒的話，桌上有早餐，拿去吃沒關係。」

楊辰逸疑神疑鬼地看了陳謙，他不懂，這小子到底又是哪裡不對勁，不僅沒有因為他睡過頭而發脾氣，現在還問他要不要吃早餐？

陳謙似乎看出楊辰逸在猶豫，他揚起壞笑又補了句話：「放心，我沒下毒，殺人是會投胎變豬的。」

「……」幹。

陳謙丟著楊辰逸先行上樓拿東西，再次下樓，他手上拿了一張從筆記本撕下的紙張，而楊辰逸坐在木椅上，他一手拿著總匯吐司拚命往嘴裡塞，一手不得閒地使力按壓隱隱作痛的太陽穴。

陳謙將紙張遞到楊辰逸面前，說道：「這張清單你看一下。」

楊辰逸接過陳謙遞上的清單，他欲定睛細看陳謙寫了些什麼，只是，他才剛看到第一行，就把楊辰逸嚇得直接噎到，他不停搥胸咳嗽，還抓起桌上的豆漿猛灌，終於將卡在喉嚨的吐司順利嚥下。

陳謙也不知從哪拿了罐精油滾珠瓶，他手拿滾珠瓶，坐到楊辰逸身旁，而剛看過清單的楊辰逸尚處於驚魂未定，眼下陳謙居然又坐到旁邊不知道要幹些什麼，他驚慌失措轉頭，問道：「你、你、你幹什麼……？」

陳謙無視楊辰逸的驚恐，一臉理所當然道：「你頭不是在痛？我只是要把精油拿給你而已。」陳謙的溫聲關心，面上盡顯關切之意，陳謙這堪比中邪還可怕的反應，楊辰逸早已被他嚇到全身冷汗直流。他迅速搶過陳謙手上的精油瓶，整個人縮去椅子一角：「我、我知道了……你過去一點……別靠這麼近……」

陳謙見狀也不以為意，他比著楊辰逸手上的清單：「那張清單你看完了嗎？」

楊辰逸順著陳謙的話，又再次看了手上拿著的清單，這一看，他差點把剛才吃的早餐全給吐了出來。

紙張上寫著，情侶必做的100件浪漫小事。

1. 夕陽西下時在海邊吻你
2. 穿情侶裝逛街
3. 一起拍張甜蜜的照片
4. 和他一起看場愛情電影
5. 唸故事哄另一半入睡
6. 當他不舒服時，做個貼心的另一半

……

紙張上面寫滿密密麻麻的浪漫小事，楊辰逸光看第一條，乾嘔的感覺便不停翻湧上來，更別說後面那九十幾項他完全不敢往下看。楊辰逸猶如驚弓之鳥，臉色鐵青問道：「你這清單到底是從哪裡弄來的？」

「戀愛小本本上寫的感情增溫的一千種方法，但是項目實在太多了，所以我只挑了其中一百項出來。」

「……」

「我們只有三個月的時間，如果要做完清單上的所有事情，每天差不多要挑一到兩項來做，所以今天我們就來做第一跟第二項吧。」

楊辰逸再次認真看向手上的清單，陳謙說得第一和第二項分別是……

1. 夕陽西下時在海邊吻你
2. 穿情侶裝逛街

光是第一項就無情到慘絕人寰，楊辰逸是如何能容忍自己跟一個男的在海邊喇舌，喇完還穿著情侶裝去逛街。不行，這清單上的每一項通通都不行，他絕對要讓陳謙放棄這張萬惡的一百件清單。

楊辰逸口氣放軟，他換上營業用笑容，諂笑問道：「等、等等……我們商量一下好嗎……？」

「商量什麼？」

「談戀愛是兩方都願意做這才叫戀愛，可是你這張清單都是你單方面列出來的，我是覺得……我們應該兩個人重新一起列清單比較好……」

陳謙緊盯楊辰逸，眼神中充滿警戒，看得楊辰逸額上都滴汗了，他又趕緊接著話說：「還有你這個清單列太多項了，我們簡化成幾項就好，等等寫完我們再一起討論……」

未等陳謙回應，楊辰逸迅速抓起桌上的紙筆，馬上寫了五項，然後又把他寫好的紙張推到陳謙面前。

1. 一起吃飯
2. 睡前互道晚安
3. 接送上下班
4. 親手下廚給對方準備便當
5. 給對方送件暖心的禮物

急中生智的楊辰逸，刻意避開所有的肢體接觸，硬是寫了五個屁點大的事情想糊弄過去。只見陳謙劍眉倒豎，他盯著紙張不發一語，好半晌，換陳謙拿起桌上的筆，開始修改楊辰逸寫好的五個項次。

1. 一起吃飯
2. 睡前互道晚安
3. 牽手
4. 接吻
5. 約會

「好了，你的我留了兩項，剩下三項必須依照我的。」

「不……」

楊辰逸才說個不字，他旋即接收到陳謙吃人般的凌厲眼神。楊辰逸心裡也清楚，其實這張清單就是陳謙弄來要惡整他的，他定會逼著楊辰逸做些莫名奇妙的事情，然後再藉機給低分。既然如此，陳謙就更不可能讓楊辰逸這麼輕易矇混過去，再加上陳謙手上還握有戀愛小本本，對於陳謙的要求，楊辰逸也只能含淚照單全收。

雖然陳謙提的這三項裡面，每一樣他都不想做，但他也知道自己沒有選擇權，可是如果真的要搞基，楊辰逸也只能接受最低限度的搞基，於是他又和陳謙討價還價許久，兩人終於達成最終協議。

週一到週五，兩人一起吃晚飯，睡前發訊息互道晚安，週六日兩天約會，約會只在陳謙家中進行，而牽手、接吻可憑雙方意願，無硬性規定次數。

得出結論的陳謙，面上又換上溫和的笑意：「那麼在開始約會前，我們還有件事要先做。」

「什、什麼事？」

「你還記得我們現在是什麼關係嗎？」

「……情侶。」楊辰逸不甘願地從嘴裡擠出這二字。

「那情侶之間取個親密的暱稱，應該是很正常的事情吧？」

「……」

「我已經替你想好暱稱，現在該換你替我取暱稱了，寶貝。」

陳謙俊朗的面容泛起醉人淺笑，語氣溫柔地令人醺醺然，但看在楊辰逸眼底，他卻是被噁心到快要胃食道逆流。陳謙，真他媽有夠喪心病狂，居然能面不改色地對著他喊寶貝。

第九章　親我一下再走

「我覺得我們也不一定要取暱稱……其實很多情侶也都是直接喊對方名字的……」楊辰逸忍住嘔吐的感覺，他再次擠出假笑，試圖與喪心病狂的陳謙溝通。

「寶貝，別人是別人，我們是我們。」陳謙笑回。

陳謙又再次對著他喊了聲寶貝，楊辰逸噁心到差點就要把胃酸給嘔出來，他深刻體悟到，只要自己不噁心，那麼噁心的就會是別人，大概就是指眼下這種情況。

陳謙見楊辰逸遲遲不回話，他又開口問道：「怎麼了？你是想不到暱稱嗎？」

楊辰逸萬般無奈地點頭，他哪裡是想不到，他是根本就不想對著陳謙喊！

「如果想不到的話，還是我隨便唸幾個給你選？」

「不用了……」

「寶貝、哈妮、寶寶、小親親、北鼻、親愛的……」陳謙也不顧楊辰逸的拒絕，開始唸起一堆肉麻到不行的暱稱。

楊辰逸本以為自己的態度消極一些，或許就會讓陳謙興起打退堂鼓的念頭，怎知腦子壞掉的陳謙卻是主動追問，甚至還說出一堆選項給楊辰逸選擇。身為鋼鐵直男的楊辰逸，越聽臉色越發慘白，他趕緊抬手示意陳謙別再說下去：「阿謙……我就喊你阿謙……你看怎樣……？」

這聲阿謙，讓滔滔不絕細數暱稱的陳謙閉上嘴，他神色一僵，對著楊辰逸發愣好半會兒，最後陳謙竟莫名對著楊辰逸燦爛一笑：「嗯，就喊阿謙。」

陳謙現在的笑容，楊辰逸並不陌生，他們還小的時候，每年陳謙收到楊辰逸送的生日禮物時，他也會像現在這樣對楊辰逸笑得如此開心。楊辰逸不明白，他不就是喊了以前常在喊的阿謙，陳謙怎麼就能高興成這樣？

「寶貝，今天的約會你有特別想做什麼嗎？」

雖然還弄不明白陳謙為何會有這種反應，不過陳謙的這句問話，卻也再次提醒楊辰逸現在的處境，眼下他也只能走一步算一步，至少要先撐過第一天約會。所幸，陳謙現在看上去心情似乎挺好的，居然大發善心給了他選擇權，想當然，楊辰逸自是不會放過這個機會。為了這週的分數，楊辰逸態度一轉，面帶羞澀，好似兩人真的是熱戀中的情侶，他羞赧道：「你今天陪我看劇吧……這樣之後我們也能有共同的話題可以聊……」

上午十一點半，楊辰逸和陳謙一起叫了外送，兩人打開電視，登入影音串流平台的帳號，楊辰逸隨便選了部排行榜上第一名的偶像劇來看，他們各自吃著外送的餐點，一言不發地看著電視，偶爾搭個幾句話討論劇情，一切都再正常不過。

『你放開我！你也該適可而止了吧？』

『適可而止？為什麼你總是……』

楊辰逸雙眼緊盯電視，他拿起洋芋片塞進嘴裡，對著身旁的陳謙說道：「欸，阿謙，這男二是不是腦子有病？為什麼他要一直和男主角作對？我看到現在，我只感覺他一直莫名奇妙在找男主角的碴。」

「你看不出來他的動機？我覺得動機很明顯，滿好意會的。」

楊辰逸看著電視，現在螢幕上正演著男二在男主角家裡大打出手。

『你為什麼總是不懂？在你眼裡，我就只是個無理取鬧的傻子是嗎？』

『你到底說夠了沒有？我警告你，別再私下對我和我的未婚妻搞些見不得光的小動作，否則我饒不了你！』

「是嗎？我怎麼一點都看不出來？不然他的動機是什麼？」楊辰逸又塞了一片洋芋片，再次問道。

楊辰逸話音剛落，電視馬上演出男二將男主角壓到牆角，強行索吻的戲碼，楊辰逸手拿洋芋片的動作僵硬地停在空中，偶像劇還在演著一言不合就喇舌的火熱戲碼。楊辰逸尷尬地將頭撇向陳謙，想避開這幕辣眼睛的劇情。

「現在知道他的動機了嗎？」陳謙溫聲笑問。

「……」

楊辰逸總算明白，原來男二是因為吃醋，才會一直找碴，電視還繼續播著兩個男人在激吻的畫面，更可怕的是，男二吻到意亂情迷，竟開始伸手扯起男主角的襯衫和下褲。

「……我要去上個廁所。」楊辰逸一個起身，想以尿遁避開這不忍直視的畫面。

豈料，楊辰逸才剛站直身體，陳謙馬上抓著他不放。

「等等，這幕看完再去。」

「為什麼？」

「學一下人家怎麼邊親邊脫衣服，感覺還挺浪漫的，之後如果你的分數不夠，或許可以用這招當作加分題。」

「……」媽的，浪漫的點在哪？閉上眼讓男人脫衣服你也可以？腦子裝屎了是不是？

楊辰逸雖然試著將手甩開，但陳謙卻是十分堅持要他看完再走，無可奈何，楊辰逸只能屈就於陳謙的淫威之下，咬牙硬撐著看完這幕熱吻脫衣橋段。

從這幕之後，楊辰逸根本就無法再認真觀看這部偶像劇，他的腦海裡全部都是兩個男人喇舌脫衣的場面，一直到了晚上六點，楊辰逸終於撐到規定的約會結束時間。

「六點到了，我要先回去了。」

「不再待一下？都看到最後一集了。」

這部偶像劇，楊辰逸看到後面才知道，原來這是當紅的男男戀偶像劇，他原以為的女主角其實是女配角，而在牆角親在一起的那兩個男人，才是這部劇的男主角。而且劇情演到後面，兩個男人接吻、牽手、赤裸上身躺在床上親密接觸，不斷交替出現在後半段劇情裡，楊辰逸實在悔不當初，當時他就不應該選這部劇來看。這整部戲的劇情，簡直比恐怖電影還驚悚數百倍。

「不看了，反正結局大概也就那樣。」

這次，陳謙沒有再強迫楊辰逸留下，他送楊辰逸到玄關，又對楊辰逸提醒明天十點記得過來約會。

「你回去先想看看明天約會要做什麼？如果想不到就由我安排。」

「嗯。」歸心似箭的楊辰逸隨口應和，他一心只想盡快逃離這個鬼地方。

「等等。」

「又怎麼了？」

「寶貝，親我一下再走。」陳謙拉著楊辰逸，聽起來像是在撒嬌。

「阿謙……不親行嗎……？」

「你、覺、得、呢？」陳謙的俊顏泛起令人發寒的壞笑。

「……」

這時楊辰逸才真正了解，稍早談的接吻牽手可憑雙方意願，實際上只有陳謙有選擇的權利。原先楊辰逸還暗自慶幸自己終於平安度過今天的約會，怎知陳謙卻又陡然神經病發作，離開前還硬是要來個噁心至極的離別吻，可是現在就只差那麼一點，就可以完美結束今天的約會，楊辰逸是萬不可能因為這個吻，讓自己的努力功虧一簣。

楊辰逸牙一咬、心一橫，他乾脆閉上眼睛，腦子裡不停催眠自己面前的人是周羽涵，他湊上前，抬頭親上陳謙的薄唇。

楊辰逸才剛碰到陳謙的嘴唇，本想迅速抽離，怎料，他的後腦勺卻猛然被陳謙壓住不放，楊辰逸就這麼被陳謙壓著強吻了一分鐘之久，陳謙才緩緩將人放開。

「你、你幹什麼……！」楊辰逸雙眼瞪如牛鈴，臉色鐵青。

陳謙看著驚慌失措的楊辰逸，他並不打算解釋自己剛才這麼做的動機，反而對他笑說：「寶貝，下次接吻，舌頭記得要伸出來。」

第十章　寶貝，親我

陳謙先是強吻一分鐘，後面還笑著提醒要記得伸出舌頭，嚇得楊辰逸直接奪門而出。當晚，楊辰逸噩夢連連，徹夜難眠。

翌日，楊辰逸帶著濃烈的睡意，準時早上十點到陳謙家報到，週日的約會也和昨天的行程差不了多少，同樣的吃早餐、叫外送、看劇、離別吻，若要說有哪裡不一樣，那大概就是——楊辰逸學會了接吻要伸出舌頭。

從這週之後，陳謙和楊辰逸在公司內，還是保持著上司下屬的關係，下班後一起出去吃個晚飯，睡前再傳個肉麻的訊息互道晚安，假日兩天到陳謙家看劇約會，這樣的日子就這麼一連過了好幾週。

起初，楊辰逸對於這些事，生理和心理都是抗拒的，但是俗話說的好，一回生二回熟，無論什麼事，多做幾次總能熟能生巧，所以搞基這黨事，多做幾次也能得心應手。現在的楊辰逸，雖然心理層面還是會掙扎牴觸，但生理方面，無論是接吻和牽手，他已經能表現的相當自然。

二人重生一個半月後，G公司。

「那麼最後修正過的新品，如果各單位沒有問題的話，上市的時間就還是依照原先預計的六月初上市。」

楊辰逸環顧會議室一圈，在場的與會人員，無人舉手發表意見。

「如果沒有問題的話，今天的會議就先到這裡，執行上若有任何困難，請務必盡早提出來，謝謝。」

語畢，會議室的眾人先後離開會議室，楊辰逸為了男性沐浴新品的專案，已經忙了大半年之久，如果沒有意外的話，這次會議將會是新品最終確認會議。雖然一個月前因為成本的關係，各單位為此僵持不下，所幸陳謙和老高一起出面與財務協調，最終和財務達成共識，財務需將成本再往上提高5%，而研發部也會針對男性沐浴新品的原料配方做微調。

G公司旗下產品，主打高單價的精品洗沐，主要客群為收入較高的白領階級，而G公司每兩年便會推出新品，這次為了今年度的夏季新品，陳謙特別指示楊辰逸和底下的研發人員，同時開發出兩個版本的沐浴品，一為主打平價市場的男性沐浴品，二為主打中價位市場男性精品沐浴品。或許是公司高層也想試著將產品推入平價市場，這次提案一送上去，高層很快就選定平價沐浴品的提案，但因為新品售價低廉，加上上市初期需要投入大量行銷成本，這才又衍生出和財務談不攏成本的問題。

下午五點，忙整天的楊辰逸，總算將今日的會議紀錄整理好。他將會議紀錄發給各單位與會人員，楊辰逸看著信件發送成功的系統訊息，心情也不自覺好了起來，既然新品的事情已全部拍板定案，他的工作也暫時告一段落，再來只要定時追蹤各單位的工作進度就行了。

楊辰逸深吸一口氣，他伸了個懶腰放鬆筋骨，隨後又拿著自己的馬克杯走去茶水間想泡杯咖啡來喝。

「辰逸哥，遇到你正好，協理請我調查明天要參加聚餐的人數，你明天晚上有要去嗎？因為我今天就要跟餐廳訂位了。」周羽涵手拿保溫瓶，朝著楊辰逸迎面走來。

雖然先前和周羽涵鬧得有些不愉快，加上楊辰逸和陳謙的戀情在公司曝光，他和周羽涵確實有段時間是處於相見兩尷尬的情況，可畢竟同在一間辦公室，總是會天天見面，後來周羽涵私下也和楊辰逸道歉，說自己當時太過激動才會賞他巴掌，之後兩人的關係雖沒有更進一步發展，但至少現在雙方都能以平常心相處。

「我有要去，不好意思，我有看到妳傳訊息問我這件事，但我這幾天實在太忙了，一直忘記要回覆妳……」

「沒關係，別放在心上，我知道辰逸哥這陣子真的很忙。」

周羽涵，研發部今年新進的職員，她初到公司報到那天，老高便找了楊辰逸帶她熟悉公司環境。周羽涵是個大學剛畢業的新鮮人，她做事勤快，學什麼很快就能上手，再加上她脾氣好又善解人意，楊辰逸在這短短的三個月，漸漸對這個清純又認真的女孩產生好感。

「新品專案已經忙得差不多了，現在就等六月初上市，這陣子我終於可以不用再加班了。」

「真的？那太好了！」

楊辰逸看著周羽涵對自已微微一笑，清秀的臉蛋笑起來還掛著兩個可愛的小酒窩，只不過楊辰逸大概是知道自己和她再無可能，現在的他，只覺得周羽涵長得好看，卻少了以前那種怦然心動的感覺。

「那上次成本的問題，辰逸哥也和財務談妥了嗎？」

周羽涵因是新進人員，所以並未一同參與此次的新品專案，可即便如此，周羽涵仍不時主動關心這個案子進度，有時甚至還會給楊辰逸提出一些自己的想法。

「上次那件事主任已經處理好了。」

周羽涵略微訝異，她又問：「主任出面解決這件事？那成本最後有變動嗎？」

「成本最後……」楊辰逸清了清嗓子，正準備和周羽涵詳述事情經過，但他話才講一半，後方卻驟然響起陳謙的聲音。

「五點了，你們怎麼還不下班？」陳謙沉著臉，他強行從兩人中間的空隙擠入，硬是要擠在楊辰逸和周羽涵兩人的中間裝茶水。

「你們剛才是在討論新品的事情嗎？」陳謙斜眼看了周羽涵一眼，語氣冷淡。

陳謙突兀的動作，讓楊辰逸暗自翻了個白眼，他下意識往後退開遠離陳謙。他就想不懂，周羽涵也不知道是哪裡招惹陳謙，打從她進公司開始，陳謙總是沒給她好臉色看過，而陳謙的態度，並未讓周羽涵神色起太大變化，她仍禮貌笑回：「沒什麼，我們只是剛好聊到新品的事情。對了，協理要我統計明天聚餐的人數，我有發訊息給主任，可是主任你一直沒回我，所以主任明天也會一起去聚餐嗎？」

陳謙未立即回答周羽涵的問題，反倒轉頭看向楊辰逸：「你有要去聚餐？」

「嗯。」

楊辰逸一回答，陳謙又緊接著對周羽涵說：「明天聚餐，我會去。」

「今天一起下班吧，你媽今天不是找我去你家吃晚飯嗎？」

陳謙這句提醒，讓楊辰逸頓時湧上一股煩躁感，他能明顯感受到陳謙在刻意阻撓他和周羽涵相處，但現在周羽涵在一旁，他也不好在公司裡面和陳謙起爭執，於是他只好向周羽涵匆匆說了句下次再聊，便與陳謙兩人一起離開茶水間。

下午五點半，楊辰逸和陳謙一起打卡下班，兩人一前一後踏出商辦大樓，一路來到公司專屬停車場。沿路上，他們半句話都沒說，陳謙打開車門坐上車，準備要開車回家，楊辰逸卻拉住陳謙，眼底盡是不滿。

「我現在和周羽涵只是一般同事，你在茶水間，真的不用刻意說那些話。」

「我剛才在茶水間說了什麼？」陳謙不解回問。

「你別以為我不知道，明明現在就還早，你卻故意在她面前提這件事，不就是要我別和她聊天嗎？」

「我只是好意提醒，是你自己想太多。」

「……」

這一個半月來，陳謙對楊辰逸提出的要求，楊辰逸總是咬牙盡力在迎合他，但陳謙卻是越來越得寸進尺，現在就連和公司後輩相處他也要插手管。雖說陳謙這行徑，早已超過談戀愛的範圍，不過楊辰逸也明白，他們兩人也只剩下一個半月的壽命可活，與其浪費時間和陳謙爭執這種小事，倒不如想辦法讓陳謙給他打高分還來得實際一些。

「還有，今天去我家，拜託你表現得正常一點，千萬別讓我媽知道我在和你搞基。」

「嗯。」

「那我先回去了。」

楊辰逸轉頭要走，卻被陳謙拉住不放。

「你幹什麼？」

陳謙唇角一勾，輕笑說：「寶貝，親我。」

「……」

這一個半月以來，陳謙大概是親上癮了，只要一有兩人獨處的機會，他就會像這樣要求楊辰逸親自己，不過楊辰逸心裡頭雖不願，但他仍會順著陳謙的要求照做。

楊辰逸抬頭左右張望，確認附近無人，畢竟他和陳謙現在可是在公司附近的戶外停車場，若是被路人或同事看到可就糟了，只是他正想轉頭看向身後是否有人，卻被陳謙猛力一扯。

「寶貝，後面沒人，快點親我。」陳謙拉著不讓楊辰逸轉頭，他笑著再次催促道。

楊辰逸被陳謙這麼一催，腦子也沒有多想，他閉上雙眼，彎腰自己湊上陳謙的雙唇，楊辰逸張嘴伸舌，和陳謙在戶外火熱地吻了將近三十秒。

一吻結束，陳謙心滿意足地笑著關上車門發動引擎，楊辰逸也轉過身準備開車返家，但他才剛往後一看，就發現不遠處站著神色難看的周羽涵。

「……」

楊辰逸憤怒回頭瞪向倒車中的陳謙，只見陳謙將車倒出停車格。車子經過楊辰逸身旁時，陳謙搖下車窗，楊辰逸看到陳謙臉上盡是戲謔笑意，他俏皮地對著楊辰逸做了個手指比愛心的動作：「寶貝，回家路上小心。」

第十一章　事情真的不是妳想的那樣

楊辰逸與前方十公尺處的周羽涵對望數秒，他真的不知道為什麼自己老是會碰上這種鳥事，他甚至開始懷疑，自己該不會是受到什麼詛咒，這都第二次了，到底為什麼兩次都會被周羽涵給撞見！

一個半月前，周羽涵撞見他倆在女廁摟抱親額頭，他和周羽涵的戀情正式告吹。

現在，周羽涵又撞見他倆在停車場基情熱吻，這下子，他和周羽涵大概連普通同事這層關係都要化為灰燼了。

這一切的一切，全是陳謙對楊辰逸的狹怨報復，氣在心裡口難開的楊辰逸，暗自決定，若是三個月之後，陳謙仍是惡意給他打了個過低的總分，他一定要在閻王面前，將陳謙這段日子的所作所為，完完整整地向閻王參上一本。

楊辰逸和周羽涵仍各自站在原地對望，面對這種尷尬到臉都丟光的場面，楊辰逸實在無語問蒼天，他難為情地對著周羽涵點頭打了個招呼，便以迅雷不及掩耳的速度跳上車，趕緊逃離這個社死現場。

晚上六點半，楊辰逸回到家，他才剛踏進家門，客廳內又傳出一片和樂融融的說話聲，楊辰逸一聽聲音，原來是陳謙早一步到他家來了。

「阿謙，肚子餓了對不對？阿姨晚飯已經煮好了，如果餓的話，不用在意阿逸，我們先吃也可以。」楊母用著熱切的眼神，不停明示陳謙先到飯桌上吃晚飯。

「對阿，謙哥，餓的話我們先吃沒關係，我哥就別管他了，他餓了會自己找東西吃。」楊辰玲附和道。

陳謙面上掛著親切的笑容，彬彬有禮回道：「阿姨，我平常也沒這麼早吃，況且阿逸和伯父都還沒回來，我等一下沒關係的。」

陳謙，陳謙，人前謙謙君子，人後禽獸不如。剛才才被陳謙害得慘不忍睹的楊辰逸，一聽他那惺惺作態的回話，他是真想當場給陳謙來上一拳，而當他進入客廳沒多久，很快就引起三人的注意。楊母一見自家兒子返家，她又對著陳謙說道：「你看，阿逸正好下班了，而且楊叔叔平常也沒這麼早下班，我先去擺碗筷，順便再切點水果，等阿逸洗完澡，我們就直接開飯吧。」

「可是……不等伯父真的沒關係嗎？」

「謙哥，你不要這麼有壓力，我們家餓了就開飯，沒有一定要等到大家都到齊才吃晚飯。」

約莫半小時，楊辰逸洗完澡走下樓，樓下三人已坐在飯桌前。楊辰逸拉了椅子，往陳謙旁邊的空位坐下，他給自己盛了碗飯，準備夾菜來吃。

因楊家兩個孩子都已獨立出社會，吃飯也是時常在外解決，所以楊母平時晚飯都不會準備太多，但今天不一樣，有了陳謙上門一起吃晚飯，楊母特地煮了滿桌子菜，今晚菜色豐盛的程度，堪比過年時節的年夜飯。

「來，阿謙，這個白菜阿姨滷了很久，你吃看看有沒有又軟又入味。」

「還有這個鱸魚，是阿姨今天一大早就去菜市場買的，魚肉很新鮮，來，別客氣，多吃點。」

楊母頻頻替陳謙夾菜，陳謙的飯碗很快就堆起一座小山。楊辰逸看著陳謙面色不改地將碗裡的菜一直往嘴裡塞，但若仔細觀察，楊母夾進陳謙碗裡的菜色，陳謙卻只吃固定幾樣菜。

楊辰逸一邊夾菜，眼角餘光不時瞄向陳謙的飯碗，坐在對面的楊母還在夾菜。他看著楊母將桌上的菜又重新夾一輪放到陳謙的碗裡，果然沒錯，陳謙又是只留下洋蔥、青椒、茴香菜。楊辰逸這下總算確定，從以前到現在，陳謙還是沒改掉他挑食的毛病。

陳謙挑食的壞習慣，是他們兩人兒時的祕密，不知情的楊母，依舊一股腦替陳謙夾菜，嘴裡還不停叨念著要陳謙多吃點。楊辰逸見狀，他夾了塊肉放到自己碗裡，刻意插上話：「媽，妳今天真的很厲害，居然炒了這麼多道阿謙喜歡吃的菜。」

「真的？」楊母停止夾菜動作，神情又驚又喜。

楊辰逸用筷子比了桌上的某幾道料理，接著說道：「真的，這個洋蔥炒蛋，還有青椒，啊還有這個炒茴香，阿謙從小就特別愛吃。」

「可是我剛才夾的這些菜，阿謙怎麼一口都沒吃……？」

「阿姨我……」

楊辰逸用手肘撞了身旁的陳謙，故意打斷他說話，陳謙轉頭看向楊辰逸，卻見他正對著自己壞笑。陳謙背脊一涼，他隱約知道楊辰逸的企圖。

「媽，我比妳更了解阿謙，他從小就習慣將喜歡吃的東西留到最後吃，我說得沒錯吧，阿謙？」

「阿謙，是這樣嗎？」楊母殷殷期盼，問道。

「……對。」

楊辰逸太過了解陳謙的脾氣，死愛面子的他，從小就將挑食的壞習慣藏得特別深，更何況現在陳謙也老大不小了，更是不可能開口承認自己挑食這件事。果然陳謙一應和，當晚桌上的洋蔥蛋、炒青椒、炒茴香，全被楊母夾進陳謙的飯碗裡。

晚飯過後，吃太飽的陳謙，介於要吐與不吐之間，他本想先行回家休息，卻又被盛情的楊母留下來吃水果。但現在的陳謙，只想趕快回家休息，哪裡還能再吃下水果，無奈之下，陳謙只好藉口要找楊辰逸討論公事，一溜煙迅速躲進楊辰逸二樓的房間。

「你剛才是故意的對吧？」陳謙坐在床邊，狠瞪楊辰逸。

「請問剛才我怎麼了嗎？」楊辰逸喝著飲料，翹腳坐在自己的電腦椅上。

「少裝了，你明明知道我討厭吃那些東西。」

楊辰逸又喝了口飲料，嘻皮笑臉問說：「是嗎？那大概是我記錯了，可是如果你不喜歡吃的話，為什麼不自己跟我媽說？」

「……」

楊辰逸的反問，懟得陳謙臉色一陣青一陣白，他本想繼續反唇相譏，但大概是剛才晚飯吃太多，陳謙肚子猛地一陣絞痛，他捂著肚子，臉色慘白：「你家有胃藥嗎……？」

楊辰逸看陳謙這樣子，也不太像是裝的，他二話不說，趕快衝去樓下拿了胃藥和開水。

「喂，要不要我幫你掛急診？你臉色看起來很差。」

陳謙痛到額上都冒汗了，他接過楊辰逸遞上的胃藥和開水，迅速吃下一顆胃藥：「不用，吃個胃藥就沒事了。」

胃藥下肚，半小時過去，陳謙糾結的神色漸緩。楊辰逸暗鬆一口氣，他想，應該是胃藥開始發揮作用，剛才陳謙痛到都直不起腰的樣子，嚇得他差點就要將陳謙送急診。

「阿謙，你腸胃不好的毛病，到現在都還沒調養好？」

此話一出，陳謙訝異地轉頭看向坐在身旁的楊辰逸：「你……還記得我胃不好這件事……？」

「怎麼不記得？我記得你以前三天兩頭就鬧肚子痛，但我以為現在你的腸胃應該好多了，誰知道你還是老樣子，你是不是平常都沒在按時吃飯？」

「有時候一忙就會忘記吃。」

「再忙也要吃飯吧，不然一直這樣也不是辦法。」

但見陳謙英挺俊朗的臉龐，泛起無奈的苦笑：「家裡就只剩我一個，我有沒有吃飯也沒人會關心，不是嗎？」

楊辰逸清楚陳謙這句話背後的意思，他其實只是好意提醒陳謙，怎知卻無意間挑起陳謙不好的回憶。楊辰逸話鋒一轉，趕緊說道：「喂，阿謙，雖然我們剩沒多少日子，如果你不介意的話，剩下的一個半月我可以陪你一起吃三餐。」

「……真的？」

「我看起來像是在開玩笑嗎？反正你家離我家那麼近，之後我們一起吃完早餐再進公司吧。」

楊辰逸話一說完，陳謙的反應又和上次一樣，他先是一愣，而後又對著楊辰逸笑得十分開心。

「你沒事幹嘛笑成這樣？中邪喔？」

「寶貝，謝謝你。」

「謝什麼？還有在我家，你別喊……」我寶貝。

楊辰逸話都還沒講完，陳謙竟一個猝不及防，自己湊上前吻了楊辰逸，雖然兩人這一個半月以來，接吻的次數多到數不清，但多數都是陳謙要求楊辰逸親他。陳謙除了上次在老高面前強吻楊辰逸，在這之後根本就沒有主動親過楊辰逸。

楊辰逸倒抽一口氣，他伸手想將陳謙推開，卻被陳謙蠻橫地抓住雙手，陳謙忘情啃咬吸吮他的雙唇，舌頭強勢鑽入楊辰逸嘴裡，恣意與他糾纏在一起。眼前的陳謙，熱情到他快無法招架，他想抽離卻又被他緊抓不放，這次的吻，很久很長，楊辰逸都被他吻到喘不過氣，但陳謙卻依然沒有要放開他的意思。

「唔嗯……嗯……唔……」楊辰逸發出低咽聲，他胡亂揮著雙手，試圖掙脫陳謙的箝制。

陳謙和楊辰逸還坐在床邊熱吻，說時遲那時快，楊辰逸的房門就這麼恰巧被打開。

「哥，媽叫我拿水果來給你們……靠！你們在衝三小拉？」楊辰玲驚呼一聲，她震驚到都爆粗口了。

楊辰玲的闖入，讓楊辰逸像條彈塗魚，整個人誇張地迅速彈開，他緊張轉頭看向花容失色的楊辰玲：「楊辰玲，妳、妳聽我解釋……事情真的不是妳想的那樣……」

楊辰玲先是看了眼自家的老哥，又看了眼坐在床邊的陳謙，他好整以暇地伸手擦拭嘴角的口水，似乎並沒有要解釋的打算。冰雪聰明的楊辰玲，很快就意識到這是怎麼回事，肯定是自家老哥因為常年交不到女朋友，進而自暴自棄選擇改交男朋友，這麼一想似乎也不難理解，為什麼陳謙和楊辰逸會突然和好。原來這兩人不知從何時開始，已經變成這種不可告人的關係。

自行釐清一切的楊辰玲，將手上那盤水果放在楊辰逸的電腦桌上，她識趣地想默默關上門離開，但楊辰逸卻一個箭步上前，抓著楊辰玲不讓她離開：「楊辰玲，我跟妳說，這一切都是誤會……」

「哥，你放心，我會替你保守祕密，這件事我不會跟媽說的。」楊辰玲欣慰地拍了自家老哥的肩膀，都這麼多年了，自家哥哥終於脫單，真是件感人的事。

「不、不是……我就說……事情真的不是妳想的那樣……」

「好了，好了，我先出去，我就不打擾你們了。」楊辰玲甩開楊辰逸的手，打開房門。

「喂，楊辰玲，妳聽我解釋……」

楊辰逸又上前拍了楊辰玲的肩膀，這次，楊辰玲回過頭，她卻對著楊辰逸露出令人發寒的姨母笑，隨後又接著說：「哥，聽我一句勸……」

「……？」

「做愛記得要戴套。」

「……」就跟妳說，真的不是妳想的那樣阿！

第十二章　我們的過往

楊辰逸現在真的欲哭無淚，他無奈望著楊辰玲離去的背影，楊辰玲現在不只誤會他和陳謙，而且還是往最糟糕的方向誤會。楊辰逸心底實在崩潰萬分，到底為什麼他們每次接吻，總是會有人這麼好死不死的闖進來！

這所有的一切，說到底全是陳謙一手造成的。他憤恨轉頭狠瞪陳謙，眼下的陳謙，正一臉悠哉地戳了一塊蘋果，他說：「別瞪我，我已經說過了，我死都不會開口撇清我們兩個人的關係。」

陳謙吃了幾塊水果，便笑著離開楊辰逸他家。陳謙一離開，楊辰逸決定再找楊辰玲把話說清楚，於是他跑到樓下，硬把在客廳看電視的楊辰玲拉回自己的房間。

「哥，你不用再解釋了，老實說這也沒什麼好丟臉的，我真的不會歧視你。」

「我真的不是Gay，剛剛妳看到的接吻完全就是個誤會……」

「誤會？所以你是在跟我說，你不是Gay但還是跟謙哥喇舌？」

「呃……對……」

「那謙哥是Gay嗎？他是喜歡你嗎？不然怎麼會親你？」

「他沒有喜歡我……而且他也不是Gay……」

「所以你們的關係是，你們之間沒有互相喜歡，然後你們也都不是Gay，但可以隨意喇舌，你是這個意思嗎？」

「對……」雖然楊辰玲說得沒錯，但楊辰逸總覺得聽起來還是哪裡怪怪的。

聰明絕頂的楊辰玲，很快又得出新的結論，她又說：「哇，哥，我想不到你已經這麼墮落，居然找了謙哥當砲友。」

楊辰逸不懂，怎麼現在好像越解釋越糟糕了？

楊辰玲也不是個思想封閉的人，畢竟砲友這檔事，你情我願，兩個人高興就好，更何況他家老哥肯定是可憐到找不到女人當砲友，才會改找男人當砲友。這麼一想，楊辰玲實在心酸到不忍再斥責自家哥哥，她又再次拍了楊辰逸的肩膀，語重心長道：「哥，沒事的，我都懂了，謙哥也真夠偉大，居然為了你，願意下海去捅你的屁股。」

「……」不是，陳謙到底哪裡偉大了？還有為什麼我會是被捅屁股的那個？

雖然閻王規定兩人不能直接明說他們沒有在交往，但卻沒有規定楊辰逸不能用暗示的方式告訴他人，他本想試圖暗示楊辰玲這完全就是個誤會，豈料他卻是越描越黑。楊辰逸知道自己若再繼續解釋下去，楊辰玲也只會得出更糟糕的結論，倒不如乾脆就此打住，什麼話都別再說。

「不過謙哥還真夠義氣，人家是為了朋友兩肋插刀，他是為了朋友捅你屁股，這麼好的朋友，到底是要上哪去找？」

楊辰逸一聽楊辰玲越說越誇張，沒好氣地開口：「楊辰玲，妳夠了沒有，我們什麼亂七八糟的事情都沒有發生，就只是接個吻而已，妳少在那邊亂吹捧陳謙。」

楊辰玲聽聞楊辰逸的話，臉上又揚起令人害怕的姨母笑，她甚至還笑著跟楊辰逸自曝，其實自己是腐齡十幾年的資深腐女，如果楊辰逸有需要，她可以先推薦幾部不錯的GV給楊辰逸提前做參考。不過想當然的，楊辰逸自是一口回絕楊辰玲的提議。

「對了，哥，我到現在還是搞不懂，當年你跟謙哥到底發生了什麼事？竟然能讓你們吵了十幾年。」

其實早在十幾年前，楊辰逸喊著再也不搭理陳謙的時候，家裡的人全都有私下問過楊辰逸到底是發生什麼事，但楊辰逸卻始終不回答，一直到了現在，這件事就成了一個神祕的未解之謎，真正的原因，只有他們兩個人知道。

可怪的是，這些年來，無論是陳謙還是楊辰逸，這兩人都不曾主動說出吵架的原因，而這次楊辰玲的再度詢問，仍是沒有得到楊辰逸的回答。

楊辰玲離開房間，楊辰逸一個人躺在床上，他回想起過往的種種，時至今日，他和陳謙也只剩一個半月可活，當年是誰先放棄這段友情，似乎也不是那麼重要了。

***

十六年前。

「唉，陳家真的好慘，而且在這麼小的孩子面前發生這種事，這孩子肯定一輩子都會有陰影吧？」

「是啊！之前就常聽到陳家那對夫婦在爭吵，感覺他們夫妻感情不睦很久了……」

「就是說啊，大人的事還牽扯到小孩真是要命，你看陳家那個孩子，事情發生到現在，一句話都不說，眼淚甚至都沒掉……心理一定是受到很大的創傷才會這樣，真是可憐啊！」

瘦小的陳謙，蹲在自己父母的靈堂前，他那小小的手掌，緩緩地將一大疊冥紙往火盆裡面丟，他就如道人是非的街坊鄰居所說，眼淚一滴都沒掉，就只是靜靜地燒紙錢給父母。

「阿謙，等等紙錢燒完就和阿逸一起來阿姨家吃飯吧，阿姨午餐煮好了，等等記得過來吃……」

只是陳謙就像是沒聽到一樣，他沒有抬頭也沒有出聲回應楊母的話，自從他的父母過世之後，陳謙就一直是這副模樣，無論是他父母那邊的親戚來探視他，抑或是來給他做心理輔導的社工，都沒能讓陳謙開口說上半句話。

雖然同情陳謙，但他這不與人溝通的樣子，楊母實在也束手無策，於是楊母對著蹲在陳謙身旁的楊辰逸擠眉弄眼，示意楊辰逸等等帶陳謙到家裡來吃飯。

機靈的楊辰逸，很快就知道自家老媽的意思，楊母離開之後，他和陳謙兩人把紙錢燒完，楊辰逸也不管陳謙願不願意，將人拉著就往自己家裡走。

「阿謙，我們先去吃飯，等等我請你喝彈珠汽水，好不好？」

「……」

楊辰逸見陳謙不回話，他也不以為意，他又對著陳謙嘻嘻笑說：「還是你想喝冰淇淋汽水？」

陳謙仍舊沉默不應，但楊辰逸還是繼續對著陳謙說話。他將陳謙帶到自己家裡，兩個人吃完午飯，楊辰逸又興沖沖地將陳謙帶去家裡附近的雜貨店。

兩人一到雜貨店，楊辰逸二話不說就把陳謙帶到小冰箱前面，他問：「阿謙，你要喝什麼？冰淇淋汽水？還是橘子汽水？還是要喝泡沫紅茶？」

楊辰逸陪著陳謙在冰箱前面呆站半小時，陳謙總算願意開口回答：「……紅茶。」

陳謙一回答，楊辰逸立刻打開冰箱，他抓了一罐泡沫紅茶和彈珠汽水拿去櫃台結帳。

楊辰逸牽著陳謙離開雜貨店，他一邊喝汽水，一邊說道：「阿謙，我已經跟我媽說好了，以後你就來我家跟我一起住，我們一起吃飯，一起洗澡，一起睡覺。」

其實楊母只是答應楊辰逸可以暫時讓陳謙來家裡，畢竟陳謙也還有親戚，到時候陳謙也是必須跟著親戚一起住，但當下的楊辰逸，似乎是誤會自家老媽的意思，竟還信誓旦旦地對著陳謙掛保證。

「真的……？」陳謙黯然的神色，出現了一絲遲疑，他停下腳步，不可置信地看著楊辰逸。

「當然是真的，阿謙你別怕，我比你大，我是哥哥，我一定會保護你的。」

陳家發生命案那晚，直到被人發現通知警方時，他的父母早已氣絕身亡，加上事情發生後，陳謙一直閉口不談，所以外人對他們家的這樁命案，皆是繪聲繪影傳述。

陳謙看著楊辰逸在自己面前拍胸脯保證，一直壓抑在心底的情緒，竟在此時決堤。他站在原地，小手緊牽楊辰逸，眼淚不停從眼眶滑落。

自詡哥哥的楊辰逸，一看到陳謙落淚，馬上摟著他，輕拍他的髮頂，安慰道：「阿謙乖，哭完就沒事了。」

這天，陳謙埋在楊辰逸不算厚實的胸膛裡哭了很久，而楊辰逸也沒有推開陳謙，他就這麼站在大街上，陪著陳謙哭到眼淚流乾為止。

當晚，行動派的楊辰逸，大搖大擺跑去陳謙家裡，擅自替陳謙整理一些衣物行李，而後又拎著大包小包回到自己家裡，不停嚷著要和陳謙一起住，楊母二話不說就拒絕楊辰逸的要求。果不其然，喪事一結束，陳謙自然也由父親那邊的親戚接走。

幾個月後的某日，楊辰逸家裡的門鈴響起，楊辰逸一開門，就見到陳謙和他的叔叔出現在自家門口。

「阿謙！你回來了！」楊辰逸激動地一把衝上前抱住陳謙，他興奮大喊道。

門口的騷動，很快就引起楊母的注意，楊母走出來一看，就看到自己兒子抱著陳謙樂到直蹦跳。原來陳謙被叔叔接走之後，或許是因為心理受過創傷，陳謙的個性變得乖僻又難以溝通，沒過幾個月，叔叔一家人也拿他沒轍。雖說是自己哥哥的孩子，但畢竟也不是自己親生的，心裡雖然同情，但面對這樣的陳謙，他們卻也沒有多餘的心力可以去照顧他。一番討論之後，陳謙的叔叔決定將陳謙帶回原本的住所，改以每個月匯生活費給楊母的方式，拜託楊母幫忙照看陳謙。

而楊辰逸一得知陳謙要搬回來住，想都沒有多想，他擅自提著陳謙的行李直接放到自己的房間裡面。楊辰逸這舉動，擺明在告訴楊母，他就是要和陳謙一起住，誰都不能阻止他，深知自家兒子臭脾氣的楊母，無奈之下也只能退讓。

從這天開始，陳謙也正式入住到楊辰逸家裡。

第十三章　別怕，我會保護你

「楊辰逸！吃完飯就快點給我從廚房出來！現在都幾點了？你學校的功課都寫完了嗎？今天你又想幾點睡覺！」楊母坐在客廳，她對著廚房內的楊辰逸放聲大吼。

「好啦！我快吃完了！」

楊辰逸中氣十足喊完，他又將頭轉回，輕聲對著身旁的陳謙說道：「阿謙，你快點吃完啦，我再不出去，我媽等一下又要發瘋了……」

在楊家，楊母為了不讓孩子挑食，每次吃飯，她都一定會把今天煮的每一道菜，全都各夾一些放到自家孩子的碗裡，楊母更規定，如果沒吃完就不許他們到客廳裡看電視。在這樣的規定下，楊辰逸和楊辰玲為了看晚上黃金時段的卡通節目，兩人都拚了老命在吃晚飯。在陳謙還沒來入住之前，楊辰逸每天晚飯都花不了十分鐘就吃完，而自從陳謙來了之後，他當然也必須遵守楊家的規矩，但楊辰逸和陳謙這兩人，做什麼都一定要黏在一起，就連吃個飯，楊辰逸也會等陳謙吃完再去客廳看電視。

雖然楊辰逸這麼催著陳謙，可是陳謙的碗裡仍留著一小份洋蔥蛋，他右手握著筷子，怎樣都不肯夾碗裡剩下的洋蔥蛋。

「阿逸……你幫我吃這個好不好……」陳謙委屈癟嘴，可憐兮兮地央求著楊辰逸。

「阿謙，你不喜歡吃洋蔥喔？我媽說不可以挑食，不然會長不高，快點，只有一小口，吞下去就沒事了。」

「而且你是個男生，怎麼……」

陳謙見楊辰逸對自己的話不為所動，他馬上收起楚楚可憐的眼神，反而側身靠近楊辰逸，用著細微的氣音說道：「幫我吃，我作業借你抄。」

「可以挑食……好，我替你吃。」

機智過人的楊辰逸，態度一轉，他也不再對著陳謙繼續廢話，二話不說就拿起陳謙的碗，迅速把洋蔥蛋塞進自己嘴裡，然後再開心地拉著陳謙走到客廳。

楊母見楊辰逸終於從廚房出來，她立刻把電視關上，收走遙控器，手指著玻璃矮桌上的國小作業本，說道：「阿謙，你幫我盯著阿逸，他沒有寫完就不準他看電視，還有，楊辰逸你如果趁我在裡面洗碗，給我偷打開電視，你皮就給我繃緊一點。」

「好。」陳謙乖巧點頭。

楊母說完就走進廚房去收拾餐桌及洗碗。楊辰逸坐在小板凳上，鬼鬼祟祟四處張望，眼下自家老媽正在廚房收桌子，大嘴巴愛告密的楊辰玲正在浴室洗澡，楊辰逸和陳謙一個眼神對視，陳謙馬上跑去將書包裡的作業拿出來給楊辰逸。楊辰逸一拿到陳謙的數學作業本，他快速翻開並開始抄寫，而陳謙則坐在旁邊替楊辰逸把風。

不到十五分鐘，楊辰逸已經將數學作業全數抄完，而楊辰逸為了避免自家老媽起疑，刻意裝模作樣拉著陳謙要他教自己算數學，他們兩個人一搭一唱，就這麼演戲演到楊母洗完碗。

「楊辰逸，這個真的是你自己寫的？」楊母拿著作業本，挑眉問道。

「當然阿，妳剛剛在裡面洗碗的時候，不是也有聽到阿謙在教我嗎？」楊辰逸說起謊來可是如魚得水，臉不紅氣不喘。

楊母仍是半信半疑，平常要楊辰逸寫個作業，他不只拖拖拉拉還會錯誤百出，但今天楊辰逸的作業，不但寫得很快，更令楊母驚訝的是，每一題的答案都讓楊辰逸寫對了。

楊母將陳謙拉到一旁，小聲探詢：「阿謙，你老實跟阿姨說，是不是阿逸威脅你，讓你替他寫作業？你別怕，你跟阿姨說，我不會讓阿逸這樣欺負你的。」

「阿姨，阿逸他沒有威脅我，真的是我教阿逸的……」

陳謙從小在外人面前就是品學兼優的好孩子，而楊辰逸則是三天兩頭就搞飛機的死小鬼，楊母內心雖然有疑，可現在陳謙一句話說得懇切，楊母也不好意思再質疑下去，於是她也就這麼信了陳謙的話。只是誰會想到，陳謙就是頂著乖乖牌的形象在替楊辰逸說謊。

有了這次的經驗，楊辰逸和陳謙兩人之間逐漸形成一種默契，楊辰逸發現陳謙其實是個特別挑食的孩子，而陳謙為了讓楊辰逸替自己吃不愛吃的東西，他也很懂得利誘楊辰逸，不是將自己的作業借給他抄，就是把自己的點心讓給楊辰逸。這兩個人，一個願打一個願挨，雙方都不覺得自己委屈，反而感情還越來越好。

楊家透天住宅裡共有四間房間，二樓，楊父楊母、楊辰逸的房間；三樓，楊辰玲的房間以及放置雜物的儲物室。陳謙入住的這一年，他和楊辰逸都是國小六年級，兩個正值發育期的男孩子，同擠一間房間實屬過小。原先楊母是打算，將儲物室清些東西出來，再讓陳謙去睡三樓，這樣也就不用兩個孩子擠一張床，只是固執的楊辰逸，說什麼都不讓陳謙一個人去三樓睡，執意要和陳謙擠一間房間。

這天，他們一如既往地在規定的時間內回房睡覺，只是楊辰逸和陳謙雖然將燈關上，卻沒有上床睡覺。

「阿謙，你忍耐一下喔，我媽他們還沒回房間。」

楊辰逸牽著發抖不止的陳謙，兩個人貼在房間的門旁邊。楊辰逸將門開了個小縫，一張臉擠在門縫上往外面觀察。晚上十一點，是他們該熄燈上床睡覺的時間，雖然房間已將大燈關上，但兩個不睡覺的孩子，仍站在門邊鬼鬼祟祟不知道在做些什麼。

「阿謙，再忍一下下就好了，我聽到他們上樓的聲音了。」楊辰逸對著蹲在地上發抖的陳謙，低聲說道。

陳謙抿唇點頭，額上冷汗直流，他牽著楊辰逸的右手，手勁又加大了些，似是在隱忍什麼。

過沒多久，楊父和楊母先後回房，楊辰逸見狀，馬上把自己房間的大燈打開，他輕拍陳謙的肩膀：「阿謙，好了，他們進去睡覺了。」

陳謙抬起頭，一張小臉上寫滿恐懼，眼淚早已在眼眶內打轉：「阿逸……這樣真的沒關係嗎……？」

「唉呦，沒關係啦，如果我媽生氣，你就說是我晚上為了玩 game boy，所以才把電燈打開。」

楊辰逸蠻不在乎地拉著陳謙，兩人一起躺到床上。

陳謙被楊辰逸的話感動到無以復加，他伸手戳了躺在自己身旁的楊辰逸，囁嚅說道：「阿逸……謝謝你……」

楊辰逸側頭對著陳謙嘿嘿一笑，他笑說：「謝什麼？反正我媽也不能拿我怎樣，你不睡覺嗎？你明天不是還要早起關燈？」

這些行徑的背後，全因陳謙怕黑。自從陳謙住進楊家之後，楊辰逸很快就發現，陳謙無法關燈睡覺，也不敢摸黑上廁所，更沒辦法一個人處在陰暗的空間。楊辰逸不知道陳謙的怕黑是天生就這樣，還是後天外在因素導致，他只知道，陳謙只要沒了光線，就會害怕到渾身發顫、四肢無力。

從陳謙入住的那天起，楊辰逸天天為了陳謙開燈睡覺，即便楊辰逸不習慣開燈睡覺，他仍是為了陳謙隱忍下來。可是不知情的楊母，老是以為自己兒子大半夜開燈不睡覺，就只為了熬夜偷玩遊戲機，而每回楊母生氣，楊辰逸總是默不吭聲地將錯攬下，因為他知道，陳謙愛面子，他不敢讓人知道自己挑食，更不敢讓人知道自己怕黑。

為了不讓楊辰逸再挨罵，陳謙只好想了個方法變通，他們先假裝關燈睡覺，等楊父楊母回房之後，再將大燈打開，直到隔天一早再把燈關掉。

「阿逸……明天學校午餐的點心是布丁，我的布丁給你吃好不好……」

「哇，阿謙，我今天沒替你吃你不吃的菜啊？為什麼你還要給我吃布丁？你不留著吃嗎？」

楊辰逸不明所以的看著陳謙，兩人的臉近到就快親上，不知為何，他卻見到陳謙的雙頰微微泛紅，眼神有些飄忽，他怯怯說：「學校的布丁吃起來太甜了……我不喜歡……可是阿逸你好像很喜歡學校的布丁……所以我才想說布丁給你吃……」

「喔，好啊，那以後學校有發布丁，我都替你吃。」楊辰逸覺得自己真是賺到了，以後他就可以吃到兩份布丁。

這兩人，在床上有一搭沒一搭的聊天說話，很快地，他們漸入夢鄉。凌晨時分，睡夢中的楊辰逸，頻頻聽見耳側傳來啜泣嗚咽聲，他撐開沉重的眼皮，竟發現身旁的陳謙蜷著身體淚流不止。

「阿謙……你怎麼了……？」楊辰逸拍了陳謙的肩膀，擔憂問道。

「嗚……阿逸……我好怕……」

「怎麼了？你又做惡夢了嗎？」

「嗚……我又夢到爸爸和媽媽在吵架……他們……」

後面的話，陳謙沒有繼續說下去，失控的眼淚，控制不住地一直落下，瘦弱身軀不停打顫。楊辰逸不知道他夢到了什麼，但陳謙這種情況，出現的十分頻繁，嚴重的時候，他甚至會哭到天亮，整晚都不睡。

楊辰逸把蜷縮的陳謙摟進懷裡，他不斷輕拍陳謙的背，溫聲哄道：「阿謙，別怕，我在這裡，沒有人可以欺負你。」

「阿逸……」

「別怕，我會保護你的。」楊辰逸繼續拍著陳謙的背，再次向他保證。

楊辰逸摟著抽抽噎噎的陳謙，反覆向陳謙說著自己會保護他，也不知過了多久，埋在楊辰逸懷裡的啜泣聲停下了，濃厚的睡意也讓楊辰逸的眼皮重到快要闔上，只是在他迷迷糊糊快要睡下的時候，他彷彿感覺到自己的臉頰似乎被什麼東西給輕碰了一下，最後他又聽到陳謙對自己說了句話。

「阿逸，謝謝你。」

第十四章　愛哭鬼的轉變

一年後。

楊辰逸和陳謙從國小畢業，楊母考量到未來的升學，放棄就近在小鎮上就讀國中，改而選擇市區一間升學率高的明星中學讓楊辰逸就讀，陳謙因在校成績優良，在小學導師的幫助下，考進了明星中學的數理資優班，而楊辰逸則是被分配到普通班。

「阿謙，你知道自己的教室在哪裡嗎？要我陪你過去嗎？」

今天是國中入學的第一天，兩人站在熙來攘往的明星中學大門口，四周的孩子全是沒見過的生面孔。陳謙站在學校大門，神色顯得相當緊張，但他仍對著楊辰逸搖頭，堅決要自己一個人過去。

在楊辰逸的心裡，陳謙就是個特別需要他關照的弟弟，今天被陳謙這麼一拒絕，楊辰逸心裡其實是有些失落的。他拍了陳謙肩膀，擺著哥哥的姿態，說道：「阿謙，我在四班，如果班上有人欺負你，你就來跟我說，我會替你打爆他們。」

陳謙神色緊繃的小臉，硬是對楊辰逸擠了個僵硬的笑容，他笑著和楊辰逸說了聲再見，並往自己的教室過去。

從這天起，楊辰逸和陳謙的校園生活，正式分道揚鑣。楊辰逸個性外向，很快就在學校內交了一群豬朋狗友；而進了資優班的陳謙，不只課業繁重，更需要維持一定分數才能不被調出資優班。起初，楊辰逸總會帶著他的一群新朋友去找陳謙玩，但楊辰逸去了幾次便發現，資優班的風氣與普通班的風氣相差甚大。即使到了下課時間，陳謙也常常在做隨堂考試，每次等他寫完就快敲響上課鐘，加上普通班與資優班並不在同一棟大樓，跑了大老遠卻老是撲了個空，來回幾次之後，楊辰逸也逐漸減少過去找陳謙的次數。

這天，陳謙坐在書桌前剛做完功課，楊辰逸則躺在床上翻著最新一期的連載漫畫。

「阿逸，今天第三節下課你怎麼都沒有過來找我，我明明就有跟你說第三節課不用考試……」躺在床上翻著漫畫的楊辰逸，似乎沒有聽見陳謙在和自己說話，陳謙見他心不在焉，臉色一沉，說話的音量又大了些：「阿逸，你有在聽我說話嗎？」

楊辰逸一聽陳謙的語氣，隱約意識到陳謙在不滿自己，他趕緊放下手中的漫畫，難為情地嘿嘿一笑：「抱歉啊，我忘記你第三節沒考試，然後我就跟永志他們去福利社買東西了，之前我每次去你都在考試。不然這樣好了，換你來四班找我，你知道四班在哪裡嗎？」

「……」陳謙臭著臉，雙眼緊盯楊辰逸。

「阿謙……你生氣了？」楊辰逸心虛問道。

沉默半晌，陳謙最後對著楊辰逸搖了搖頭，只是臉上的表情卻也沒有變得和緩，他撇眼不與楊辰逸對視：「……下次換我過去找你吧。」

楊辰逸聽聞陳謙願意過來找自己，總算暗鬆一口氣，陳謙這人，看起來軟軟糯糯的，但生起氣來，強硬的程度卻是不輸楊辰逸。還記得小學有一次，楊辰逸放學時擅自丟下陳謙，自己一溜煙跑去雜貨店買新出的玩具，為了這事，陳謙足足一個月不和楊辰逸說話。所幸這次，陳謙看起來沒有要和他鬧脾氣的意思。

翌日，上午第二節一下課，楊辰逸又被班上的男同學找去福利社買零食，直到上課鐘聲快響起時，楊辰逸和一行人才從福利社離開，一群男生走在路上總是顯眼，而楊辰逸過於外向的個性，很快就讓他成為班上的中心人物。楊辰逸一路朝一年四班的方向走去，沒過多久，他卻在自己的教室門口見到一抹熟悉的身影。

「阿謙！你怎麼會來？你今天不用考試嗎？」楊辰逸手上拿著福利社買的麵包和飲料，三步併兩步跑到陳謙面前。

「阿逸……你剛剛去哪裡了？」陳謙眼神哀怨，癟嘴問道。

楊辰逸才正要回話，被他晾在後方的男同學快步跟上，曾永志一個箭步上前，整個人勾住他脖子，嘻皮笑臉道：「楊辰逸，你有病喔！走一走突然跑走……」

曾永志講到一半，赫然發現楊辰逸面前站著不知道幾班的男生，他轉頭看向楊辰逸：「欸，楊辰逸，他是你朋友嗎？」

楊辰逸將掛在自己脖子上的手甩開，嘿嘿一笑：「曾永志你不要鬧啦！我朋友來找我，我等等再進教室！」

楊辰逸將曾永志和其他人打發進教室，他正要和陳謙聊上幾句，上課鐘聲便又敲響，於是，兩人又回到各自的教室。

自此過後，陳謙每回過來，楊辰逸不是去福利社，就是在教室裡和其他人一起打掌上遊戲機，兩人有時候甚至沒說上一句話就敲響上課鐘聲。

一個月後的某日，陳謙下課時間又到楊辰逸的教室找他。

「阿逸，你朋友又來找你了。」班上其中一名男同學對著楊辰逸喊道。

楊辰逸放下手上的漫畫，正準備往教室外走，但曾永志卻一把拉住他：「喂，阿逸，他怎麼常常來找你，他是沒朋友嗎？還有你不覺得你朋友有點怪怪的嗎？他每次看我們都用瞪的……」

「真的假的？他瞪你們？」楊辰逸一臉疑惑看向窗外，他只見到陳謙仍是那副乖巧內向的模樣，根本就不是曾永志所說得那樣。

楊辰逸對於曾永志的話並沒有細想，他只覺得曾永志就是愛誇大，楊辰逸撇下曾永志，一起和陳謙到福利社買零食。

這樣的日子又過了一年，期間，陳謙只要一有空就會跑來找楊辰逸，而在國一升國二那年，卻出現了意外的插曲。原先成績優異的陳謙，不知怎的，第一次段考過後，成績竟開始直直掉落，一直到升上國二的前夕，他的成績已是全班最後一名。於是，陳謙從資優班被轉到普通班，他就這麼轉進了楊辰逸的班級。

此後，陳謙也融入了楊辰逸的朋友圈，只是楊辰逸卻逐漸發現，自從陳謙轉到他們班上之後，陳謙開始變得和以前不大一樣。

某日的數學課。

「現在來發上次數學小考的考卷，叫到名字的過來拿考卷。」

長相嚴肅的男班導，站在講台上逐一唸起班上每個人的姓名，十分鐘後，數學考卷已全數發完。

「這次的數學考試，班上只有陳謙考一百。」

班導話一說出口，底下又是一陣譁然，班上的人都知道，陳謙是被資優班踢出來的學生，大家都認為，陳謙只是一時運氣好才得以考進資優班，實際上成績可能更不如普通班的學生，但自從陳謙轉來到現在，無論什麼科目，他永遠都是班上的第一名。

「下禮拜的數學，一上課我就要考試，考的範圍是這兩個禮拜教的內容，你們如果有哪裡不懂，可以去請教陳謙，今天的課就到這邊。」

語畢，班導離去，楊辰逸伸手戳了坐在自己前面的陳謙：「阿謙你也太猛了吧！不管考啥都那麼高分，該不會是我們普通班教的東西太簡單了？」

「資優班上教的東西會比較多一點，但也沒有……」陳謙轉過頭，笑著回應楊辰逸。

只是陳謙話還沒說完，身旁立刻聚了一堆人過來，他們圍繞在陳謙身邊，七嘴八舌找他攀談，本來正在和陳謙說話的楊辰逸，就這麼突然被晾在一旁。

「陳謙，下次考試前你能幫我複習嗎？我媽說如果我這次數學有進步，她就要買新的遊戲機給我，你如果願意幫忙，我請你吃麥當勞。」曾永志走到陳謙身旁，這是他第一次主動找陳謙搭話。

「好，這禮拜六我要去圖書館，看你要不要一起來。」陳謙笑容可掬，和顏悅色地對著曾永志說道。

身旁的幾名同學一聽，紛紛也插話說要一同跟去圖書館。陳謙在班上，不只會讀書，為人又好相處，加上他又與楊辰逸熟絡，很快就和班上同學打成一片。

一群人在楊辰逸面前圍著陳謙說話，被眾人冷落的楊辰逸，一時之間，內心竟感到一絲落寞，他只覺得陳謙來到他們班上之後，個性變得和以前都不一樣了。以前的他，不會主動和人說話，即使別人向他搭話，陳謙也不太理人，他只會一直跟在楊辰逸身邊，但現在陳謙變得隨和又好相處，走到哪裡都可以很快融入話題，有時候他們聊得太起勁，楊辰逸甚至會覺得插不上話的自己顯得有些多餘。

「阿逸，剛剛說到哪了？你禮拜六要和我們一起去圖書館嗎？」上課鐘聲響起，周圍的同學四散，陳謙終於能繼續和楊辰逸說話。

「呃……喔……好啊……」楊辰逸從嘴裡擠出字句，嘴角笑得有些勉強。

又過了一陣子，某天的體育課。

悶熱的下午第二堂課，豔陽高照的籃球場上，三對三的籃球正在進行，比分45：43，距離下課時間僅剩不到五分鐘，雙方戰況膠著。

曾永志將球傳給陳謙，陳謙一拿到球便被對方攔住，雖然現在陳謙的個子已經長高到一米六，但對方卻高了他十公分。

「喂，阿謙，球！」楊辰逸朝著陳謙大喊，示意他將球傳給自己。

陳謙眼角餘光瞥了楊辰逸一眼，他側身向右做了個假動作，騙到對方身體也跟著向右防守，轉瞬之間，站在三分線外的陳謙，並未將球傳給楊辰逸，而是做了原地跳投。

陳謙將手上的籃球輕推出去，籃球乘著耀眼日光，在空中劃出一道弧線。

咻——咚——！

籃球進籃，比賽結束，45：46。

「陳謙，水啦！還好剛才你沒把球傳給阿逸，不然我們就要輸了！你的三分球很準耶！」曾永志衝上前，猛力拍了陳謙的肩膀，贏得比賽的他，笑得合不攏嘴。

「剛才只是運氣好才丟中，不然三分球哪有這麼好投？」陳謙咧嘴一笑，謙虛笑回。

眼前這兩人，有說有笑從球場走到場邊。楊辰逸站在場上，望著兩人的背影，他想不透，陳謙當時為何不將球傳給自己，若在以前，陳謙拿到球肯定會將球傳給楊辰逸，只因陳謙在體育上很容易放棄，可今日陳謙卻不再依賴楊辰逸，反倒嘗試投了三分球。

陳謙喝了幾口水，又走回籃球場上，他撿起地上的籃球，溫聲詢問：「阿逸，你是值日生，要把籃球拿去體育室還，需要我幫你嗎？」

「阿謙，我們要去福利社買飲料，一起去啊，今天我請你喝飲料。」曾永志身旁跟了兩三名男同學，他們手拿水壺，從場邊走到兩人面前。

「不用了，你們去就好，阿逸是值日生，我等等要陪他把球拿去還。」

「對吼，我都忘記阿逸是值日生，不過也才幾顆球而已，我當值日生的時候也都是自己去還球，不用兩個人一起去吧？」

「可是……」

楊辰逸看著陳謙和曾永志的對話，被排除在外的感覺又在心頭油然而生，楊辰逸內心不禁興起一股無名火。他伸手搶過陳謙手上的籃球，口氣冷淡：「阿謙，我自己收就好了，你跟他們去福利社吧。」

「你……不用我幫忙嗎？」陳謙神色略顯失望，他伸手想將楊辰逸手上的球拿回。

陳謙的問話和舉動，卻讓楊辰逸心中怒火越燒越旺，他一個側身不讓陳謙拿走球，神色淡然說道：「不用。」

「欸，阿謙，快點走了啦，等等就要上課了！」

曾永志也不顧陳謙和楊辰逸還在談話，將陳謙拉了就往福利社走，獨留楊辰逸站在籃球場上。楊辰逸望著一行人離去的背影，心底實在又氣又懊惱，他氣自己到底為什麼要莫名其妙生悶氣，更懊惱自己哪天會不會就這麼被這群人給澈底排除在外。

楊辰逸落寞地獨自將籃球拿到體育室歸還，一路上，他腦內不停地想，一直都是依賴在他身邊的愛哭鬼，曾幾何時，已經變得獨立又堅強。如果哪天，陳謙不再需要他，那麼陳謙會不會也和這些人一樣，先是將他晾在一旁，最後便把他排除在外？

第十五章　到底是誰變了？

只是這些事情，都還只是個開端，陳謙來班上一年，一切都變得不一樣了，如今他已澈底取代楊辰逸。現在的陳謙，個子又長高不少，稚氣未脫的外貌，也逐漸長成令人驚豔的出眾相貌。他什麼都比楊辰逸好，走到哪人們的目光始終都在他的身上，但他和曾永志那群豬朋狗友不同。陳謙和楊辰逸，兩人表面仍像兒時那樣，可兩人的立場卻對調了，現在換成陳謙，總是站在楊辰逸身前，處處護著楊辰逸。

這日，歷史課發完上次的小考成績，果不其然，陳謙又拿了一百分，而楊辰逸則是考了個連及格都不到的五十分，他知道考這樣成績，回家又少不了自家老媽一頓罵，而他更知道，等會兒下課班上肯定會有一群馬屁仔，會在他的面前不停吹捧陳謙。心情鬱悶的楊辰逸，一敲響下課鐘聲，他就想去福利社買點什麼，等到上課鐘響再回到教室。

「阿逸，你要去福利社嗎？」陳謙從後方拔腿跟上。

楊辰逸停下腳步回頭，果不其然，陳謙身後又跟了一群男同學，這些男同學曾經都是圍繞在楊辰逸身旁的朋友。楊辰逸冷淡看了陳謙一眼，又轉頭朝著福利社方向走去。

楊辰逸的冷漠，陳謙很快就發現不對勁，他緊張追問：「阿逸……你怎麼了……？」

「哎呦，阿逸哪有怎樣，就只是考差了不想講話而已，過幾天就會自己好了啦！」曾永志走在陳謙身邊，嘻笑說道。

「阿逸，你這次歷史考很差？」陳謙又問道。

楊辰逸仍不回話繼續往前走，而陳謙也識相地不再追問下去。

一行人走到福利社排隊等待結帳，站在陳謙後方的曾永志，用手拍了一下陳謙的肩膀：「欸，阿謙，我突然想到一件事，以前你還在資優班的時候，不是常常會過來找阿逸嗎？那時候我還覺得阿逸怎麼會跟一個怪咖做朋友，後來我才發現，其實你人真的滿好的。」

曾永志這人，總是口無遮攔想到什麼就說什麼，但陳謙卻也沒有對他露出一絲不悅的神情，他還是那副溫和的笑容，笑道：「是嗎？我以前看起來哪裡奇怪？」

陳謙和曾永志兩人站在楊辰逸的後面聊得十分開心，被排擠冷落的感覺讓楊辰逸感到莫名煩躁，他只覺得聽著他們說話，每一分一秒都是煎熬。

「你以前不是常來找阿逸嗎？我那時候覺得你一個資優生沒事一直來我們這裡做什麼？後來下一年你就轉來我們班上，我一開始還想說，你是不是……」

他們的對話，引起楊辰逸的注意，他回頭看向身後的兩人，但見陳謙依舊笑臉迎人：「嗯？是什麼？」

「你是不是為了阿逸才故意被踢資優班，不然你怎麼可能轉來普通班之後，卻什麼科目都考第一名，這也太扯了吧？」

陳謙聞言，他與曾永志對望片刻，不禁失笑：「欸，曾永志你有病嗎？資優班升學率那麼高，一堆人想進都還進不去，我考進去還故意被踢是腦子撞到了嗎？我是真的跟不上才會被踢資優班的。」

他們的談話內容，讓楊辰逸心頭一驚，兩人有說有笑繼續聊天，他想開口插話卻被福利社店員出聲叫住：「同學，你有要結帳嗎？後面還排很多人，不結的話就去旁邊好嗎？」

店員一喊，楊辰逸趕緊將手上的東西放到櫃檯上結帳，只是他一結完帳，卻也響起上課鐘，楊辰逸便匆匆跑回教室。

下一堂課是家政課，上課地點在烹飪教室，今天要分組做厚片吐司披薩。

「現在開始進行分組，一組五個，每組選一個組長出來，然後到前面這裡跟我拿食材，給你們十分鐘，等等我們就要開始做披薩了。」

很快地，以陳謙為首，他主動找了三個組員，還剩最後一個組員位置。

陳謙拿著紙筆，走到楊辰逸面前，紙張上面寫著。

組長：陳謙

組員：曾永志、王里明、李安宜

從老師宣布分組開始，楊辰逸就莫名地心慌。分組，美其名是分工合作，實則在測試每個人的人際關係，以前的楊辰逸哪裡需要擔心這個問題，他光是站著都會有人來邀約，但現在十分鐘的時間就快到了，楊辰逸卻孤零零一個人呆站。他就像是班上某些被邊緣的同學，沒有人要找他一組，只能等著別人撿剩再被編成一組。

「阿逸，我們一組好嗎？」陳謙笑問。

這樣分組的事情，已經不是第一次，起初楊辰逸總是忍著，但這種被遺忘的負面情緒卻是越來越強烈，他只感覺到自己的朋友不只全被陳謙搶走，現在陳謙又這麼對待自己。他就像是被陳謙施捨一樣，只能巴著陳謙不放才不會當眾出糗。

「阿逸，胖熊他說要跟我們一組，李易珉那裡有缺，你去跟他一組啦！」

曾永志口中的李易珉是班上極度不受歡迎的男同學，他個性乖張又時常不來學校上課，是個非常不受歡迎的問題人物。

「我剛才在問阿逸要不要跟我們一組，你先讓胖熊去找別人……」

曾永志看了陳謙手上的名單，尚未寫上楊辰逸的名字，他又回道：「阿逸答應了嗎？我看名單沒寫他的名字。」

陳謙和曾永志為了最後一個組員要填誰，又在楊辰逸面前你一言我一語。楊辰逸個性雖然人人好，但他還是有自尊心的，這樣的場面對他來說實在太過難堪，就只是個分組位置，搞得像是被施捨一樣。他壓抑許久的不滿，宛如滿溢的水杯，但這次他沒藏住，終究還是讓心底的怒意流漏出來。

「不用了，我去跟李易珉一組。」

「阿逸……」陳謙拿著紙筆，他慌張地看著冷漠的楊辰逸。

楊辰逸並沒有理會陳謙的叫喚，最後他仍和班上最不受歡迎的幾名同學湊成一組。這堂課，是楊辰逸國中生涯裡面，感到最心灰意冷的一天。

當天放學後，楊母開車載兩人回家。

「阿逸，三樓的儲藏室我已經把一些不要的東西清出來，你跟阿謙看誰要去三樓睡，不然你們兩個擠一間房間太小了。」楊母開著車，雙眼頻頻瞄向後照鏡，觀察楊辰逸的反應。

這件事，楊母已經提過無數次，今天楊母又重提此事，坐在楊母後方位置的陳謙，慌張轉頭望著楊辰逸，以往楊辰逸總是一口回絕，可這次陳謙卻眼睜睜看著楊辰逸拿出MP3，他戴上耳機，冷聲回應：「都可以，如果阿謙不搬去樓上，就我去樓上睡吧。」

當晚，陳謙躺在楊辰逸旁邊，他伸手戳了背對側睡的楊辰逸：「阿逸，今天阿姨說的那件事……你為什麼不拒絕……」

「……」

「你是怎麼了……是因為今天分組的事情在跟我生氣嗎……我當時是真的想跟你一組……」

楊辰逸仍舊沒有轉過身看陳謙一眼，他嘆了口氣，有氣無力地回應：「陳謙，你是把我當笨蛋嗎？看我這樣你覺得很好玩是不是？」

「阿逸……我沒有……」

「……明天我就搬去樓上睡，這間你喜歡的話，就讓給你睡吧。」

從這天起，楊辰逸和陳謙雖同住一個屋簷下，但兩人之間卻出現嫌隙。

上了國三，為了給國三學生提前為升上高中的學測做準備，明星中學開始給學校的學生安排模擬考，但楊辰逸的成績卻始終拉不上來，他的排名在同年級裡面，都落在後半段，而陳謙校排名永遠都在前二十名內。

楊辰逸一上國三，就被楊母給送去補習班補習，只是第二次模擬考的成績出來，他仍沒有太大的進步。這天晚上，楊家從吃晚飯開始，便瀰漫一股不言而喻的嚴肅氛圍。

楊父楊母和楊辰玲早就吃完晚飯，廚房裡又只剩楊辰逸和陳謙兩人坐在飯桌前，楊辰逸不吭一聲吃完飯，他準備起身去洗澡卻被陳謙拽住手。楊辰逸瞥了陳謙的碗，碗裡還剩下一口炒芹菜沒吃。

「阿逸……」

楊辰逸甩開陳謙的手，扭頭就走進浴室洗澡，再次出來，陳謙已離開廚房，而楊辰逸準備上樓，卻被楊母叫到客廳的沙發上坐。

「楊辰逸，你去補習班都去交朋友了是不是？你第一次跟第二次的模擬考成績，我完全看不到差異，你知道現在是什麼時候了嗎？國三了！你還想著玩是不是！」

「……」楊辰逸垂頭不語。

「我都花錢讓你去補習了，為什麼你一點長進都沒有？你看陳謙有去補習嗎？他的成績有你這麼差嗎？你到底是想要我怎麼做，你才肯用功讀書！」

「你每天看著陳謙這麼用功在讀書，難道一點要考試的自覺都沒有嗎？現在都什麼時候了你知道嗎？你為什麼就不能像陳謙這麼上進！一定要我每天這樣罵你，你才會高興嗎！」

楊母劈頭就是一頓罵，雖然每次楊辰逸考差楊母也是這樣在念他，但現在是楊辰逸面臨升學的重要時機，因此楊母說起話來，字句裡不只充滿不安更多了傷人的比較。

楊母的謾罵指責，讓楊辰逸心裡不只委屈但更多的是憤怒。他並非如楊母所說去補習班玩，而是他國一國二太混，補習班填鴨式以及趕進度的教學方式，光是要跟上就讓楊辰逸感到吃力。每次去到補習班，他努力想跟上所有人的進度，可無奈的是，考出來卻還是這樣的分數，楊母現在說的每一句話，不只踐踏楊辰逸背地裡的努力，更拿著他和陳謙做比較。外人覺得陳謙最好最優秀，楊辰逸都可以裝作不在意，可讓他難過的是，他可是楊母的親生兒子，她為何要在自己的面前，去稱讚一個住在自己家裡的外人？

「楊辰逸你啞巴是不是？我在跟你說話，你到底有沒有在聽！」楊母拍桌大吼。

楊辰逸憤然站起身，他雙目腥紅朝著楊母嘶吼：「我從小就是不愛讀書，只會讓妳覺得煩，妳如果這麼喜歡他，那妳就去找他當兒子，妳還養我幹什麼！」

這是楊辰逸第一次對著楊母這麼說話，氣頭上的楊母，舉起手對著楊辰逸的臉頰就是一掌。

啪——

這一掌下去，楊母和楊辰逸都露出震驚的神情，楊母後悔莫及，楊辰逸失望透頂。

楊辰逸眼眶泛紅，他頹喪轉身離開，他走上樓，準備回到三樓的房間，只是他卻在二樓的樓梯口見到陳謙，他知道，陳謙剛才肯定都聽到他和楊母的對話。倔強的楊辰逸，硬忍著眼淚，繼續走上三樓，但陳謙卻也跟著上樓，甚至還跟著楊辰逸進到他的房間。

「阿逸……你還好嗎……？」

「沒事。」楊辰逸壓下呼之欲出的眼淚和怒氣，故作鎮定說道。

陳謙牽著楊辰逸的手，溫聲安慰：「阿逸，你功課哪裡不懂，我可以慢慢教你，你不用擔心，下一次模擬考你的成績就會慢慢上來，阿姨也不會再生你的氣。」

豈料，楊辰逸卻一把甩開陳謙的手，他怒極反笑：「我不需要你的幫忙，我自己的問題，我自己解決。」

「阿逸……你別這樣好不好……我是真的想幫你……」被拒絕的陳謙，臉上盡是委屈。

陳謙的態度，讓楊辰逸徹底崩潰了。為什麼，到底為什麼。他知道自己比不上現在的陳謙，所有人開口閉口都以陳謙為中心。楊辰逸在學校沒了朋友，就連他的媽媽也覺得陳謙比自己的兒子好，這些事情他全忍下了，可讓他最不能忍受的是，每當他撐起那麼一點骨氣想拒絕，陳謙卻總是露出這種表情，好似楊辰逸不知好歹地在傷害陳謙的好意。

「陳謙你到底夠了沒有，我說不需要就是不需要！你馬上滾出我的房間！」

楊辰逸瘋了，他對著陳謙放聲吼叫，這次，是他頭一回對著陳謙發脾氣。

「……」陳謙被這麼一吼，他整個人都愣住了。

發了瘋的楊辰逸，將陳謙強行推出房門，關上門前，他見到陳謙的眼淚在眼底打轉。

「阿逸……你到底怎麼了……你為什麼會變成這樣……」

陳謙又擺出這樣無辜的神情，此時的楊辰逸，只覺得陳謙噁心的讓他想吐。

楊辰逸對陳謙的眼淚無動於衷，他漠然說道：「陳謙，變的人是你不是我，還有這裡是我家，你別在這裡跟我裝可憐。」

銳利的一字一句，無情割開兩人的友情。這天，三樓房間的那扇房門，陳謙站在外面默默掉淚，而楊辰逸也倚在門邊掩面痛哭。

他們之間，到底是誰變了？

第十六章　死纏爛打的冤家

翌日週末，楊辰逸將自己鎖在房間裡一整天，他沒去補習班上課，就連出來吃口飯都不肯，楊母心底有數，她知道楊辰逸在鬧脾氣。

晚上九點，楊母實在忍不住，她再次上樓，敲了楊辰逸的房門：「阿逸，我們談一下好嗎？昨天是媽媽太衝動了……」

房間內悄無聲息，從門縫看過去，裡面甚至連燈都沒有打開，這個情況讓楊母心裡又更加著急，她繼續拍門，軟聲勸說：「阿逸，你現在不想談也沒關係，可是你一整天都沒吃飯，你先出來吃點東西好嗎？媽媽今天有煮你愛吃炸豬排……」

楊母就這麼好言勸說數十分鐘，房內仍舊沒有一絲動靜，站在門外的楊母心急如焚，她就怕正值青春期的楊辰逸，會因此做出什麼衝動的事。她心急火燎想轉身到樓下拿鑰匙進去楊辰逸房間查看，只是她才剛要下樓，楊辰逸便自己打開房門，從裡面走了出來。

「阿逸……你還好嗎……？」

「媽，我有件事想跟妳說。」楊辰逸眸底黯淡，整個人無精打采。

楊母進到楊辰逸房間，母子倆坐在凌亂的床上，房間的大燈打開，楊母定睛細看自己的兒子，她發現楊辰逸雙眼浮腫，鼻子下緣也因擤太多次鼻涕而發紅。

楊母牽起楊辰逸的手，一臉歉疚道：「阿逸，昨天是媽媽不對，我不應該動手打你……」

楊母話還沒說完，楊辰逸卻突然打斷話，他無力地從嘴裡擠出字句：「媽，我想轉學。」

楊辰逸從小就是個特別堅強的孩子，遇到事情他總想著要用自己的方式解決，所以學校裡的事，他從未開口對家裡人提過半句，對於楊辰逸突然提出轉學的要求，楊母既震驚又疑惑，她真的想不透，怎麼國三都讀一半了，竟在這個時間點提出轉學？

「阿逸你為什麼會想轉學？是不是在學校被誰欺負了……？」

「……」

楊母見楊辰逸不語，她的心裡更慌了，楊母拉著楊辰逸的手，著急說道：「阿逸，媽媽明天就去學校跟你們老師了解一下你的狀況……」

「媽，不用去學校，沒有人欺負我，是我跟陳謙吵架，我不想跟他待在同一個班級。」

「吵架？你們兩個怎麼了？有需要我幫你跟阿謙談一下嗎？」

「不用。」硬脾氣的楊辰逸，將頭撇開，一口回絕。

「可是……」

「媽，我想轉去家裡附近的那間國中，只要妳讓我轉學，我保證會用功讀書，一定考個國立高中給妳看。」

楊辰逸丟下這麼句話，便逕自下樓吃飯，雖然楊母事後有多次詢問楊辰逸，甚而打電話詢問校方楊辰逸的在校狀況，不過楊母仍是得不到楊辰逸想轉學的確切原因，到了最後，楊母實在拗不過楊辰逸，只好讓他轉學到自家附近的國中就讀。

而在楊辰逸轉學的前一天，陳謙反常地主動向楊母提出要搬回自己家裡住。楊家上下都知道，陳謙和楊辰逸之間出了問題，只是這個問題是什麼，卻是只有陳謙和楊辰逸兩人知道。

很快地，楊辰逸轉學了，陳謙也搬走了，這兩人，成了最熟悉的陌生人。而在陳謙搬走之後，楊辰逸又搬回他原先的二樓房間，只是他在整理的時候，卻看到書桌上放了厚厚一疊的筆記本。楊辰逸一看，原來桌上放著各科目的重點筆記。

楊辰逸稍稍翻閱內容，工整的字跡、詳細的圖解，每一個章節都特別把重點標示出來。楊辰逸知道這是陳謙的筆記，但他並不想去細究為何陳謙的筆記會放在這裡。他冷著臉，將桌上那厚厚一疊的筆記，直接扔進一樓放置資源回收的紙箱內。

在最後的半年國三生涯裡，楊辰逸到了陌生的環境就讀，他不與人交流，整天只知道埋頭苦讀，他想證明即使少了陳謙幫忙，他也可以靠自己的努力考上國立高中。

國三畢業，楊辰逸勉強考上了小鎮上的某間國立高中，而陳謙則是考上外縣市分數要求極高的國立高中。

上了高中以後，楊辰逸以為自己能和陳謙澈底劃清界線，孰料，一年後，楊辰逸升上高二那年，陳謙不知為何，竟從外縣市回來，他轉學到楊辰逸就讀的高中。時隔一年，陳謙相貌又更加出眾了，身高也比楊辰逸高上許多，他一轉到小鎮上的這所高中，很快就成為同年級裡的話題人物。

只是一年多未見，陳謙卻全然變了調，或許是對楊辰逸的埋怨，雖然陳謙並未轉到楊辰逸的班級，但他仍想盡辦法接近楊辰逸身邊的朋友，就連楊辰逸喜歡的女孩子，他也刻意接近。陳謙僅用一年的時間，就和楊辰逸身邊的人混熟，楊辰逸周遭的人，總是不時在他的面前談論陳謙，這又讓楊辰逸回想起國中時的夢魘，為了躲避陳謙的糾纏，升上高三的那年，楊辰逸又和楊母吵著要轉學。

但是天不從人願，事不從人心，楊辰逸求學的日子，轉了兩次學，他怎麼逃，陳謙就怎麼追，就連楊辰逸上了大學也是這樣。最後楊辰逸也澈底放棄了，陳謙的個性比楊辰逸還要更加固執，楊辰逸知道，陳謙會就這麼一直纏著他，處處與他作對，一直到他氣消為止。

***

嘟嘟——嘟——

放在床上的手機驟然震動又響起訊息提示的鈴聲，憶起往事的楊辰逸，被這聲訊息聲拉回思緒，他抓起手機，點開訊息一看。

寶貝，我又想你了，你有想我嗎？你說要和我一起吃早餐的，千萬別睡過頭了，晚安，早點睡。

楊辰逸看著陳謙傳來的訊息，實在無奈到想笑，陳謙這神經病，明明才剛離開他家沒多久，更何況他們也不是熱戀中的情侶，到底是有什麼好想念的。每次陳謙傳來的訊息，總是這麼曖昧又肉麻，要不是知道陳謙在跟他談假戀愛，他甚至都懷疑陳謙是不是喜歡上自己了。

雖然兩個假裝談戀愛的大男人，給對方互傳熱戀中的訊息真是愚蠢到可笑，但為了自己美好的下一世，楊辰逸仍敬業地拿起手機，開始敲字回覆訊息。

「阿謙，我也想你，晚安，記得夢到我。」

第十七章　你喜歡我親你嗎？

隔日一早，手機的鬧鐘鈴聲都還沒響，楊辰逸便已起床洗漱，換上公司制服，他下了樓，恰巧碰上在客廳看晨間新聞的楊父和楊母。

「阿逸，今天怎麼這麼早？」楊父吃著燒餅，一臉詫異看著早起的楊辰逸。

楊母看了牆上的時鐘，現在是早上六點半，她不可置信望向楊辰逸：「對啊，阿逸你在搞什麼鬼，該不會昨晚都沒睡吧？」

平時楊辰逸總是睡到快要上班遲到才肯起床，今天他難得早起，也難怪楊父楊母會訝異。

「這陣子我和阿謙有工作要忙，我先出門了，還有下下週我要出差四天。」

語落，楊辰逸穿了鞋，提著公事包離開家裡，他來到陳謙家按了門鈴。沒過多久，陳謙很快就出來應門。

陳謙開門見到門外站著楊辰逸，他便先來個熱情如火的擁抱，而後又低頭親了楊辰逸的臉頰，燦笑道：「寶貝，我做了早餐，快點進來吃。」

陳謙猝不及防的擁抱又親吻，楊辰逸頓時有些懵。今日的陳謙心情似乎還不錯，他也不顧楊辰逸還在發愣，拉著楊辰逸就往家裡走。

陳謙拉著他走進廚房，興沖沖地讓他坐到餐桌前，楊辰逸定睛細看桌上的早餐，餐桌上擺著鮪魚蛋餅、蒸地瓜、荷包蛋、白吐司、一瓶鮮奶。

面對這麼熱情的陳謙，楊辰逸不免還是有些尷尬，他拿了桌上的蒸地瓜，折成兩半，難為情地乾咳幾聲，說道：「欸，阿謙，以後早餐外面隨便買一買就好了，不用特別早起弄這些，這樣也太麻煩了。」

豈料，陳謙卻笑回：「只要你願意陪我一起吃，就一點也不麻煩。」

「我陪你吃早餐，跟你早起做早餐有什麼關係？你腦子撞到了是不是？」

陳謙雖被楊辰逸調侃，依舊笑容滿面，他說：「一個人吃飯久了，總會想要有人陪，而且你都答應要陪我一起吃飯，我花點時間弄早餐，哪裡會麻煩。」

「……」

楊辰逸其實非常了解陳謙的家庭狀況，陳謙從小就少了父母，就連父母那邊的親戚他也處得不是很好，楊辰逸暗想，陳謙，這些年來或許真的很寂寞，就連有人陪著吃飯這點小事，也能笑得這麼開心。不知怎地，楊辰逸竟為這樣的陳謙感到一絲不捨。

「要喝牛奶嗎？」

楊辰逸嘴裡嚼著地瓜，嘟噥回：「喔……好啊……」

但見陳謙起身拿了兩個馬克杯，其中一個馬克杯是純白素色馬克杯，另一個是上面畫著醜到不行的塗鴉的馬克杯。楊辰逸看著陳謙將牛奶倒進馬克杯裡，然後將純白馬克杯放到他的面前。

「阿謙，你還留著這個喔？」

陳謙拿起醜到不行的馬克杯，喝了口牛奶：「嗯。」

楊辰逸對他手上的馬克杯並不陌生，那是他們小學時，某次勞作課上做的馬克杯。當時楊辰逸在馬克杯上畫了一隻根本不像貓的圖案，然後再將自己的馬克杯和陳謙的馬克杯交換。那時候楊辰逸笑著對陳謙說，這個馬克杯是他們友情的象徵，如今十多年過去，再次看到這個馬克杯，楊辰逸只覺得矛盾的很。既然陳謙這麼討厭他，那他還留著這個東西做什麼？

「寶貝，明天早餐你有想要吃什麼嗎？」

楊辰逸夾了顆荷包蛋，塞進嘴裡：「隨便，我又不像你這麼挑食，你就簡單弄一弄，不用特地早起弄這一堆東西。」

這頓早餐，楊辰逸和陳謙就這麼有一搭沒一搭說著話度過。今日的二人，少了平時劍拔弩張的仇視，倒多了久違的熟悉，那是一種習慣和對方處在一起的熟悉感，這樣的感覺，老實說楊辰逸並不討厭，但他卻也不想主動再更進一步。大抵是當年的疙瘩，他怕陳謙又會傷害他，而他也會再次傷害到陳謙。

「我載你吧，今晚公司不是有聚餐嗎？」陳謙簡單收拾餐桌，溫聲笑問。

「不用……」楊辰逸下意識回絕陳謙的要求，誰知陳謙前一刻還笑臉迎人，下一刻卻猛地變臉。

陳謙眉頭緊蹙，面如冰霜，冷回：「……嗯。」

楊辰逸見陳謙態度如此反常，他是真的摸不透陳謙在想什麼？陳謙不就是想惡整他，才會對他報復性搞基，怎麼現在又是下廚又是開車接送？難不成這麼多年過去，陳謙因為太過寂寞而精神分裂了？

雖然困惑陳謙這一反常態的態度，但是俗話說的好，識時務者為俊傑，陳謙擺明已經在不滿，楊辰逸自是不會跟他硬碰硬，反正再崩潰的事情他都經歷過了，現在只是搭個車而已，為了戀愛小本本的分數，楊辰逸當然不會繼續堅持要自己開車。

「欸，阿謙，我突然想到，我今天有跟車廠預約保養，晚點他們會來牽車，所以我還是給你載吧……」

楊辰逸尷尬地說著自己聽起來都覺得牽強的理由，所幸陳謙也沒有給他難堪，一聽楊辰逸願意搭車，他的臉上又漾起春風般的笑容。他載著楊辰逸到公司，下車前又要求楊辰逸主動親他。

兩人先後進到公司，自從新品正式確定之後，楊辰逸的工作也輕鬆許多。上午十點，陳謙拿著一份公文，放到楊辰逸的辦公桌上。

「上次你送的出差申請，我和協理都簽好了，晚點你再去財務部申請出差費吧。記得，行銷部的出差費讓他們自己去申請，別讓這筆帳掛到我們部門來。」

「嗯，知道。」

因今年的新品主打不同的客群，行銷部為了將自家品牌打進平價市場，他們提議前往原料廠拍攝生產沐浴新品的流程影片，目的是要讓新客群瞭解，市面上性質相同的產品裡，無論是用料或是功能性，各方面的CP值都是G公司的新品最高；而楊辰逸作為此次專案的開發負責人，當然也需要跟著行銷部一起下南部工廠做採訪。

下午五點半，老高從協理辦公室走出來，細長的眼眸因笑意而微微瞇起，他抽著嘴邊的橫肉，高聲大喊：「下班了各位，我先過去餐廳等你們。」

老高一離開研發部辦公室，辦公室頓時氣氛輕鬆許多，研發部的所有人也開始關機，準備下班，當楊辰逸和陳謙一起到達火鍋店時，部門其他的同仁皆已抵達。火鍋店的一張長桌，中間空了兩格相連的座位，楊辰逸知道，這兩個位置是留給他們的。打從他和陳謙的戀情曝光，不管是開組內會議或是中午坐在交誼廳內吃便當，研發部的其他同仁總會刻意留兩個相連的空位給他們。

入座後，服務生上前進行點餐，約莫過了半小時，餐點陸續送上，其他同仁也開始閒話家常，而坐在楊辰逸對面的老高，卻突然點了兩瓶玻璃瓶裝啤酒，其中一瓶還放到楊辰逸面前。

「辰逸，上次你沒跟到燒烤，我知道你最近為了這個新品，花了很多時間跟心力在這上面，反正今天有陳謙載你，讓我請你喝兩杯吧。」老高熱絡地替自己和楊辰逸倒酒。

「協理，你不用這麼客氣……而且你喝酒的話，是要找誰載你回去？」

「沒關係，我等等叫個計程車坐回去就行了！」老高灌了一口酒，爽朗哈哈一笑。

先前楊辰逸早有耳聞自家主管不只愛喝酒更愛灌人酒，楊辰逸看著被斟滿的酒杯，他只覺得自己今天大概是閃不掉這酒。果不其然，楊辰逸火鍋吃沒幾口，啤酒倒是先喝乾了五六瓶。

「辰逸阿！你跟陳謙是從什麼時候開始的？上次他那個舉動，真是嚇死我了！」老高雙頰泛紅，手上正忙著替自己喝空的酒杯倒酒。

「一個多月前吧……我和他在一起這件事……就連我自己……都覺得很不可思議……」酒量不佳的楊辰逸，臉蛋紅到發燙，他搖頭晃腦，口齒不清地回答道。

老高聽了楊辰逸的回答，放聲大笑好一會兒，隨後又喝了口酒：「我是真的沒想到你們兩個會是Gay！唉，陳主任一死會，公司一堆單身女性真的要傷心死了，不過辰逸你真的很好運，陳主任工作能力好，對你又那麼照顧……」

楊辰逸聞言，他氣得將手上的酒喝空，又瞪了身旁的陳謙一眼，小聲嘟噥道：「照顧個屁……明明就把我害得這麼慘……」

沒有聽見楊辰逸碎唸的老高，仍舊繼續說著話：「上次燒烤……陳謙知道你要加班，說是怕你餓，連聚餐也沒來參加，就只為了買晚餐給你……唉呀，看到你們這樣，就讓我想起我還沒結婚之前……我老婆也是常常在我加班的時候……送晚餐來給我吃……」

老高這麼一說，酒醉的楊辰逸還以為自己聽錯了什麼，他轉頭疑惑看向陳謙，只見陳謙，面不改色地低頭吃著自己的火鍋，似乎沒有要搭理楊辰逸的意思。只是喝醉的楊辰逸，見他不理自己，他立刻抬手往陳謙後背用力一拍，中氣十足喊道：「喂！你上次沒去吃燒烤，幹嘛還騙我……」

陳謙被猛力一拍，他皺起雙眉，轉頭望向身旁的酒鬼。

「害我以為你……又把我當擋箭牌……嘔……」

「……」

陳謙就這麼看著眼前的楊辰逸，說話說到一半朝他的身上嘔出一大坨嘔吐物。楊辰逸這一吐，不只陳謙面色發白，眾人也是臉色鐵青。陳謙嚇得馬上站起身，楊辰逸還在位置上狂吐，這麼大的動靜，店家在一旁忙著清理，卻也打壞了大家吃飯的氣氛，於是今日的聚餐也就草草提前結束。

陳謙簡單清洗身上的嘔吐物，便拉著爛醉如泥的楊辰逸坐上車。一小時之後，陳謙將車停在巷口的空地旁，他搖了坐在副駕的楊辰逸：「到了，醒醒。」

「唔嗯……協理……我真的不能再喝了……」楊辰逸睜大雙眼，他對著陳謙比手劃腳，不停說著自己喝不下了。

「……」

五分鐘後，陳謙揹著喝茫的楊辰逸往他家的方向走去，一路上，楊辰逸趴在陳謙背上胡亂說著一些含糊不清的話，忍俊不禁的陳謙，側頭看了滿臉通紅的楊辰逸，笑問：「寶貝，你是有話想對我說嗎？」

楊辰逸這麼近距離看到陳謙對自己笑，他那笑容，不知為何，竟過分地好看，楊辰逸一時看傻了眼，隨後又自己回神過來，對著陳謙呵呵傻笑：「阿謙，有人說你笑起來很好看嗎？」

「沒有。」

「是喔，我覺得滿好看的，你就應該對你喜歡的人多笑，說不定她就會喜歡上你……」

「……」

「如果她喜歡上你，我們現在是不是也不用在這裡搞基……」

楊辰逸越說越委屈，他又開始趴在陳謙背上碎念，他不斷喊著自己真的不是Gay，為什麼現在大家都把他當Gay看。陳謙不發一語揹著楊辰逸，直到快接近楊辰逸家門口時，楊辰逸又猛然抬起頭，說道：「喂，阿謙。」

陳謙停下腳步，側頭看向楊辰逸。

「靠過來一點。」楊辰逸枕在陳謙的肩頭，含糊說道。

陳謙不明所以將臉湊上前，卻被楊辰逸猛然親上他的雙唇。酒醉的楊辰逸，糊里糊塗對著陳謙的嘴唇又啃又啜，他的唇瓣全沾上楊辰逸的口水，親了老半天，楊辰逸終於離開陳謙的嘴唇。這是楊辰逸第一次，在沒有陳謙的要求下，自己主動吻陳謙。

「你……怎麼……」陳謙一時半刻還處於震驚，他似是被楊辰逸突如的舉動給嚇到了。

「阿謙，你是見到鬼喔？你之前老是要我親你，現在我主動親你，你這又是什麼表情？是討厭我親你嗎？」酒醉的楊辰逸，對著陳謙不滿地抱怨，不時還打了幾個酒嗝。

楊辰逸的問話又把陳謙逗笑了，他笑著對楊辰逸搖了搖頭。

「那你喜歡我親你嗎？」腦子不太清楚的楊辰逸，不死心繼續追問。

「喜歡。」

陳謙一說喜歡，楊辰逸馬上又將臉湊上去，他又給陳謙來了個不太道地的法式深吻。

兩人站在家門前的巷子口吻了很久，楊辰逸抬起頭，又對著陳謙嘿嘿一笑，他說：「阿謙，我今天主動親你兩次，看在我這麼努力的份上……」

「你這禮拜一定要給我打一～百分喔！」醉糊塗的楊辰逸，說到一百分時，還特地拉了個長音，示意陳謙千萬要給他滿分。

陳謙被楊辰逸的反應逗得樂不可支，他笑著對發酒瘋的楊辰逸說：「只要寶貝以後都自己主動親我，我就給你打一百分。」

楊辰逸半信半疑，他先是盯著陳謙看了好半晌，而後又孩子氣的伸出小拇指：「那好，我們來打勾做約定。」

陳謙見他的舉動，又是一笑：「別鬧了，你都幾歲了？更何況我還揹著你，是要怎麼跟你勾手指？」

陳謙這麼一說，楊辰逸不假思索馬上從他後背上跳了下來，他又再次伸手要與陳謙打勾做約定。陳謙被楊辰逸這麼幼稚的舉動給逗笑，他笑著勾起楊辰逸的小拇指，兩人做了約定的蓋章手勢。

「阿謙，我們說好了。」

「嗯，說好了。」

第十八章　你該不會真的是Gay吧？

「楊辰逸！快醒醒！你知道現在幾點了嗎？」

楊辰逸再次睜眼，刺眼的陽光，從窗簾透了進來，他抓起手機一看，居然已經早上七點半。此時的楊辰逸，不只頭痛欲裂，身上還滿是酒臭味，他甚至還穿著昨天的衣服就上床睡覺，楊母還在樓下不停對著樓上大吼大叫。楊辰逸撓了撓頭，不耐煩回吼：「別喊了！我起床了！」

楊辰逸先是給陳謙留了請假一小時的訊息，然後又匆忙拿了乾淨衣物衝到樓下洗澡，洗完澡後，他隨便吃了幾口麵包，便趕著進公司上班。

今日上午，楊辰逸在公司裡刻意迴避陳謙，甚至不敢與陳謙對上眼。雖說楊辰逸昨天是喝多了，但早上在浴室洗澡時，昨天發生的事，他可是全都記起來了。他知道自己昨天在餐廳吐得一塌糊塗，更記得自己和陳謙在家門前的巷子口喇舌喇了十幾分鐘。

午休時間，楊辰逸本想在交誼廳找個角落單獨吃飯，怎料陳謙卻又拿著便當直接坐到他的旁邊。

「昨天宿醉，你的頭現在還會痛嗎？」

「呃……出門前我有吃了顆止痛藥，現在好多了……」

「嗯，那就好。」陳謙吃著便當，面上無一絲惱色。

楊辰逸扒著便當，眼角餘光不時瞥向陳謙，對於昨天的事，楊辰逸實在介意得很，他還在想著要怎麼開口詢問，結果陳謙就先開口了。

「昨天的事，你應該沒忘對嗎？」陳謙神色自若地將便當內的炸豬排，夾了幾塊放到楊辰逸的便當盒裡。

「沒忘，所以……昨天你說的都是真的？我如果……你就給我打一百分？」

陳謙聽聞楊辰逸說沒忘，他對著楊辰逸微微一笑，說道：「當然，我都和你打勾做約定了不是？」

楊辰逸神色一僵，他是真被陳謙搞糊塗了，他想不透，陳謙這麼做的動機到底是什麼？

「我真的搞不懂你。」楊辰逸皺眉，語氣肅然。

「搞不懂什麼？」

「你逼我跟你搞基……不就是想要報復我嗎……那你為什麼還這麼輕易就答應我打一百分……」

陳謙聞言，他劍眉倒蹙，疑惑問道：「我什麼時候說過我是為了報復你，才跟你搞基？」

「……」

「我就只是想談場戀愛而已，這件事你不是早就知道嗎？」

陳謙的回答，倒讓楊辰逸出乎意料，他本以為陳謙是假戀愛之名，行報復之實，孰料，他還真的單純只是想談場戀愛。這麼一來好像也不難理解，陳謙昨天為何會突然下廚又親自開車接送。

「那我問你……你說喜歡我親你……是說真的還假的……？」

「真的。」

「……」楊辰逸雙眼瞪大，倒抽好大一口氣。

「你現在是不是在想，你該不會真的是Gay吧？」

楊辰逸朝陳謙點了點頭，哪有一個男人被另一個男人問喜不喜歡我親你，他還一臉理所當然地回答喜歡，重點是昨天楊辰逸吻陳謙的時候，陳謙全程眼睛可都是睜開的啊！

楊辰逸平時接吻，為了讓自己心裡好過一些，他總是閉眼催眠自己在親女人，但大概是昨天醉得太糊塗，他睜眼看著陳謙吻了好久，他竟發現陳謙居然也跟他一樣，是睜著眼在接吻。倘若打從一開始，陳謙就是睜眼在吻他，那不就代表其實陳謙一直都很清醒，他心裡清楚知道，並接受自己正在和男人接吻這件事。一想到這裡，楊辰逸就覺得背脊發涼，寒毛直豎。

「我只是把你當成我喜歡的人，所以當你問我喜不喜歡，我當然回答說喜歡，難不成你是想要我回你討厭嗎？」

陳謙這個回答聽起來好像有點道理，但楊辰逸還是覺得哪裡怪怪的。

「吃飯吧，午休時間就快過了。」

經陳謙這麼一提醒，楊辰逸這才驚覺午休時間就快結束，眼看便當才吃了幾口，現在他也沒有多餘的心思，再去細想陳謙到底是不是Gay這個問題。楊辰逸迅速扒完便當，簡單收拾桌面，又匆匆跑到廁所清洗餐具。

楊辰逸前腳才剛踏進廁所，陳謙後腳也跟著進來，他拿著牙膏和牙刷，站在洗手台前面刷牙。楊辰逸站在一旁洗著餐具，腦海內又開始思考陳謙到底是不是Gay這件事。

雖然楊辰逸目前還是沒有從陳謙口中得出是不是Gay的答案，但至少現在有件事是肯定的，那就是——主動親陳謙，就可以輕鬆得到一百分。有了這個承諾，楊辰逸只覺得自己找到一絲曙光，做人嘛，能屈能伸乃大丈夫，只要接個吻，就能換得璀璨來世，受點小屈辱，楊辰逸還是承受得住的。

很快地，楊辰逸洗完餐具，他還刻意待在洗手台旁邊等陳謙刷完牙。刷完牙的陳謙，抬起頭擦拭嘴邊的水漬，困惑問道：「你還待在這裡幹嘛？不回去休息嗎？」

只見楊辰逸探頭探腦左右張望，再三確認男廁裡面沒人，他迅速揪著陳謙的領帶，自己踮起腳，輕啄他的性感薄唇。

「阿謙，早上我睡過頭，真的對不起，明天不會再這樣了。」

「……」楊辰逸赫然的舉動，又讓陳謙冷峻的臉龐，顯露詫異的神情。

楊辰逸一親完，他故意表現的若無其事，又對著陳謙說了句我要先回去休息了，便丟下陳謙先回到自己的座位。只是在楊辰逸離開之後，臉部一向沒有太多情緒的陳謙，居然自個兒站在男廁裡傻笑許久。

下午三點，楊辰逸從財務部申請好他的出差費，他才剛走回自己座位，便見到行銷部的Judy姐大驚失色地衝進研發部辦公室。

「不好了！大事不好了！」

Judy姐這麼一喊，研發部的同仁，皆抬起頭往聲音的方向投射目光，楊辰逸上前關切氣喘如牛又臉色鐵青的Judy姐：「Judy姐，什麼事這麼著急？」

一口氣喘到說不上話來的Judy姐，把手上的文件塞到楊辰逸手裡，她不停指著文件示意楊辰逸查看。楊辰逸接過文件，他定睛一看，也瞬間刷白了臉。

「Judy姐這、這……文件是……」楊辰逸反覆確認文件，他震驚到一句話都說不好。

喘過氣的Judy姐，驚慌失措說道：「這是F公司今年的新品新聞稿……」

「不是……那為什麼他們的新品……會跟我們的新品長得一模一樣……」

第十九章　不變的兩人

此話一出，辦公室頓時一陣騷動。F公司一直是G公司的同業競爭對手，他們主打的產品類型，各方面都與G公司相似。而楊辰逸手上這份新聞稿，則是Judy今日要去找媒體刊登新品新聞稿時，被對方承辦人電話告知，F公司近期要上的新品新聞稿，也和G公司的新品長得一模一樣，就連瓶身設計、產品名稱都如出一轍，只是他們上市的檔期，比G公司提前半個月左右。楊辰逸看著手上的新聞稿，他知道這並非同業推出相似產品來與之競爭，而是百分百的剽竊，定是G公司內部人員，將新品資訊外流給F公司。

沐浴新品外流這件事情，很快就傳到公司高層耳中，G公司今年度的新品案也被迫強行中止。這件事在公司裡鬧得沸沸揚揚，人人如坐針氈，公司高層也下令徹查所有員工的電腦使用狀況及私人通訊紀錄。

三日後，老高將陳謙喊進協理辦公室。

老高面如冰霜，他將一疊資料甩到辦公桌上：「這是F公司下週要上市的新品配方。」

陳謙拿起桌上的配方表，大致看了一下，這張配方寫了各原料的用量和比例，而F公司的配方，竟跟他們公司的新品高達90％的相似，這也再次證實，公司內確實有人與F公司裡應外合，將這份資料洩漏出去。

「看到這張配方了嗎？你應該知道這代表什麼。」怒不可遏的老高，齜牙咧嘴地怒瞪陳謙。

陳謙當然知道老高是什麼意思，詳細配方是機密，在公司裡也僅有研發部才有這份資料，這無疑是研發部有人將這份資料偷出去賣給F公司。

「高層已經下達指示，現在要開始重點清查我們研發部，最快下週一就會有結果，在還沒抓到內鬼之前，我擔心這個人早就將公司的其他產品外流出去，所以你先讓所有研發人員，把他們近五年來經手過的研發資料，全數列個清冊出來。」

「好，知道了。」

陳謙肅然走出老高的辦公室，他按照老高的指示，讓所有人在下班之前一定要整理出清冊。

陳謙的命令一下達，各個研發人員都忙翻了，尤其是楊辰逸，他剛進G公司時，研發部成員還沒有這麼多，當時他雖掛著研發助理，卻也被公司前輩半強迫兼著做研發人員的工作，五年下來，楊辰逸經手過的產品更是不勝枚舉。

晚上八點，研發部只剩下陳謙和楊辰逸還留在辦公室內。

「你還有多少資料要整理？」陳謙輕敲楊辰逸的辦公桌，輕聲問道。

楊辰逸敲著鍵盤，雙目緊盯螢幕，回道：「快好了，再等我二十分。」

「嗯。」陳謙拉了張椅子，坐在楊辰逸的身旁，靜靜地等他整理完清冊。

二十分之後，楊辰逸將他整理好的清冊寄給陳謙，他關了機，提著公事包，走到研發辦公室大門邊的電源旁，伸手準備按下電源開關，他朝正在收拾桌面的陳謙喊了一聲：「阿謙，我要關燈了，快點走吧。」

站在電源開關旁的楊辰逸，卻見到陳謙神色僵硬。他猛然想起，陳謙似乎有不加班的習慣，即便工作再多，他仍堅持晚上六點前就打卡下班，還有上次陳謙給他送燒烤，他卻說自己在大樓正門口等了他一小時，這麼一細想，楊辰逸終於恍然大悟。原來陳謙還是和以前一樣怕黑，只是他逞強不表現出來。

平時的G公司，晚上六點左右，多數部門都已全數下班，而研發部辦公室位於這層辦公大樓最裡面，若要搭電梯離開大樓，必定要先穿過一條長廊，下班時段，長廊僅有逃生裝置的微弱燈光，兩側是已熄燈的辦公室。雖說這樣微弱的光源並不會影響行走，但前方卻也是昏暗的無法看清有些什麼。

「阿謙，你還好嗎？」

陳謙提著公事包，面上故作鎮靜，簡短回道：「嗯。」

楊辰逸看他那個樣子就知道，陳謙肯定在硬撐，說不準等會兒他把辦公室的燈關掉，他就會害怕到雙腿發軟。行動派的楊辰逸，二話不說一把牽起陳謙的手，他給了緊張的陳謙一個溫暖笑意：「我們下班吧。」

「你……」陳謙低頭看了牽著自己的那隻手，神色很是詫異。

楊辰逸並沒有向陳謙解釋自己這麼做的原因，他牽著陳謙，將研發部辦公室的電燈全數關掉。燈光一暗，整層大樓登時陷入一片漆黑，長廊上只剩青綠色的微弱光線在照明，這樣的場面，看上去倒有幾分壓迫人心的詭譎感。而楊辰逸一關燈，他立刻感受到陳謙猛然用力緊握住他的掌心，時隔多年，陳謙已經沒有像以前一樣，對黑暗有那麼強烈的反應。

楊辰逸走在前面，手牽著陳謙：「阿謙，等等晚餐想吃些什麼？」

「……」

後方的陳謙沉默不語，楊辰逸卻不以為意，他拉著陳謙沁汗的手心，繼續說道：「要吃鍋貼嗎？還是去吃小火鍋？啊，還是我們去吃滷味，最近民生路口那邊新開一間評價還不錯的滷味，你會想去吃看看嗎？」

陳謙仍是不發一語，走在後頭的他，看不清楊辰逸此刻是什麼表情，但他卻也明白了一件事——時間，從來就沒有改變他們兩人。眼前的楊辰逸，還是當年那個喊著他是哥哥，一定會保護陳謙的阿逸，楊辰逸其實什麼都記得，他記得他胃不好，記得他挑食，更記得他怕黑。雖然楊辰逸現在表現的若無其事，可是陳謙心底清楚，楊辰逸，正在保護他。

楊辰逸牽著陳謙走過長廊，他們站在電梯口前等電梯，楊辰逸轉頭看向陳謙：「不然我們今天去吃新開的滷味好了。」

兩人一到燈光較亮的電梯口前，陳謙緊繃的神色也明顯緩解許多，兩人一對上眼，只見楊辰逸難為情地嘿嘿一笑，說道：「阿謙，今天給你請好嗎？我最近在存錢，想給自己買個塔位和生前契約……」

「嗯，我請你吧。」陳謙會心一笑，楊辰逸，還真是一點都沒變。

叮——

電梯門開啟，楊辰逸拉著陳謙就要走進電梯裡，只是陳謙卻站在原地不肯走，楊辰逸疑惑回頭：「阿謙，怎麼了？」

陳謙搖了搖頭，冷峻的外貌，泛起一抹若有似無的淺笑，他說：「阿逸，謝謝你。」

平時陳謙總對著他喊寶貝，這聲久違的阿逸，倒讓楊辰逸一時之間反應不過來，不過，他很快就將思緒抽回，對著陳謙爽朗一笑：「謝什麼？快走吧，我肚子好餓。」

第二十章　你是不是喜歡我？

這幾日，G公司的資訊單位連夜加班調閱，研發部半年來所有人的電腦使用紀錄、私人通訊紀錄，為了這件事，搞得資訊部人仰馬翻，就連週末也來公司調紀錄。

很快地，星期一到來。今日楊辰逸一進辦公室，他就見到陳謙面色鐵青，一副欲言又止的模樣，而楊辰逸才剛往自己的座位坐下，馬上就被老高叫進協理辦公室。

「今天早上資訊部已經把調查結果送到我這邊來了。」老高態度冷淡，連正眼都沒瞧上楊辰逸一眼。

「所以已經找到是誰了嗎？」

老高並沒有立刻回覆楊辰逸的問題，反倒拿了一份資料，放到楊辰逸面前，老高瞥了楊辰逸一眼，冷聲道：「楊辰逸，證據都在這裡了，你還在裝蒜？」

楊辰逸被老高說得實在一臉懵，他下意識將目光移向老高桌上那份資料，而老高也順勢接話說下去：「資訊部調出你在一個多月前，有將新品配方寄到某個信箱，而且我確認過了，這個Mail也不是我們公司合作的供應商，所以你到底是把我們的新品配方寄給誰了？」

楊辰逸錯愕地拿起資料，上面印著一行又一行的Mail往來紀錄，其中一筆紀錄用螢光筆標示出來。楊辰逸身為專案負責人，期間他確實有將配方寄給幾家原料供應商過，但上面這個被標示出來的 Mail 位址，並非他先前所洽詢過的供應商，雖然不是供應商，可他也根本不可能會將公司的機密洩漏出去。

「協理……我真的不記得自己有寄資料給這個 Mail……更何況我有簽保密合約，再怎麼想我也不可能去做這種事……」

「既然你還知道自己有簽保密，你怎麼還有那個膽子把公司的新品賣給 F 公司？還是你以為公司會查不到是誰做的？」

G 公司在每位研發人員入職時，都會強制要求簽屬保密條款，而每一年的專案，公司也會讓參與人員，再次簽屬專案的保密合約。楊辰逸已連續好幾年參與專案，他深知這背後的利弊得失，根本就不會笨到去做這種事，但他仍想不透，為何會有這筆奇怪的信件寄出紀錄。

「協理，我除了先前在找合作的供應商時有寄過配方，但這個 Mail 我是真的沒有印象，您能請資訊部再仔細檢查一次嗎？這真的不是我做的……」

先入為主的認定加上桌上的資料，都讓老高篤定楊辰逸是內鬼，此時楊辰逸所說的每一句話，他都認為是楊辰逸在為自己犯下的錯做開脫。老高不耐煩地抬手指著楊辰逸，厲聲道：「夠了，你從今天起留職停薪，後續的事情公司會採取法律途徑，這些資料都會是證據，如果你真的沒做，到時候公司會還你清白，也會讓你回來繼續上班。」

什麼事都沒做的楊辰逸，一聽自己要被留職停薪，公司甚至還要對他提出告訴，這讓楊辰逸整個人都慌了，他焦急地再次開口：「協理……你聽我說……真的不是我……」

「楊辰逸，我沒有空在這裡聽你辯解，現在馬上收拾東西離開公司。」

「協理……我……」

「你聽不懂人話是不是？我讓你現在就給我滾、出、去！」老高拔高聲量，喝斥道。

楊辰逸被這麼一吼，儘管他有再多話想為自己辯駁，他卻只能滿腹委屈地將話吞回肚裡，楊辰逸黯然走出老高的辦公室，只是當他再次走出來，所有人看他的眼神都不一樣了，楊辰逸知道，方才他在辦公室和老高的對話，研發部的其他同仁肯定全都聽見了，而且他們也和老高一樣將他當成洩漏資料的內鬼。

楊辰逸走回自己的辦公桌，他拿了個空紙箱，開始整理桌面的私人物品。半小時左右，他抱著紙箱往陳謙的位置走了過去，每跨出一步，楊辰逸都能感受到，身旁同仁朝他投射質疑和鄙視的目光，楊辰逸雖然又冤又氣，可他卻拿不出半點證據來證明自己的清白。

「辰逸哥……你還好嗎……？」

楊辰逸停下腳步回頭望向周羽涵，他看著那副為他擔憂的甜美臉蛋，心裡又是一陣苦澀，這個女孩總是那麼善解人意。楊辰逸撐起笑容，咧嘴一笑：「別擔心，我沒事。」

楊辰逸走過周羽涵的座位，來到陳謙的辦公桌旁，他將自己的員工證放到陳謙桌上，說道：「我先下班了，這員工證你再替我拿給人資吧。」

「嗯。」陳謙簡短回應，他不經意地將一張折過的紙條，放在楊辰逸的員工證上。

楊辰逸拿起紙條，又看了陳謙一眼，他本想拆開紙條查看，一旁的陳謙卻率先發話，他雙眼盯著電腦螢幕，語氣漠然：「員工證我晚點會替你拿過去人資部，你先下班吧。」

楊辰逸點了點頭，他抱著紙箱，黯然走出辦公室，他走進電梯，按下1F按鈕，準備離開大樓，在搭乘電梯時，他將陳謙給的紙條攤開一看。

別擔心，有我在。

人總要跌進谷底，才會明白誰是真心待自己好，紙條短短六字，卻道出陳謙的關懷。其實陳謙大可不必給他寫這張紙條，反正他們兩人也剩沒多少時間，他只需要在最後的日子裡，專心談他的戀愛就好，可他卻仍給楊辰逸寫了這樣的話，分明要為了他蹚渾水。楊辰逸心想，陳謙會不會早已放下當年的事情，只有他還活在過去，一直站在原地佇足不前。

下午五點半，楊辰逸給陳謙傳來訊息，陳謙打開一看，原來是楊辰逸要他早點下班回家和他一起吃晚飯。

晚上六點半，陳謙回到家，卻見到楊辰逸提著大包小包的食物和酒，落魄地蹲在陳謙家門口。

「你……怎麼會蹲在這裡？」

楊辰逸一見陳謙返家，滿是憂愁的面容，硬生擠出笑容：「阿謙，我今天晚餐買了很多，而且都是你喜歡吃的。」

一向堅強的楊辰逸，即使受了委屈仍會在外人面前表現的若無其事，陳謙心底明白卻不拆穿，他拿出鑰匙，開門讓楊辰逸進到屋裡。

兩人進屋，楊辰逸將手上的東西放到客廳桌上，他將從自助餐店買來的吃食，一樣一樣從袋子裡拿出來，炒高麗菜、蒜泥白肉、番茄炒蛋、滷排骨、蒸蛋、炒花枝，每一樣都是陳謙小時候愛吃的菜色。

陳謙拿了碗筷和楊辰逸一起坐下吃飯，只是楊辰逸吃沒幾口飯菜，便開始喝起酒來，起初陳謙沒有阻止，但楊辰逸卻是越喝越起勁，沒過多久，桌上已擺著五罐喝空的啤酒罐。

喝醉的楊辰逸，伸手想從袋子再拿一罐啤酒，卻被陳謙一把按下：「別喝了，先吃點東西。」

「不吃！」楊辰逸甩開陳謙的手，撇嘴道。

楊辰逸才剛拿起一罐啤酒，就馬上被陳謙搶走，接下來無論他拿了幾次，陳謙總會將他手上的酒拿走。楊辰逸後來實在被他弄到煩了，他拿起筷子，夾起桌上的菜吃了起來，只是他吃沒幾口卻又不吃了。

「阿謙，我吃飽了，把酒還我。」楊辰逸放下筷子，滿臉通紅指著陳謙藏在身後的啤酒。

「你再多吃幾口，我才要還你。」

眼見陳謙態度強硬，滿腦只想喝酒的楊辰逸，馬上抓起筷子又胡亂夾了好幾口菜吞進肚子裡，陳謙就這麼盯著他吃完這頓晚餐。晚飯過後，陳謙將桌面簡單收拾，楊辰逸頹廢地坐在椅子上不停喝酒。

楊辰逸很快就將手上的最後一罐酒喝空，他癱在椅子上說著模糊不清的醉話，陳謙見他這樣，也沒有多說什麼。他坐到楊辰逸身旁，輕輕搖了醉醺醺的楊辰逸：「阿逸你喝醉了，你早點回家休息吧。」

楊辰逸聽到回家二字，頓時一陣愁雲慘霧，他像顆洩了氣的皮球，苦笑道：「回家要幹什麼？我都這麼大了還給家裡惹麻煩……現在不只沒了工作甚至還被公司告……」

今天楊辰逸離開公司之後，便在外面遊蕩整天，他哪裡有那個臉面回到家裡，對著家裡人坦承他無故惹上大麻煩。楊辰逸其實自己心底也明白，公司已認定他是內鬼，根本就不會再繼續追查下去，按照先前簽署的保密條款，楊辰逸最少要賠償一千多萬給公司。雖然他只剩一個月左右的壽命，但他只要一想到，死後還留下一堆債務心裡就萬分自責。

「阿逸，我知道不是你做的。」

「我不知道為什麼我的 Mail 會寄出那封信……那真的不是我做的……」楊辰逸說著說著，他委屈到眼淚就要落下。

「別擔心，我一定會替你把人找出來。」

或許是喝了太多酒，楊辰逸滿溢的負面情緒，克制不住地宣洩而出。他在陳謙的面前落下眼淚，軟弱地抓著陳謙的手不停哭喊：「阿謙……如果公司真的要賴給我……我、我到底要怎麼辦才好……我就快死了……還給家裡添麻煩……」

楊辰逸罕見地哭成這樣，嚇得陳謙趕緊把他摟進懷裡，他拍著楊辰逸的背，一遍又一遍地哄著楊辰逸。

「阿謙……我真的好怕……好怕公司全部賴到我身上……我哪來這麼多錢……」

「阿逸你別擔心，如果最後我還是查不出來，大不了我把這間房子賣了，你再拿這筆錢賠給公司。」

「阿謙……到底……到底為什麼會發生這種事……真的不是我做的……」

「我知道不是你做的，我相信你。」

陳謙就這麼摟著楊辰逸溫聲哄騙許久，總算讓楊辰逸收起眼淚。陳謙抽了幾張紙巾，輕拭楊辰逸臉上的淚痕，只是楊辰逸卻又陡然抓住陳謙的手不放，他抽著鼻子，語帶哭腔：「阿謙……對不起……我好怕這件事也會連累到你……如果公司也隨便弄個名目懲處你該怎麼辦……」

「沒事，你別那麼緊張，被開除就算了，但在離開公司之前，我一定要讓公司還你個公道。」陳謙淺淺一笑，他輕柔地繼續替楊辰逸擦眼淚。

喝醉酒的人，總是難以溝通，雖然陳謙這麼說，可是楊辰逸仍一股腦對著陳謙道歉，而陳謙也不厭其煩地反覆安慰著他。陳謙足足講了半小時左右，楊辰逸總算不再對著他道歉。

「阿謙……」楊辰逸無精打采癱軟坐在椅子上，他拉著陳謙的衣角，嘟噥喊道。

「怎麼了？」

「明天是出差的日子……我能不能來你家躲個幾天……我不想讓家裡的人發現我被公司炒了……」

楊辰逸猶如傷痕累累的大狗，他可憐兮兮地央求著陳謙，看得陳謙心都軟了，他拉起揪著自己衣角的那隻手，笑問：「阿逸，小時候我給過你我家的鑰匙，你還留著嗎？」

楊辰逸點了點頭，陳謙一知道楊辰逸還留著鑰匙，嘴角笑得更歡了，他忘乎所以湊上前，親了楊辰逸熱到發燙的臉頰，燦笑道：「我沒換門鎖，你明天拿著鑰匙直接過來我家吧。」

腦子暈呼的楊辰逸，似乎還沒反應過來陳謙剛才親了自己，他只知道陳謙允許自己到他家躲個幾天，楊辰逸開始對著陳謙嘿嘿傻笑，嘴裡反覆向陳謙道謝。陳謙見他實在醉得不輕，他拉著楊辰逸，作勢要將他揹到自己背上。

「阿逸，很晚了，我揹你回去休息吧。」

所幸楊辰逸沒發酒瘋，他僅是對著陳謙傻笑，嘴裡不停說著不想回家的醉話，但他仍是乖順地讓陳謙給揹到背上。陳謙揹著他，走到玄關穿鞋，他彎腰拿起楊辰逸的皮鞋，卻被背上的楊辰逸猛地拍了下肩膀，陳謙側頭一看，又見到楊辰逸衝著他一直呵呵笑。

「阿謙……」

「嗯？」

「你現在已經不討厭我了嗎……」

陳謙沒有回答楊辰逸的問話，但他卻對楊辰逸露出好看的笑容。他站直身體，扭開門把，可是後背上的楊辰逸卻又伸手拍了陳謙。

「阿謙……等等……我話還沒說完……」

「怎麼了？」陳謙停下腳步。

「阿謙……你到底為什麼要對我那麼好……你是不是喜歡我……」

陳謙沒有回頭看楊辰逸，他就只是默默站在門邊，這讓楊辰逸感到不滿，他剛才也不回答問題，現在又這樣默不吭聲。他惱怒地又用力拍了陳謙肩頭，喊道：「阿謙，我在問你話，你到底有沒有聽到？」

「……我有聽到。」

「那你為什麼不回答？我剛才問你，你是不是喜歡我？」

發酒瘋的楊辰逸，莫名堅持要陳謙回答這個問題，還說如果陳謙不回答，他就賴在這裡不走。楊辰逸趴在陳謙背上鬧了很久，終於讓陳謙轉頭看向自己，陳謙一回頭，二話不說就吻上楊辰逸。陳謙兇狠啃咬楊辰逸的嘴唇，他的舌頭蠻橫竄入楊辰逸嘴裡大肆翻攪，陳謙就像失去理智一般，瘋狂吻著楊辰逸，這麼熱情的深吻，讓楊辰逸整個人都嚇傻了。

陳謙吻了很久，直到兩人都快換不過氣，他才甘願抽離楊辰逸的嘴，陳謙看著粗喘大氣，有些傻愣的楊辰逸，啞聲道：「我喜歡你，非常非常喜歡你。」

第二十一章　為你犯傻

陳謙先是火辣熱吻，後面又深情告白，如此驚人之舉，讓楊辰逸腦內彷彿轟的一聲炸開，他的大腦瞬間停止思考，兩人站在門口乾瞪眼五分鐘。最後，楊辰逸稍稍回神，呆愣回：「蛤？」

原先陳謙還用著熱切的眼神與他對望，可楊辰逸的反應，卻讓他神色一僵。陳謙迅速將頭轉回，他板起俊顏，冷淡回：「你喝醉了，快點回去休息吧。」

醉暈頭的楊辰逸，絲毫沒有察覺陳謙的異樣，他就這麼被陳謙給背到自家門口。楊辰逸一回家，他便踩著搖晃的步伐，踉踉蹌蹌走上樓，方才發生了什麼他也懶得再去細想，一踏入自己房間，倒頭就呼呼大睡。

隔日，楊辰逸手機鬧鐘響了近半小時，總算才將他給叫醒。宿醉帶來的頭痛，讓他感到心浮氣躁，楊辰逸按掉鬧鐘，仔細一看手機上的時間，早上九點，螢幕上還顯示陳謙留給他的一則訊息。

早餐給你放桌上了，記得吃。

一看陳謙傳來的訊息，楊辰逸臉就黑了一半，人家總說喝酒誤事，楊辰逸現在真是後悔莫及，他到底為什麼要這麼作死，昨晚竟然發瘋鬧著問陳謙喜不喜歡自己，結果他居然還真的回答喜歡!?

楊辰逸真是心慌意亂，他從沒想過陳謙真的會是Gay，更沒想到他喜歡的人竟會是自己，楊辰逸不知道陳謙是從何時開始喜歡上他。對於陳謙，楊辰逸只是把陳謙當成熟悉到不能再熟悉的哥兒們，他了解陳謙的一切更習慣和陳謙相處，但對陳謙卻沒有半點怦然心動的感覺。

「阿逸，你今天不是要去出差嗎？這麼晚不出門沒關係嗎？」楊母打開楊辰逸的房門，探頭問道。

楊母猝然的問話，打斷楊辰逸的思緒，他隨便應和幾聲便下樓洗澡。約莫一小時，楊辰逸提著大包小包，裝模作樣地提著行李走出家門。他拿著陳謙家裡的鑰匙，一進陳謙家，只見空蕩的屋子裡，即使是白天，屋內的每一盞燈卻都是亮燈的。

楊辰逸將行李放在客廳的長椅上，他吃著陳謙留給他的早餐，屋內安靜得不可思議，楊辰逸彷彿都能聽見自己的呼吸聲。他抬頭看向頭頂正在照明的日光燈，不知為何，楊辰逸心頭竟莫名一緊，他無法想像，這數十年之間，陳謙是用了什麼心態，去面對這間父親自殺、母親慘死的屋子，更不知道他是用了多少勇氣，獨自度過無數個黑夜。

楊辰逸還坐在椅子上吃早餐，驀地，他的手機一響，楊辰逸一看，陳謙又給他傳了訊息。

樓下椅子躺起來不舒服，如果累了就去我房間睡，公司的事情別擔心，我已經在替你查了。

楊辰逸看完訊息，無奈苦笑，即便他昨天給了陳謙這樣的反應，陳謙今天依然裝作什麼事都沒發生，還是一如既往地待他好。陳謙，到底為何要這麼傻，傻到令他感到既沉重又不捨。

與此同時，陳謙今日一進公司，他二話不說就往協理辦公室跑，他想和老高拿上次楊辰逸的Mail往來紀錄，只是老高卻不是那麼願意提供。

「陳主任，依我的看法，我建議你就讓公司去調查就好，你千萬別大張旗鼓跳下來插手這件事，你應該知道，上面現在對你是什麼觀感。」

老高惋惜地長嘆一口氣，研發部門出了這種事，老高自己也是被上面盯得滿頭包，雖然心裡生氣歸生氣，但他卻也是實話實說。如今公司高層連帶懷疑陳謙也是共謀，正想方設法要弄走陳謙，只是老高私心認為陳謙是個不可多得的人才，在沒有足夠的證據去證明陳謙是共犯之前，他還是希望陳謙能低調就儘量低調，避免被上層藉此刁難進而將他趕出公司。

「協理，你說得我都懂，但我還是想替他和自己證明清白，這件事，我們都心知肚明，現在上面就因為這點證據直接認定他是內鬼，怎麼可能還會為了他繼續追查下去？」

「陳謙，既然你都知道我的用意，那就別蹚這個渾水，我是有意要留你下來的。」

老高的再次勸說並未改變陳謙的態度，他仍是堅持要拿到老高昨日那份信件收發紀錄，老高見他態度堅決也不想再徒費口舌，他從抽屜拿出那份資料扔到陳謙面前。

「陳謙，我該講的也講了，如果上面執意要趕你出去，我也保不了你。」

陳謙拿走桌上的資料，淡漠的神色無一絲情緒起伏，他向老高道了謝，冷聲回道：「若是我查不出什麼，到時候我會自己請辭，絕不會讓協理難做人。」

陳謙每一字一句，說得既堅定又鏗鏘有力，但看在老高的眼裡，這樣的執拗實在愚蠢。老高看著這樣的陳謙不禁失笑，他帶著幾分嘲弄之意，說道：「陳謙你都出社會多少年了，竟然還這麼意氣用事，算了，如果你執意要這麼做，就要有那個勇氣去承擔後果。」

老高的譏諷，陳謙沒有多做回應，他點頭再次向他道謝，便拿著資料步出協理辦公室。陳謙怎會不明瞭老高的言下之意，今天他若牽扯上這件事最後又黯然請辭，公司就會百分百認定他同是共犯，這麼一來，陳謙無疑是自斷前程，往後他也很難再到其他上市公司任職。職場就是這樣，你在上一間公司發生了什麼事，人資只要稍微打探便能知曉，所以聰明的職場人，直到正式離職前一刻，都不會選擇與公司打壞關係，陳謙這樣的行為，也難怪會被老高嘲笑他愚蠢。

可是，即便陳謙今日的壽命還剩餘五六十年，他，仍會為了楊辰逸犯傻。

陳謙一回到座位，他立刻埋首在這疊資料裡，試圖從中找出不合理之處，時間過得很快，一下子就來到中午休息時間，只是全神貫注的陳謙卻渾然未覺。

忽地，陳謙的手機發出震動聲響，他撇頭一看，是楊辰逸給他傳來的訊息。

阿謙，中午了，記得吃飯。

陳謙對著手機上的訊息發愣好一會兒，而後，他唇角微微一勾，露出苦澀的笑容，他沒有回覆楊辰逸，反倒收回視線繼續梳理信件往來紀錄。

第二十二章　阿逸，晚安

陳謙今日除了查找信件往來紀錄，更重新審視F公司的新品配方，直至他意識過來，竟以接近晚上六點，他連忙收拾桌面便趕緊刷卡下班。

回家的路上，陳謙順道買了晚餐，一回到家，他就見到楊辰逸蜷著身體睡在椅子上，他輕聲走到廚房拿了碗筷，再次從廚房出來，楊辰逸已經醒來，他捶著睡到僵硬的肩膀，嘟噥問：「阿謙，你剛回來嗎？」

「寶貝，餓了吧，我們先吃飯。」陳謙和楊辰逸對上眼，陳謙半點尷尬神色都沒有，行為舉止更是表現的極其自然。

兩人坐在客廳，一言不發地各自吃著晚飯，過程中，楊辰逸不時偷偷觀察陳謙的一舉一動，陳謙沒有提及昨天的事，但他卻又反常地不喊阿逸，而是對著楊辰逸喊寶貝。這可把楊辰逸搞得更混亂了，陳謙現在到底對他是抱持著什麼態度？

楊辰逸還沉浸在自己的思緒裡，卻赫然被陳謙的一聲叫喚喊回心神。

「今天我看了資訊部調出來的那份紀錄，除了那筆被標記的信件紀錄有問題以外，我真的看不出還有其他可疑的地方……」

楊辰逸聽聞，頓時又抑鬱起來，他轉頭看向陳謙，苦笑說：「阿謙……如果真的查不出來就算了……我不想再給你添麻煩，公司要求的賠償金，我也會自己想辦法湊出來的……」

怎知，陳謙的臉色卻猛地一沉，英挺俊容不僅冷冽地令人發寒，周身更多了幾分不可言喻的肅殺之氣。他陰著臉，沉聲道：「別說這種喪氣話，我一定會查出來，不會就這麼讓你平白背這個黑鍋。」

陳謙這麼嚴肅的樣子，楊辰逸還是頭一回見到，曾幾何時，這個成天躲在他身後哭哭啼啼的陳謙，竟已茁壯到能展開雙臂，將楊辰逸攬在懷裡保護。楊辰逸一時之間晃了神，他看著這樣的陳謙，居然產生一種他可以放心依靠陳謙的錯覺。

陳謙見楊辰逸不發一語，他收起怒氣，接著剛才的話繼續說道：「我將這件事又重新想了一次，大致分為兩種可能，一為，是專案內的成員，早就先把紙本的配方私下外流給F公司，但為了避免被查到所以他利用你去背鍋；二為，偷資料的人根本不是專案成員，於是他只能利用專案成員的電腦，將資料偷寄出去給F公司，只是你就這麼倒楣，好死不死被他挑上。」

G公司研發部門的資訊管控，是公司裡最為嚴謹的單位，研發單位所有同仁的電腦，不只全部封鎖USB孔，個人電腦除了Mail的收發以外，更是僅能使用公司內部的區域網路。就如陳謙所述，若要將資料偷出去，最安全的方式，便是將紙本配方交付給F公司，而不是像現在這樣，刻意還留了個跡證讓公司查到。

「若以第一種情況，依常理來說，對方要嫁禍的話，肯定也是找積怨已久的對象，但以我這幾年觀察下來，你在公司裡和每個人都處得不錯，還是說其實你私下有和誰結怨？」

楊辰逸思索片刻，他給陳謙搖了搖頭：「沒有，你也知道我這人沒什麼優點，唯一的優點，大概就是很好相處，而且我從進公司到現在，都沒有和人起過爭執。」

陳謙按著楊辰逸的回答，重新梳理一次脈絡，半晌，他緩緩說道：「既然這樣，那我認為先從第二種情況著手調查，你覺得怎樣？」

楊辰逸點了點頭，如今他被趕出公司，陳謙還願意替他追查已讓他感激涕零，更何況他對這次的事情一點頭緒都沒有，眼下楊辰逸唯一能做的，也僅是盡力配合陳謙而已。

「那封信的寄出時間是早上七點，這個人對你的出勤應該也有一定了解。另外，這封信發信的時間點有兩種可能，一是，真的有人比你早進公司替你發信，抑或是，他是趁大家下班之後，又回到公司給你使用預約發信的功能。」

陳謙有條不紊地說著自己的推論，從小陳謙就比楊辰逸聰明，若硬要說陳謙的缺點，大概就是性子軟了一點，孰料，長大後的陳謙仍是如此睿智，但他的性格卻在不知不覺間，變得比楊辰逸還強硬許多。才智外貌雙全的陳謙，完美地根本無從挑剔，這也難怪一堆女人對他神魂顛倒，楊辰逸心中暗自嘆了口氣，這麼好的人，怎麼就瞎了眼，甘願為一個長相普通的男人捨棄眾多佳麗，自己把自己掰彎成了 Gay。

陳謙說得認真，不過楊辰逸卻是聽到出神，他喊了楊辰逸幾聲，楊辰逸也沒有回應他半句。陳謙面無慍色，反倒往楊辰逸身邊靠近，他右手覆在楊辰逸的手背上，低喃問道：「寶貝，在想什麼？」

「……」陳謙這一碰，楊辰逸整個人突然像是被電到一樣，他大驚失色，心臟跳得老快，楊辰逸轉頭看向陳謙，但見陳謙雙眸深情款款，不停對他溫聲關心，嚇得楊辰逸趕緊將手抽回。

「寶貝，你有在聽嗎？」

「有、有……你繼續講……別管我……」這麼奇怪的反應，實在讓楊辰逸摸不著頭緒，先前他和陳謙又是親嘴又是牽手，他從未有過緊張到心臟狂跳的感覺，怎麼現在陳謙只是碰個手，他的心跳居然快成這樣？

「我想問的是，你有把電腦的登入密碼告訴其他人嗎？如果有的話，我想先從這裡開始查起。」

楊辰逸慌慌張張給陳謙搖了搖頭，並表明自己密碼完全沒有給過任何人，陳謙得知他的回答，眉頭一皺，追問道：「你該不會……密碼是設定 1234 這種，隨便猜就能猜出來的密碼吧……」

楊辰逸深呼吸順了幾回氣，總算是冷靜下來，他正眼看向陳謙，一本正經回道：「怎麼可能，我密碼雖然簡單但也沒有這麼好猜。」

「那你設定什麼？手機號碼？生日？」

「嗯，是我的生日，但也比 1234 複雜多了不是？」

「……」

陳謙無奈扶額，他隨口一猜就猜到楊辰逸用生日當密碼，這還叫不好猜？況且，依照他對楊辰逸的了解，楊辰逸的那組密碼，肯定是直接用六個數字當密碼，也難怪會這麼輕易被人打開電腦。不過從這個回答來看，似乎也不全然是一無所獲，陳謙現在已有初步的頭緒，他已經知道該先從誰開始查起。

「阿謙，你還有什麼要問的嗎？」

「沒有了，暫時先這樣吧，對了，先前公司不是說要調查私人通訊紀錄，你上繳手機之前，有刪過你通訊軟體的聊天紀錄嗎？」

「沒有，反正也沒什麼私密的聊天內容，所以我就直接把手機上繳上去做調查了。」

「那你的手機等等借我，我看一下對話紀錄。」

對於陳謙的要求，楊辰逸也沒有多想，他把自己的手機拿給陳謙，而在陳謙查看通訊紀錄的同時，楊辰逸將桌上碗筷收拾乾淨，又拿著自己的衣物要進浴室洗澡。

「對了，寶貝，我沒有關燈的習慣，你不用特地替我關燈沒關係。」陳謙低頭查看手機訊息的同時，仍不忘要提醒這件事。

「知道。」楊辰逸會心一笑，即便陳謙不說，他也知道這些燈光對他來說有多麼重要，他怎麼可能會眼睜睜看著陳謙在自己面前，露出徬徨無措的模樣。

洗澡時，楊辰逸又回想起陳謙今日的反應，依剛才的相處，兩人已在無形中，莫名形成一種互不道破的微妙平衡。楊辰逸雖不清楚陳謙心裡到底在想些什麼，不過為了維持現在的平衡，他決定裝作若無其事，繼續陪陳謙談這場假戀愛。

約莫二十分，楊辰逸從浴室走了出來，陳謙還坐在客廳長椅上檢查楊辰逸的手機。楊辰逸擦著頭髮，走到陳謙身旁：「阿謙，有看出什麼問題嗎？」

楊辰逸目光一瞥，陳謙正在往回查看他和周羽涵的對話，昨天他被公司趕出去之後，周羽涵有傳訊息關心楊辰逸，只是楊辰逸卻都沒有回覆，他就怕自己會給周羽涵帶來麻煩。

看對話看得入神的陳謙，沒有抬頭搭理楊辰逸，而楊辰逸也識相地坐到一旁，自己打開電視看了起來。一小時過去，陳謙終於看完楊辰逸手機裡的所有對話紀錄，而楊辰逸一拿回自己的手機，迫不及待問道：「阿謙，看得怎樣？」

「嗯，有點眉目了，明天進公司之後，我需要再調一些資料來證實我的猜測。」

楊辰逸一聽，神色又驚又喜，他抓著陳謙頻頻追問到底是誰，可奇怪的是，陳謙卻是神祕的很，怎樣都不對他透漏半點口風。陳謙丟下楊辰逸，準備進浴室洗澡，楊辰逸又在後頭喊住了他：「阿謙，晚點你能拿條毯子和枕頭給我嗎？晚上我睡客廳吧，不然兩個人擠一張床太小了。」

「你自己去我房間拿吧，對了，晚上如果聽到那間房間有發出奇怪的聲音，你就當作什麼都沒聽到吧。」陳謙指了浴室斜對面的房間，淡然說道。

陳謙說完話，轉身就走進浴室，陳謙剛才指的那間房間，其實是他父母以前的臥室，也是他父母身亡的地方。楊辰逸看著那扇緊閉的房門，不由自主地打了個冷顫，本來他還想和陳謙保持距離，只是計畫跟不上變化，既然凶宅的主人都拐彎承認家裡鬧鬼，想當然，能屈能伸的楊辰逸，心態很快就又轉了個彎，他想，不過就是和另一個男人同睡一張床，這種事其實也沒什麼大不了。

晚上十一點，兩人先後上床睡覺，陳謙躺在內側，楊辰逸躺在外側，只是此時的楊辰逸，卻是頭皮發麻、冷汗直流，眼前的陳謙，竟用著殷切的眼神直盯著他瞧。

「寶貝，你是不是忘了什麼？」

騎虎難下的楊辰逸真是欲哭無淚，他知道陳謙在等他主動親他，但楊辰逸自己也害怕，這一親，會不會兩人最後就在床上演起GV，楊辰逸躊躇許久，仍不願有更進一步的動作。

「寶貝？」

陳謙又再次催促，楊辰逸乾脆心一橫，主動貼到陳謙面前，蜻蜓點水式的親了他一下：「阿謙，晚安。」

豈料，陳謙卻又對著心亂如麻的楊辰逸，給了一個無情的重擊，他說：「寶貝，我說過什麼，你是不是忘了？」

接吻，舌頭要記得伸出來。

此話一出，楊辰逸心裡又是一陣呼天搶地的哀號，他是真怕這一喇，會不小心喇出火來，兩人躺在床上進行眼神對峙，到了最後，陳謙似是放棄了，他斂起臉上笑意，翻身背對楊辰逸，口氣冷漠：「睡覺吧。」

楊辰逸不傻，他知道自己又把陳謙惹毛了，雖然楊辰逸害怕被陳謙脅迫去捅他的屁股，但他卻更害怕被陳謙打零分變成一頭豬。楊辰逸也是個明白人，捅人屁股與變成一頭豬，該選哪個，一目了然。

楊辰逸深吸好大一口氣替自己壯膽，他一個霸氣將陳謙迅速翻過身，整個人將他壓在身下，迅雷不及掩耳就吻了上去，熱情如火的激吻、糾纏不放的唇舌，楊辰逸感受到陳謙粗重的喘息。

其實楊辰逸現在內心十分慌亂，但他卻也用著這樣的狀態，足足吻了陳謙三分鐘之久。

兩人吻到氣喘吁吁，楊辰逸近距離看著陳謙的俊顏，陳謙此刻的眼神不知為何有些迷濛，楊辰逸總感覺現在有種曖昧不明的粉紅泡泡圍繞在他們身邊，為了避免陳謙意亂情迷，一時失去理智脫他褲子，楊辰逸當機立斷馬上翻過身，他匆匆道了聲晚安便閉上眼裝睡。

所幸陳謙理智尚存，沒有獸性大發扒了楊辰逸褲子，兩小時過去，楊辰逸卸下心防，緩緩進入夢鄉。一旁側睡的陳謙，猛然聽到身後傳來震耳欲聾的打呼聲，他輕輕翻過身，看向這個張嘴打呼又流口水的男人。

午夜時分，寂靜的房間迴盪著突兀又難聽的打呼聲，對此，陳謙不以為意，他側著身，靜靜看著楊辰逸，唇邊還掛著若有似無的笑意。良久，睡意襲來，陳謙悄悄牽起楊辰逸的手，闔上眼前，他湊近楊辰逸，低聲耳語：「阿逸，晚安。」

第二十三章　曖昧的粉色泡泡

興許不是在自己的床睡覺，楊辰逸這一覺並沒有睡得很沉，他半夢半醒直到天亮，早上六點，和煦的日光映入屋內，楊辰逸撐開沉重的眼皮，卻發現自己身上似乎壓了個重量。

楊辰逸的視線往下一看，陳謙的手臂圈著他的腰桿，右腿還大咧咧跨在楊辰逸身上，現在兩人正以熱戀情侶的親密姿勢摟著睡覺。楊辰逸真是無語問蒼天，這樣的畫面，他是曾經幻想過沒錯，當時他想著，若是他和周羽涵交往後，他也能和她摟著入睡，誰成想，這樣的場面確實是實現了，可是對象卻是換成了陳謙……

楊辰逸在這樣的姿勢下，硬是翻了個身，怎料，楊辰逸的翻動卻吵醒睡夢中的陳謙，陳謙眨了幾回眼，兩人的視線又莫名對上，陳謙微微一笑：「寶貝，早安。」

柔和的晨光，撒在陳謙的俊顏上，渾厚的低嗓、高挺的鼻樑、刻劃般的深邃輪廓，嘴邊還掛著溫煦的笑容，此刻的陳謙，耀眼極了。

砰！砰砰！

兩人這一對望，楊辰逸的心臟莫名其妙地猛烈跳動，周遭的氛圍，不知為何又開始出現昨天的曖昧粉色泡泡。

「阿謙……早啊……」

「寶貝，早。」

陳謙再次對他道了聲早，他下意識收緊臂膀，硬是把楊辰逸往自己身上攬，只是這一靠近，楊辰逸頓時感受到自己的腰側碰到個硬物。楊辰逸也是個男人，他知道，這個該死的陳謙，居然抱著他勃起了。

「寶貝，等等早餐想吃什麼？」陳謙燦爛一笑，問道。

「……」

「寶貝你想吃熱狗捲嗎？家裡有吐司和熱狗，我去弄給你吃。」

你不要下面發情勃起，然後又故作沒事問我要不要吃熱狗啦！

面紅耳赤的楊辰逸，心裡雖然不斷哀號咒罵，但他的心跳卻是止不住地失控亂跳。楊辰逸覺得自己肯定是卡到陰了，否則為什麼，眼前這個下身發情，面上溫聲關心的陳謙，看起來會比平常還要更加性感迷人？

「不、不用了……今天……我想吃清淡一點……你能幫我買個沙拉嗎……」

陳謙聞言，他又給了楊辰逸一個過分好看的笑靨，他湊上前，親了楊辰逸滾燙的臉頰，低聲道：「嗯，我出去買，晚點我再喊你下樓吃早餐。」

語落，陳謙跨過楊辰逸下了床，楊辰逸看著陳謙離去的背影，內心暗吁一口氣，他的貞操，目前總算是暫時保住了，只是千金難買早知道，若是知道陳謙會有這種反應，他寧願撞鬼也不要看陳謙對著自己發情。無奈的是，楊辰逸頭都洗一半下去了，自是沒有中途退縮的道理，為了他的美好來世，即便今天陳謙扒了他的褲子逼他強上，楊辰逸死都會咬牙撐到底。

約莫半小時，陳謙提了大包小包的東西回來，裡面不只有他去超商買的早餐，他更買了一堆熟食、零食、泡麵回來，他就怕楊辰逸獨自在家時會餓著。楊辰逸一見陳謙這麼暖心的為自己著想，才剛降下的體溫又悄然升高，嚇得楊辰逸趕緊把早餐吃完，頻頻催促陳謙快點去上班。

***

有了昨天的線索，陳謙今日一進公司，他又把楊辰逸的信件往來紀錄拿出來查閱，信件寄出的日期，是陳謙和楊辰逸重生的隔日。陳謙為了應證推測，他翻了公司一個月多前發出的值日生排班。果真，當天的值日生和陳謙懷疑的人就這麼恰巧吻合。

這下子，陳謙已有一半的把握能確定是這個人，只是僅憑手邊模凌兩可的證據，並無法確實翻轉現況，他還需要更多有力的證據，這樣他才能準確抓住對方的狐狸尾巴。既已有了初步認定，陳謙馬上又到幾個部門去調資料。

人力資源部。

「Sally，能請妳幫個忙嗎？我想調這兩個月研發部全部的出勤及門禁資料。」陳謙溫文儒雅地對著人資 Sally 柔聲問道。

「陳主任，你怎麼突然要調這些資料？」

陳謙聽聞，溫文的面容覆上一層陰霾，他憂容滿面，悵然道：「Sally 妳也知道，我們部門出了這種見不得光的醜事，而且我也倒楣地被牽連進去，我來調這些資料，只是想證明自己的清白，如果真的是楊辰逸做的，我也會秉公處理，絕不會循私包庇。」

陳謙動之以情，曉之以禮，很快就說服了 Sally，雖說陳謙已經死會，加上現在背後議論他的負面消息頻傳，不過人帥就是吃香，陳謙才講沒多久，Sally 就同意將資料調給陳謙。

陳謙手拿一疊出勤和門禁資料，對著 Sally 禮貌笑道：「謝謝，妳等等想喝什麼咖啡？我請妳。」

資訊部。

「Sam，我記得公司每三個月，系統就會強制要求登入電腦前要變更密碼，所以我在想，應該是資訊部這裡做了管控，你們才能這樣強迫使用者更改密碼，我說得應該沒錯吧？」

「嗯。」

「如果說我們登入的使用者帳號，都是由資訊部這邊管控，那你們是不是也能調出每個使用者帳號的登入登出紀錄？」

「可以，你想調誰的登出入紀錄？」Sam 推了下眼鏡，爽快地一口答應下來。

「楊辰逸。」

Sam 一聽是楊辰逸，他也沒有再開口細問。要不是陳謙幾年前，曾私下幫助他順利追到公司的某位女同事，否則他也不是那麼想與陳謙扯上關係。

「你想調什麼區間的記錄？」

陳謙拿了張便條紙，並在紙上寫了個日期，說道：「這個日期往前推一個月。」

陳謙寫的這個日期，是楊辰逸信箱寄出配方的日子。Sam 點了點頭，他進入管控主機後台，迅速調出陳謙要的資料，又將資料列印出來給陳謙。

「謝了，等這件事順利落幕，我私下請你吃飯。」

陳謙手拿一堆資料準備回到研發部辦公室，卻在回程中碰巧遇見從茶水間回來的老高，陳謙本想趕緊回自己座位比對手上的資料，豈料，老高卻走上前與他攀談。

老高目光瞥了眼陳謙手上的資料，他咧嘴呵呵一笑，那笑容倒有幾分嘲弄：「陳主任，有查出什麼了嗎？」

「還在找，如果有進一步的消息，會第一時間通知協理。」陳謙無視老高的笑意，冷然回道。

「陳主任，你還年輕，我是真的不忍心看到，你因為一時衝動而自毀前程，我已經表明我的立場，只要你低調一點，我一定會盡力替你保住這份工作的。」老高拍了拍陳謙肩膀，還在嘗試說服陳謙放棄。

只見陳謙臉色一垮，眉頭深皺：「謝謝協理的好意，我只是想替他和自己討個公道，如果查到最後，真的是楊辰逸做的，那我查到的證據也會如實繳給公司。」

陳謙死不退讓的堅持，讓老高再度嘆了口氣，他側身繞過陳謙，一臉失望說道：「唉，你自己好自為之吧，如果丟了工作，可別怪我沒事先提醒你。」

第二十四章　你喜歡我好不好

老高離去，陳謙拿著資料回到自己的座位，一回位置，他開始翻找剛才在人資部、資訊部要到的資料。

資訊部調出的登出入記錄，上面記錄著：

3月11日，06：30登入失敗
3月11日，06：31登入失敗
3月11日，06：33登入失敗
3月11日，06：34登入成功
3月11日，06：50登出成功
3月11日，07：00登入成功

這些登入失敗記錄，都一再證明陳謙的臆測，這三次的失敗記錄中間都間隔一至兩分鐘，這看上去不像是本人打錯密碼，倒更像是有人在猜密碼嘗試登入這台電腦。

有了這份登入記錄，已經可以間接證明，當時楊辰逸的電腦確實有被人動過，接下來就是要找出這個時間點，到底是誰去發這封信。

寄出信件的時間為3月11日，06：47分，陳謙又比對了門禁和刷卡紀錄。

嫌疑人，3月11日，打卡時間，07：00，第一道門禁時間，06：00，第二道門禁時間，06：01

楊辰逸，3月11日，打卡時間，06：42，第一道門禁時間，06：42，第二道門禁時間，06：48

在G公司裡，公司正門會擺著一台上下班的員工打卡機，打卡機的下方，還有一道控制自動門的門禁機，刷了門禁之後，公司的玻璃自動門才會開啟，再繼續往裡面走，各個部門也都有各自的玻璃自動門，而這些自動門同樣也都需要刷開門禁才得以進入。也就是說，G公司的員工若早上要進到自己單位的辦公室，每位員工都需要打卡外加刷兩次門禁。

但是，這份打卡和門禁資料，卻明顯出現幾個問題。

第一，嫌疑人明顯刻意想掩蓋提早上班的事實，所以嫌疑人先刷門禁再刷打卡。

第二，從公司正門到研發部辦公室門口，其實不用一分鐘就能走到，而楊辰逸卻隔了六分鐘才刷門禁，初步推測有可能是楊辰逸，先去了趟廁所或是茶水間再進辦公室，這麼顯而易見的門禁紀錄，其實就能證明楊辰逸的清白，為何高層還是一口咬定楊辰逸是兇手不放？

除非，這整件事情，涉案的人並不只一位，而楊辰逸只是這件新品外流案，掩人耳目的煙霧彈和替死鬼。

此事件目前牽扯多少人還不得而知，可是，就連這麼明顯的證據都能被忽略，反倒是一味將矛頭指向楊辰逸，進而將人強行趕出公司，陳謙推斷，涉案者裡面肯定有人位居高位，才能這樣隻手遮天。

陳謙也不傻，既然對方這麼急著將人趕出公司，那麼下一個肯定就會拿他開刀，所以他必需要在有限的時間裡，趕緊將證據給蒐集完成。

下午五點，陳謙將證據收進公事包，他打了卡準時下班返家。

晚上六點半，陳謙回到家，手上還提了兩個日式定食便當。

「阿謙，下班啦？」楊辰逸坐在客廳裡看著無聊的晚間新聞，嘴裡還嚼著陳謙給他買的零食。

陳謙一進門，就聽見楊辰逸出聲喚他，淡然的俊容又染上溫暖笑意，他笑著朝楊辰逸點了點頭，並把手上的便當放在桌上：「餓了嗎?先吃飯吧。」

楊辰逸將提袋內的定食便當放到桌上，示意陳謙先坐下來吃飯：「中午我有傳訊息提醒你記得吃午餐，你有吃嗎？」

「有吃。」

楊辰逸雙眼緊盯陳謙不放，他只覺得實在有夠奇怪，陳謙從進門到現在，整個人就像中邪一樣，一直對著他眉開眼笑，難不成，這間凶宅的磁場已經混亂到一踏進門就會中邪?

陳謙到廚房拿了一個小碟子，他坐到楊辰逸的身旁，將桌上的炸豬排定食推到楊辰逸面前，自己則打開烤秋刀魚定食。他低著頭，開始替秋刀魚剔去魚刺。

「今天在家都在做些什麼?」

「呃……睡覺、吃東西、看電視……」楊辰逸回得實在有夠心虛，他感覺自己現在根本就是個廢物，沒工作的他，只能躲在陳謙家裡，吃他的，用他的。

「那今天一整天你有想我嗎？」陳謙又問。

其實在他們假戀愛的期間，這句問話已被陳謙問到爛熟，楊辰逸也清楚，這個問題其實只有一個答案能回答，既然陳謙想聽，楊辰逸自然會迎合說給他聽。

「很……很……想你……」先前他們都是在訊息裡傳這種對話，不過像這樣面對面回答想你，倒還是頭一回，這讓楊辰逸頓時感到有些窘迫，回答的時候甚至緊張到有些不自然。

雖然楊辰逸回答得極度不自然，陳謙卻仍然笑得十分開心，他側頭親了楊辰逸發燙的臉頰，粲然一笑：「我也想你。」

砰！砰砰！

等等，現在又是發生什麼事了？怎麼心跳會跳得這麼快？陳謙不就只是說了句想你跟親臉頰嗎？楊辰逸又開始感覺自己心跳加速和體溫上升，嚇得他連忙抓起桌上的冷氣遙控器，調了個二十度的低溫，試圖讓自己逐漸升溫的體溫降下來。

幾分鐘後，楊辰逸終於感覺到自己冷靜許多，而身旁的陳謙開始將剔除魚刺的魚肉，夾到楊辰逸的便當裡，這一舉動，搞得楊辰逸一頭霧水。

「阿謙，你不是不愛吃秋刀魚嗎？幹嘛還買秋刀魚便當？」話雖是這樣問，但楊辰逸仍將這些魚肉吃進肚子裡。

「嗯，我是不喜歡吃，可是你喜歡吃，不是嗎？」

「……」

砰砰砰！砰砰砰砰砰！

等等等等等，我現在是發瘋了是不是？這種心臟跳到要飛出來的感覺到底是怎樣啦？

專心剔刺的陳謙，並沒有發現楊辰逸的異狀，他默默地坐在旁邊，將秋刀魚一根又一根的細刺夾出來，然後再將魚肉放進楊辰逸的便當裡。

今天的晚餐，楊辰逸全程食不知味，他只知道自己全身發燙、心臟急速跳動，還有從側邊望去，他竟覺得陳謙的側臉莫名地好看，內心還有一種想親下去的衝動。

「我、我吃飽了……我先去洗澡……」楊辰逸囫圇吞棗地將便當全塞進肚裡，他慌張起身喊著要去洗澡，可是他說這話時，卻是心虛到正眼都不敢瞧上陳謙一眼。

兩人先後洗好澡，楊辰逸獨自留在樓下滑手機、看電視，而陳謙卻一反常態地回到房間，說是要處理公司的事。

晚上十一點，無聊到發慌的楊辰逸關掉電視，他上樓回到房間，房門一打開，他卻見到陳謙趕緊將桌上一疊資料鎖進書桌的抽屜。

楊辰逸暗猜，剛才的資料可能和他的案子有關，捺不住好奇的楊辰逸，坐到床邊，輕拍椅子上的陳謙：「阿謙，剛剛那是什麼？是跟新品外流有關的資料嗎？」

陳謙並不回答楊辰逸的問題，反倒追問道：「寶貝，我問你，三月十一號當天，你進辦公室的時候，除了你之外還有誰？」

被猝然反問的楊辰逸愣了一會兒，不過他依舊回答了陳謙的問題，楊辰逸說，當天除了他以外，確實還有另一個人沒錯，那個人就是當天的值日生，而且奇怪的是，那天他的電腦，不知為何是處於開機且是等待登入的畫面。

陳謙聞言，幾乎可以百分百確定兇手就是這個人，他又問道：「所以你有看到對方用你的電腦？」

「我那天沒有看見有人動我的電腦，阿謙，你就別跟我繞了，我知道你在懷疑誰。」

「所以你是因為怕我生氣，才不給我看抽屜裡的東西？」

「寶貝我說了，我會替你把事情查清楚，這陣子你就好好待在家休息，你什麼事都別管也別插手。」陳謙知道楊辰逸性子一向衝動，為了避免他一時失控而打草驚蛇。陳謙現階段還不打算與楊辰逸明說，他決定先暫時安撫楊辰逸，讓他先別插手介入。

「……」

陳謙說完話，便丟下楊辰逸下樓去刷牙。留在房間的楊辰逸，心頭的焦慮感又油然而生，其實這一兩日以來，楊辰逸雖然在陳謙面前裝得與平常沒什麼兩樣，可每當陳謙出門上班時，單獨待在家的楊辰逸腦子總是在胡思亂想，他不停想著，到底是誰惡意誣陷他？若是到死之前事情都解決不了該怎麼辦？還有陳謙會不會因為這件事也和他一樣惹上麻煩？

其實從陳謙剛才的字句和行為裡，陳謙就已經拐彎暗示楊辰逸兇手是誰，楊辰逸內心百感交集。原來，他一直認為對自己好的人，才是傷他最深的人，而他一直視為眼中釘的人，卻是用盡一切在袒護他。

過了十分鐘，刷完牙的陳謙回到房間，他上了床，側頭看向呆愣坐在床邊的楊辰逸：「還不睡嗎？」

垂頭坐在床邊的楊辰逸，從背影望去帶有幾分頹喪，他緩緩回道：「阿謙……我問你……我是不是真的很沒用……」

「……」

未等陳謙出聲回應，楊辰逸兀自接著繼續說：「這本來就是我的事情……可是我卻把你拖下水……現在還讓你把事情全都攬在身上……」

「阿謙我對你……真的很抱歉……我本來想說，等這件事過去之後，我應該做點什麼感謝你……可是現在一想，我卻發現我什麼都給不了你……」

「你肯定不知道，就連之前你死了，我想替你辦個喪禮，你的喪葬費我都只能用分期的方式付……」

負面的想法佔滿楊辰逸的思緒，淚意在他眼底逐漸匯聚，楊辰逸越說沮喪，到了後面他也不再說上半句話。良久，楊辰逸將不該有的情緒收拾好，他勉強撐起笑意，裝得好像剛才什麼事都沒發生一樣，他欲轉身對著陳謙道聲晚安，怎料，陳謙卻從身後環住楊辰逸的腰身，硬把楊辰逸整個人摟進他的懷裡。

陳謙將臉埋在楊辰逸的肩頭，悶哼的鼻音從肩膀傳了上來：「阿逸，你別這麼說，在我心裡，你特別的好。」

「還有……如果你真想報答我，那就把你的心給我吧。」

「等、等等，阿謙你……」楊辰逸身體一僵，心臟又開始瘋狂跳動，陳謙到底又是哪根筋不對勁？怎麼又突然在他面前提起這個？

楊辰逸話音剛落，他立刻感受到環在腰際的那雙手收緊幾分，陳謙又把楊辰逸往他的懷裡拽，說道：「阿逸你別想再避開我，你明明就知道我喜歡你，但你還是故意裝作不知道，可是你越是這樣，我就越是混亂……」

「……」

「我知道你不喜歡男人，這一切全是我逼你的，可是我沒辦法，因為不這樣的話，你連看我一眼都不願意，你知不知道……我真的好喜歡你，喜歡到就快要發瘋了……」

「我什麼都不要，我只想要你也喜歡我……就最後這段時間……阿逸你喜歡我好不好……我求你了……」

第二十五章　循序漸進的戀愛

這次的告白，是試探也是賭注，陳謙本以為，楊辰逸會抓著他繼續追問對方的事情，可是楊辰逸的反應卻讓他出乎意料。楊辰逸比起擔心自己的事，他竟然更關心陳謙，他責怪自己給陳謙帶來麻煩，甚至還脫口說出想要回報他的話。其實上一回楊辰逸酒醉，他也說過類似的話，只是當時的陳謙，只當他胡言亂語並沒有放在心上，可是這次不一樣，楊辰逸說這些話時卻是十分清醒。

這樣的轉變，令陳謙感到詫異，他想，會不會楊辰逸其實早就對他卸下心防？所以，陳謙想試探他是否已在楊辰逸心裡佔了個位置，同時陳謙也在賭，賭楊辰逸是否願意嘗試真心接納他。

「阿、阿謙……你別這樣……我們……」楊辰逸輕拍環在自己腰際的手，語氣頗是無奈。

「阿逸……我都這麼求你了……你真的不能試著喜歡我嗎……」

陳謙楚楚可憐的哀求，楊辰逸都快被他求到心軟了，他實在搞不懂，從頭到尾他不都在講自己很沒用以及拿不出東西報答陳謙，怎麼話題會在轉瞬之間，急轉直下變成陳謙的二度告白？

楊辰逸側頭正好對上抬起頭的陳謙，兩人一對眼，楊辰逸竟看到陳謙的眼角濕潤，他直覺陳謙下一刻就會在自己面前落淚。楊辰逸頓時感到有些慌張，而陳謙一見楊辰逸手足無措的神情，他又將臉趕緊埋進楊辰逸的肩頭。

只是，陳謙雖然不與他對視，但吸鼻子的抽噎聲卻還是露了餡，從小到大，楊辰逸最害怕陳謙掉淚，但凡他一哭，楊辰逸總是舉雙手投降，無論陳謙要求什麼，他定會無條件全部答應陳謙。一直到現在，楊辰逸還是想不透，為何陳謙會對他如此痴狂，可是眼下陳謙都這麼低聲下氣哀求，甚至還為了這件事落下珍貴的男兒淚，他哪裡有辦法狠下心拒絕這樣的陳謙？

「阿謙你別哭了，我答應你就是了……」楊辰逸暗自嘆氣，怎麼他一個心情沮喪的人都還沒開始哭，他卻要先安慰另一個哭哭啼啼的男人？

「真的……？」陳謙低著頭又抽了幾次鼻子，他的嘴裡雖說著怯生的問句，但嘴角卻悄然勾起一抹弧度。

「既然你這麼想要跟我談戀愛，我也會在剩下的日子努力試著喜歡你……」

「阿逸……你別騙我……我是會當真的……」

「阿謙我真的不騙你，你別再哭了好不好？」

陳謙聞言，輕輕點頭，可他卻還是不願抬起頭，溫熱的淚滴沾濕了楊辰逸的肩膀，他可憐兮兮地抽著鼻子，可是唇邊的笑意卻是越發濃厚。陳謙，賭贏了這場賭注，接下來，他只需要讓楊辰逸循序漸進愛上自己就行了。

「那你抬頭看我一眼好嗎？」

陳謙緩緩抬頭，楊辰逸看見陳謙眼眶微紅，濡濕的眼角還沾著幾滴眼淚，雖然他倆都已經老大不小了，楊辰逸卻還是對他這副模樣沒輒。他伸出手替陳謙擦掉臉上的淚痕，苦笑道：「阿謙，你還是一樣那麼愛哭。」

陳謙就像條愛撒嬌的大貓，他輕輕蹭著楊辰逸溫熱的掌心，說道：「阿逸……我只把我的軟弱，給你一個人看見。」

楊辰逸被陳謙這麼一說，頓時又耳根一熱，這讓他感到有些難為情：「阿謙……」

「嗯？」

「那個……有件事我想先跟你說清楚……」

「怎麼了？」

「其實我不太知道要怎麼跟另一個男人談戀愛……你也知道，我從來就沒有談過戀愛，更沒有喜歡過男人……」

陳謙聽聞楊辰逸的困擾，英俊的面容笑逐顏開，他緊了緊楊辰逸的腰桿，循循善誘道：「阿逸其實這很簡單的，你就把你對女人的感覺，還有想對女人做的事情，全部對我做一次就對了。」

楊辰逸朝陳謙點了點頭，並表示自己會努力試試看。陳謙見狀，臉上的笑容又更加好看了，他笑著把楊辰逸按回床上，還貼心地將毯子蓋到楊辰逸身上。

陳謙闔上眼又道了聲晚安，可他的嘴角卻明顯地微微上揚，他就像個做夢都在笑的傻孩子，楊辰逸看著這麼孩子氣的陳謙，真是無奈到笑了。他是真的記不得自己到底對陳謙做了什麼，才會讓他這麼喜歡自己，只是既然他都答應陳謙了，那麼他也會試著喜歡他看看。

楊辰逸翻了個身面向陳謙，他閉上眼，伸手輕輕環住陳謙的腰身：「阿謙，晚安。」

***

翌日早晨，陳謙一起床就瞞著楊辰逸，私下給老高傳了請半天假的訊息。兩人吃完早餐，陳謙也裝模作樣地出門上班，只是陳謙雖是出門了，但他卻是在外面閒晃了將近一個半小時，才將車子往公司的方向開去。

上午十點，陳謙踏進G公司的商業大樓一樓大廳，他走到櫃檯，禮貌詢問坐在位置上，抄寫今日收發信件紀錄的老先生：「李伯早安，我想請問一下，你這裡能調監視紀錄嗎？」

坐在櫃檯內的李伯，其實是認得陳謙的。陳謙身材高挑，加上俊美的相貌，平時他出入這棟商業大樓，總會讓人忍不住多注意他一眼，他停下手邊的動作，抬頭問道：「早，你怎麼這個時間會在這裡，等等是要跑外務嗎？」

「我早上請假去處理私事，下午才要進公司。」

「對了，你怎麼突然想看監視錄像？是公司發生什麼事了嗎？」

「前陣子我在公司內丟了個東西，我只是想確認東西失竊的那一天，有沒有外人闖入我們公司偷竊。」

李伯點了點頭，他將陳謙喊進櫃檯，又點開監視器電腦內的桌面資料夾，問道：「你要看哪一天的監視器？」

「有三月十一號的紀錄嗎？」

「啊，你要找這麼久的？那你自己找一下，檔案都在這個資料夾裡面，如果沒有的話，那就是刪掉了。」李伯指著電腦桌面的某個資料夾，示意陳謙自己去翻找紀錄。

李伯交代完便繼續忙手邊的事情，很快地，陳謙找到三月十一號當天的資料，他拿出隨身碟，迅速將寫著三月十一號的資料夾，拉進自己的隨身碟裡。

陳謙對著專心抄寫的李伯道了謝，只是他才剛踏出櫃台，陳謙的手機卻在此時響了起來，他將電話接起，電話另一端傳來人資 Sally 的聲音。

『喂，陳主任嗎？我是 Sally。』

「恩，怎麼了嗎？」

『是這樣的，我剛剛收到上級的指示，說你從今天開始留職停薪……』

「什麼？怎麼突然就要我留職停薪？」

『詳細情況我也不是很清楚，我只知道早上高協理打來我這邊通知我這件事，說是高層怕你干擾公司調查，所以要你留職停薪到調查結束才會給你復職。』

「……」

『陳主任，你的員工證，就幫我寄放在一樓的大廳櫃台，我明天上班再順便拿。』

「……恩。」

『那就先這樣，等調查結束，我會盡快通知你的。』

Sally 說完，便急著想掛上電話，陳謙又趕緊喊住她：「等等，妳先別掛電話，我問妳，高協理有沒有問過妳，我跟妳要了什麼資料？」

第二十六章　你的一切，我都在意

『他早上通知我這件事之後，後面又接著問我，我們人資部有沒有調資料給你……』

「所以妳告訴他了？」

電話另一頭的 Sally，神祕兮兮地用著微弱氣音，回答道：『我沒有告訴協理調資料的事……陳主任我還有事要忙，我要先掛電話了……』

語畢，Sally 連忙掛上電話，從剛才的回覆裡，陳謙推斷，Sally 大概也是害怕自己被無端牽連，為了明哲保身，所以她才會替陳謙撒謊。雖說老高昨天有看到陳謙手上拿了一疊資料，不過按照現在的情況來看，他應該是沒看清楚那疊資料到底是什麼，才會這樣私下詢問 Sally。

這次的留職停薪，乃意料之中的事，只是陳謙沒想到，事情爆發到現在都還不到一週，高層居然就這麼急著將他們兩人趕出公司。雖然事出突然，不過這件事並沒有太過打擊陳謙，畢竟他手上的證據，已足夠證明楊辰逸的清白，更何況，陳謙還能利用留職停薪這件事，藉機催化楊辰逸對他的感情。

上午十一點半，楊辰逸獨自坐在陳謙的房間內發呆，他看著牆上貼著一張又一張的泛黃畫紙，每一張，都是他和陳謙在美術課上畫的圖畫。小學時，陳謙總會誇獎楊辰逸畫得很好，而被誇到心花怒放的楊辰逸，總是把他上課畫的圖畫，當成禮物送給陳謙。時隔多年，楊辰逸再次看到牆上貼得這些畫，每一張圖畫都醜到不忍直視，當年的陳謙要不是眼光殘了，要不就是陳謙一直在對他說些好聽話。

楊辰逸將目光一移，他又看向電腦桌旁的小櫃子，櫃子上擺著一台又一台的迷你汽車模型。這些模型，全部都是楊辰逸小時候送陳謙的小玩具，楊辰逸就這麼安靜地環顧房間一圈，他不禁啞然失笑，他真沒想到，原來陳謙是這麼念舊的人。

過了十來分，楊辰逸拿著手機，走出房間，只是正當他要下樓時，卻赫然聽見一樓傳來大門被打開的聲音。楊辰逸頭皮一麻，按理說，這個時間根本就不會有人到陳謙家裡來，楊辰逸第一直覺，樓下肯定被人闖空門，他放輕腳步，小心翼翼地一步步走下樓，他想確認進門的人到底是誰。

一階，二階，楊辰逸緩緩踏出每一步，只是正當他走到一半，他卻在客廳裡見到一抹熟悉的身影。

「阿謙？這個時間你怎麼會突然回來？」

「我今天跑外務，順便回來陪你一起吃飯。」

「……」

「我給你買了拉麵，就是公司附近那間生意很好的拉麵店，我排了很久才買到。」

陳謙若無其事地要楊辰逸趕緊下樓吃飯，可是楊辰逸知道，陳謙明顯在說謊，公司新品案都中止了，他哪裡需要再去跑外務，更何況，這幾年跑外務幾乎都是陳謙底下的下屬在跑，他一個主任，哪裡需要親自去做這些事？

「阿謙你是去跑什麼外務？」楊辰逸臉色一沉，聲音也冷了幾分。

陳謙面上擺著溫和笑意，他對著站在樓梯上的楊辰逸，溫聲笑說：「快點下來，否則麵要糊了。」

「……」

楊辰逸一聽，臉色是越發難看，他知道陳謙有事在瞞他，只是他越是這樣，楊辰逸心裡就越不安。他下了樓，一把扯住陳謙，沉聲問道：「你是被公司留職停薪？還是公司直接將你資遣？」

「先吃飯，晚點再說。」

陳謙再次顧左右而言他，不祥的預感在楊辰逸心頭油然而生，他蠻橫地將陳謙整個人扯了過來，硬逼他與自己對視：「陳謙，你先回答我的問題。」

「……阿逸，你別這樣。」

「所以真的是我剛才說的那樣？」楊辰逸眼神銳利，語氣冷冽。

只見陳謙雙眸低垂，他輕嘆口氣，終於還是向楊辰逸坦承，自己也跟他一樣被公司留停。楊辰逸聽聞，猶如晴天霹靂，陳謙果然還是因為他而遭受池魚之殃，楊辰逸鬆了手，傻愣站在原地，半句話都說不上來。

陳謙見楊辰逸的反應，內心暗自竊喜，他走上前伸手抱住楊辰逸，側頭低喃：「阿逸，這一切都是我心甘情願，你別這麼自責。」

「……」

「你別擔心我，我就只剩自己一個，周遭也沒有半個親戚願意跟我沾上邊，沒有人會因為我而惹上麻煩的。」

陳謙的話雖句句屬實，但聽在楊辰逸耳裡竟是如此刺耳，他心疼陳謙獨身一人，更痛恨公司不明就裡地懲處陳謙。他回抱住陳謙，神色凜然：「阿謙，是周羽涵對吧？你等等就去把你抽屜那份資料給我，今天公司誣賴我也就算了，但我不能容忍公司這麼平白處分你。」

楊辰逸凜然的口氣，明顯為了陳謙而動怒，即便陳謙心底開心到簡直都要飛上天，但他語氣仍裝作楚楚可憐，他說：「阿逸……你現在是在擔心我嗎……」

「陳謙，你沒做的事就別委屈忍下來，這對你來說不公平也不值得。」

「阿逸……你不也沒做這些事嗎？我只是在替你平反，為你受點委屈……我心甘情願……」

陳謙這麼一說，楊辰逸心頭又莫名上火，他知道陳謙是因為喜歡自己，所以才甘願委屈自己，不過說到底，這本來就是楊辰逸的事，與陳謙一點干係都沒有，他已經幫了足夠多的忙，根本不該再繼續這樣為他犧牲奉獻。

楊辰逸推開陳謙，一本正經地看著眼前的陳謙，口氣嚴肅：「阿謙，等等把資料全部拿給我，之後我自己處理就好，就算只剩下一點時間，我也會讓公司給你復職，沒做的事就是沒做，我不能讓你無故背了個罵名。」

「阿逸你先把自己的事處理好，我名聲黑掉也就算了，反正也沒人會在……」

豈料，楊辰逸猝然捧起陳謙的臉頰，他踮起腳尖，迅速吻了上去，未完的話全被楊辰逸吻下肚。衝動的深吻，不只是陳謙感到詫異，就連楊辰逸自己也搞不明白，他到底是因為什麼動機，而理智線斷開衝動吻了陳謙，是出於愧疚？還是出於不捨？抑或是出於喜歡？

楊辰逸雖還弄不懂自己對陳謙的感覺，可是有一點他卻十分肯定，那就是……他不想再聽見，也不想再看見陳謙這麼卑微，他想要陳謙開心大笑而不是委屈求全。

良久，楊辰逸抽離陳謙的雙唇，他看著微微喘氣的陳謙，說道：「阿謙，別再說沒人在意，我告訴你，你的一切，我都在意。」

「你別這麼傻，喜歡我是一回事，可是你不需要為了我丟工作，更不需要為了我把房子賣掉，你應該要多替自己著想一點。」

「阿逸……」

「接下來的事情由我處理就好，這段時間，你只需要跟我好好談戀愛，什麼都別再插手。」

聽了楊辰逸的一席話，陳謙似乎被感動到眼淚在眼眶打轉。楊辰逸見狀，馬上將陳謙拉到椅子上坐下，他把筷子塞到陳謙手裡，要他趕緊吃午飯，別再想些有的沒的。

半小時過去，兩人吃完午飯，他們上樓回到陳謙的房間，陳謙將紙本資料以及監視錄像全給了楊辰逸，楊辰逸反覆端詳資料，直覺這一切並沒有表面看到的這麼簡單。

「有人表面在包庇周羽涵，但實際卻想犧牲她。」

「阿逸你也看出來了？」

「嗯，只是我還在想這個人是誰。」

「我猜十之八九是老高，當初不就是他硬把周羽涵塞給你，要你帶她熟悉公司業務的嗎？」

陳謙又緊接著解釋，年初公司要再應徵一位研發助理的時候，當時投履歷的有兩人，一是周羽涵，二是有相關經驗的社會人士。陳謙面談過兩位面試者之後，他認為另一名社會人士其實更符合公司職缺，只是他向上呈報給老高時，老高卻放棄陳謙看中的那位面試者，進而改選周羽涵。當時老高給的理由是，周羽涵在F公司有當過實習生，應該很快就能上手公司的業務，加上她剛出社會，起薪還可以再壓低一些。

陳謙為了此事還勸說過老高，因為周羽涵雖在F公司做過實習，可是她當時在F公司的工作內容，僅是做一些庶務性的工作，實際上並未接觸過真正的研發工作，但G公司的研發助理，必須具備基礎的化學研發知識，所以陳謙並不認為周羽涵能適任這份工作，可即便如此，老高仍堅持要讓周羽涵錄取。

「還有，老高在你被留停之後，私下有找過我談話，他要我別去插手管這件事，以免落人口舌。」

楊辰逸點了點頭，思忖片刻，又道：「經你這麼一說，他的嫌疑確實很大，只是現在也只是我們的猜測，我們手上並沒有能證明老高是共犯的證據，這樣對我們很不利。」

「我是覺得你別再去掀他的底了，反正我們手上這些證據，已經足夠證明你的清白了。」

「不，只要不弄走老高，他是絕對不會讓你回去公司的，我說過，我不會讓公司平白汙了你的名聲。」

「我知道，可是我們都已經被趕出公司，想要再從公司裡面拿到證據是不可能了。」

陳謙一語中的，氣氛頓時陷入一片靜默，好半晌，楊辰逸霍然拿起手機，他開始在手機螢幕上敲敲打打，似是在和某人傳訊息。

「阿逸，你幹嘛？」

楊辰逸將訊息按下發送，他抬起頭，對著陳謙狡黠一笑：「你不是說沒證據嗎？既然沒有，那我們就自己製造證據吧。」

第二十七章　忌妒與攤牌

隔日，是楊辰逸表定出差的最後一天，他陪陳謙吃完晚飯，便提著行李回到自己家中。

接下來的幾天，楊辰逸照著平時的生活步調，固定的時間出門上班，差不多的時間下班返家，只是家裡的人全都不知道，楊辰逸的上班，其實是跑到陳謙家裡，陪著陳謙談戀愛。

週日，是兩人專屬的約會日子，楊辰逸依約又到了陳謙家中，陪他吃飯聊天。現在的兩人，少了先前的隔閡，互動之中，倒多了幾分甜膩的戀愛滋味。

「阿謙我今天晚上還有事，就不陪你吃晚飯了。」

「什麼事？」

「我要去找周羽涵聊一下。」楊辰逸嘴裡嚼著肉條，手裡還不忘再拿根肉條塞進陳謙嘴裡。

陳謙一聽楊辰逸說出這三個字，渾身就不對勁，他臉色一垮，酸溜道：「聊什麼？她把你害成這樣，你到現在還忘不了她？」

神經大條的楊辰逸，似乎沒有發現陳謙的異樣，他咬著肉條，回道：「我只是想跟她談外流案的事情。」

「還有什麼好談的？事實不都擺在眼前了？」醋罈打翻的陳謙，心底實在嘔得不行，他是真怕楊辰逸又會被她勾走心思，進而對她心軟。

「正是因為這樣，我才要去找她談，我要讓她認清事實。」

「你一定要去嗎……？」陳謙拉著楊辰逸，軟聲問道。

聽不出陳謙在拐彎阻止他見面的楊辰逸，拍了拍陳謙肩膀，咧嘴一笑：「我都已經跟她約好了，臨時爽約也不太好，我不在的話，晚餐你還是要記得吃。」

楊辰逸丟下陳謙，跑去見以前心儀的女人，然後還笑著要陳謙晚飯記得吃，這樣的行徑，簡直就快把陳謙氣到嘔血。陳謙忍著熊熊燃燒的妒火，硬是擠出一個假笑：「阿逸，你們今天約在哪裡見面？」

楊辰逸也不疑有他，很快就回答了陳謙：「我跟她約七點在About咖啡見面，就公司隔壁那棟商業大樓，位在二十樓的景觀咖啡廳。」

景觀咖啡廳！陳謙真是要氣死了，楊辰逸都還沒帶他去那裡來個浪漫約會，他竟然就先跟周羽涵那個狐狸精去咖啡廳看夜景！

陳謙忍下呼之欲出的憤怒，他又給了楊辰逸一個過於燦爛的笑容：「嗯，那你回到家再傳個訊息給我，別讓我擔心。」

從頭到尾都沒有察覺陳謙有異的楊辰逸，也笑著回道：「好，那你也要記得吃飯。」

晚上七點，楊辰逸來到About咖啡，他一到咖啡廳，就見到周羽涵早已到了咖啡廳，只是楊辰逸不知道的是，陳謙其實也尾隨跟到咖啡廳。為了不讓楊辰逸發現他也跟到咖啡廳，還刻意選了個距離他們最遠的位置坐下。

今日的周羽涵，穿了套鏤空蕾絲純白小洋裝，洋裝上的蕾絲布料繡著典雅雕花，氣質的洋裝，襯出周羽涵的甜美可人。楊辰逸入座，兩人各點了杯咖啡。

「辰逸哥，先前傳訊息關心你，你都沒有回我，我是真的很擔心你。」

「這件事對我打擊很大，說沒事也就太矯情了，不過還是謝謝妳的關心。」楊辰逸撓頭哈哈苦笑。

「辰逸哥，你也別這麼喪氣，我知道你不是兇手，公司肯定很快就會還你清白。」周羽涵面露憂容，她伸手握住楊辰逸的手，安慰道。

遠處的陳謙，見到周羽涵和楊辰逸兩人的手貼在一塊，他真是氣到快咬碎一口牙，所幸楊辰逸很快就將手抽走，陳謙這才沒有衝上前強行阻止兩人談話。

「是阿，兇手真的不是我，我絕對不會把沒做的事情，平白無故往身上攬。」楊辰逸回話的同時，他又從背包裡拿了個文件袋出來。

楊辰逸將文件袋推到周羽涵面前，又道：「羽涵，這是我好不容易找到的證據，妳能替我轉交給公司嗎？」

只見周羽涵，故作驚訝，回問楊辰逸：「辰逸哥……這是……？」

「這些資料，是證明我清白的證據，同時這份資料也清楚地表明兇手是誰。」

周羽涵一點驚慌表現都沒有，她有恃無恐地拿起文件袋，試探問道：「辰逸哥，我能看一下這份資料嗎？」

「可以。」

周羽涵抽出文件，細看數十分，她將資料收進文件袋，面上仍不起波瀾。

「怎麼樣？羽涵妳會替我拿給公司對嗎？」

「楊辰逸，別再跟我繞圈子了，有什麼話就直說吧。」

「好，那我就長話多說，我要妳去跟公司自首。」

周羽涵聽聞，嗤笑一聲，她問：「楊辰逸，你腦子是不是有問題？你覺得我會蠢到自己拿這份證據去自首？」

周羽涵的反諷並未惹怒楊辰逸，他反倒笑說：「周羽涵，現在腦子有問題的是妳而不是我，妳怎麼到現在都還沒有搞清楚狀況？」

「你這話什麼意思⁉」

「妳現在能這麼鎮靜地坐在這裡跟我說話，不都因為高協理在暗地幫助妳嗎？可是妳似乎還沒有發現他真正的意圖。」

此話一出，周羽涵神色一僵。楊辰逸不慌不忙地啜了口咖啡，他繼續往下解釋，事件發生到現在已經兩個多月，按理，若要嫁禍給另一個人，這些證據是萬不可能留到現在還能被陳謙調出來，可是陳謙卻輕易拿到這些資料，那這就說明了一件事，代表老高打從一開始，就沒有打算要袒護周羽涵，他的目的很簡單，他只是單純想利用周羽涵替他把資料外流給F公司。

「不、不可能的……高協理明明答應過我……」

「不可能？那這些資料妳怎麼解釋？」

為了讓周羽涵認清真相，楊辰逸緊接著說，若是老高真把周羽涵當成同一條船上的人，早在她偷了配方之後，就應該私下把周羽涵的門禁資料，以及楊辰逸電腦的登出入記錄給修改掉，而不是留著證據等著讓人查出來，這也間接表示，老高其實自己也明白，沒有人會平白無故背下這麼大的黑鍋，所以他不替周羽涵消除跡證，就只為了給自己留一條退路。

「我是不知道老高跟妳協議了什麼，不過依我來看，妳的手上肯定也沒有什麼有利的證據，能直接證明是他教唆妳的對吧？」

楊辰逸一針見血的言論，令周羽涵霎時血色盡失，最後她終於自己坦承，確實這一切都是老高讓她做的。就如楊辰逸所說，她和老高都是私下單獨約出來見面細談這些事情，他們從來就沒有留過訊息或是通過電話。

「周羽涵，妳為什麼要替老高做這種事？」

「因為他說事成之後，會給我一大筆錢……」

「一大筆錢？妳就因為錢而把錯嫁禍給我？妳知不知道，我有簽保密合約，妳這麼做可是會害死人的！」

「什麼保密合約……？」

楊辰逸赫然想起，周羽涵是研發助理，助理職因不會接觸到完整的研發過程，故公司並沒有要求助理簽署保密條款，再加上周羽涵也不是此次的專案成員，她根本就不知道參與專案需要再簽一次保密，正因如此，她才不明白洩漏配方到底是一件多麼嚴重的事。

事情已大致釐清，楊辰逸也不想再與她多費唇舌，他單刀直入，直接把話攤開來講：「算了，這不是重點，我現在要妳拿著這些資料，自己去向公司坦承，妳是因為受了老高指使，而去偷配方賣給F公司。」

「……」

「我只給妳五天的時間，時間一到，我會再打電話去公司詢問事情進度，妳沒有其他選擇，也別想跟我耍花招，妳只能照著我說的話做，只有這樣，妳才有可能讓公司對妳從輕發落。」楊辰逸臉色陰沉，冷聲道。

「我……」

「我手上還有妳三月十一號那天提早進公司的監視錄像，該怎麼做，妳應該比我還清楚，別弄到最後，全部的錯都妳一個人扛，這樣也就太冤了不是嗎？」

楊辰逸將最後一口咖啡飲盡，又道：「記好了，我只給妳五天的時間，超過五天，我就會將手上的資料，上傳到網路以及寄給新聞媒體公開爆料，若是妳真的讓我把事情鬧大，到時候妳可是連台階都沒得下。」

語畢，楊辰逸起身欲離開，怎料，周羽涵卻抓著他不放，楊辰逸回頭一望，那張甜美的臉蛋寫滿驚慌，明眸大眼還閃著淚光，她焦急喊著：「辰逸哥……別走……你幫幫我……」

楊辰逸正想推開周羽涵的手，但他的眼角餘光卻瞄到，有個高大的男人正大步往他這裡靠近。

「阿謙？」楊辰逸不明白，怎麼陳謙這時候會跑來這裡？

「給我放開他。」陳謙雙眼都快要迸出火來，他鐵著一張臉，沉聲命令道。

周羽涵一對上陳謙吃人般的視線，嚇得花容失色，怯怯喊：「辰逸哥……別走……」

楊辰逸先是看了眼陳謙，而後又看向周羽涵，他推開周羽涵的手，難為情地嘿嘿一笑：「羽涵抱歉啊，我要先回去了，剛才的話，妳自己好好想清楚吧。」

第二十八章　我需要你

楊辰逸留下周羽涵，便與陳謙一起離開咖啡廳。

「阿謙，你怎麼突然跑來這裡？」

「我擔心你，所以過來看看。」陳謙臭著一張臉，說話時，連正眼都不肯瞧上楊辰逸一眼。

無奈楊辰逸這個粗線條，依舊沒有感受到陳謙濃厚的醋意，他一臉疑惑問道：「擔心？我有什麼好擔心的？」

擔心你被狐狸精拐跑，你這個臭木頭！

「啊對了，都這麼晚了，你吃飯了嗎？」

「還沒。」

「不是答應我說要吃晚餐的嗎？怎麼又沒吃了？」楊辰逸眉頭輕蹙，語氣微慍。

「……」笨木頭！還不是怕你被拐跑，我哪裡還有心思吃飯？

楊辰逸瞅了不發一語的陳謙，他嘆了口氣，說道：「等等要一起去吃飯嗎？想吃什麼？」

「……都行，就挑你喜歡的吃吧。」

兩人一前一後走到電梯口，楊辰逸按了下樓的按鈕，等待電梯上樓的同時，陳謙轉頭問了身旁的楊辰逸：「阿逸你剛才都跟她說了些什麼？」

但見楊辰逸拿出手機，他神祕兮兮地在陳謙面前晃了晃：「你猜我為什麼要找她過來？」

「你剛才給她錄音？」陳謙咋舌。

楊辰逸點了點頭，狡猾笑道：「不是說沒證據嗎？現在不就有證據了？」

陳謙總算理解楊辰逸今日來這裡的目的，其實楊辰逸會做這些，不只是為了自己的清白，更是為了要替陳謙平反，對於剛才的醋勁大發，雖然楊辰逸本人完全不知曉，不過陳謙心裡仍是有些過意不去。

「阿逸……謝謝你……」

叮——

電梯門開啟，楊辰逸邁開步伐走了進去，他回過頭，喊了後方的陳謙：「謝什麼？我說過我不會讓你受委屈的。」

兩人先後進了電梯，電梯內僅有他和楊辰逸二人。楊辰逸按了一樓的按鈕，電梯門關上，等待電梯下樓的時間，楊辰逸已經在想等會兒晚餐要吃些什麼才好。

「阿謙，你今天想不想去逛夜市？我們兩個好像很久沒一起逛夜市了。」

「好……」

哐啷！

忽地，電梯一個猛烈晃動，正在往下移動的電梯戛然而止。

停在半空的電梯，讓電梯的兩人都嚇了好大一跳，只是更令楊辰逸吃驚的還在後頭，電梯上方的燈源開始閃爍，忽明忽滅的燈光，閃了幾下便不再發出亮光，狹小的電梯空間，登時陷入一片黑暗。

所幸，楊辰逸的反應還算夠快，他連忙從口袋裡摸出手機，試圖打電話向外求救，可是他卻發現手機在電梯內一點訊號都沒有。

楊辰逸暗罵一聲，他又想起了電梯上應該會有緊急故障的按鈕，雖然不知道這顆按鈕能不能發揮功用，但這顆按鈕卻也是目前唯一能對外呼救的辦法。楊辰逸把手機當成照明裝置，在一整排的電梯按鈕上尋找緊急故障按鈕。

「不要……媽媽不要……」

楊辰逸還在認真尋找按鈕，後方卻陡然傳來陳謙顫抖的聲音，楊辰逸回頭一看，只見陳謙瑟縮蹲在角落，他雙眼無神，視線還盯著電梯左側的一角，嘴裡不斷呢喃奇怪的字句。

幽閉的電梯角落，不知從哪裡冒出一個渾身是血的女人，女人身上有大大小小的傷口，她的右腹流淌大量鮮血，女人右手捂著鮮血直流的腹部傷口，劇烈的疼痛，讓女人無法直起腰桿走路，她駝著背，步履蹣跚地朝著角落的陳謙走去。

『謙……媽媽好痛……救救媽媽……』

陳謙惶恐地望著眼前的女人，他舉著雙手不停揮舞，似是在阻擋女人不要再往前走近一步：「媽媽……求求妳……不要……」

『謙……為什麼……當時你不救媽媽……為什麼……』被陳謙喚為媽媽的女人，臉上因遭受施暴而青一塊紫一塊，她那被打腫的雙眼，流下兩行血淚，女人的嘴巴一張一合，嘶啞又難聽的沙啞聲嗓，從四面八方竄入陳謙的耳裡。

鮮血淋漓的母親，椎心刺骨的問句，都是陳謙心底最深的恐懼，陳謙因害怕而流下無助的眼淚，他開始哭著對女人說：「媽媽……對不起……當時我真的好害怕……求求妳原諒我……對不起……」

女人不顧陳謙的道歉，她走到陳謙面前，蹲了下來，女人的眼角不斷流著血淚，她伸出滿是鮮血的雙手，猛力掐住陳謙脖子，她尖叫大吼：『陳謙……你這個壞孩子……都是你殺了我……現在媽媽也要帶走你……我要殺了你啊啊啊啊啊——』

女人的尖叫聲，尖銳地彷彿要叫破陳謙的耳膜，被掐住的脖子，讓陳謙呼吸不到空氣，他流著眼淚，雙眼空洞地看著母親掐著自己，他想說話哀求母親放手，可是他卻一點聲音都發不出來。

「呃……呃啊……啊……」陳謙嘴裡發出斷斷續續的嗚咽聲，他兩眼上吊，窒息的感覺越發強烈，他感覺自己就快被母親給掐死。

「阿謙，阿謙，快醒醒！快把手放開！」

此時的陳謙，雙手緊掐自己的脖子，他吊著雙眼，不停發出吸不到氧的低咽聲，這看似中邪的詭異行徑，嚇得楊辰逸趕緊上前阻止陳謙自殘。

「阿謙，快點放手，再這樣下去，你會把自己給掐死！」楊辰逸使勁扳著陳謙的雙手，可是陳謙的手勁竟是如此之大，一時半刻，楊辰逸居然無法將他的手拉開。

楊辰逸拉扯陳謙的同時，也頻頻呼喚陳謙趕緊清醒過來，只是無論楊辰逸怎麼呼喊，就是沒有任何反應，還是死死掐住自己，怎樣都不肯放手。

眼看陳謙命懸一線，楊辰逸知道再這樣喊下去也不是辦法，他旋即又改了個方式，就像以前他在哄騙哭哭啼啼的陳謙一樣，他聲音放軟，捧著陳謙的臉頰，溫聲說道：「阿謙你能聽到我說話嗎？我是阿逸，你最乖了，聽我的話，現在把手放開好嗎？」

「阿謙，我是阿逸，你是乖孩子對不對？來，把手給我。」

模糊失焦的視線，讓陳謙看不清前面有些什麼，但他知道，滿是鮮血的母親還蹲在自己的眼前。猝然，不知從何處開始傳出細微的聲音，那個溫柔的聲音，不斷喊著他的名字，陳謙很清楚那是誰的聲音，那是他一生都在追尋的人，他的笑容、他的懷抱、他所有的一切，全部都是他放在心底不願與人分享的珍寶。

「阿、阿逸……是你嗎……」眼前母親的身影緩緩退去，微弱的手機燈源，逐漸映出楊辰逸的臉龐，他無措地看著楊辰逸，顫悠悠喊道。

楊辰逸見陳謙神智漸漸恢復，手上的力道也明顯放鬆許多，他拉著陳謙的手，繼續哄騙道：「對對，我是阿逸，阿謙把手給我好不好？阿謙你最乖了。」

陳謙乖順地讓楊辰逸把手從脖子上移開，與此同時，陳謙也終於看清楊辰逸的面容，他看到楊辰逸正溫柔地牽著他的手，輕聲對著他說話。

「阿、阿逸……你別走……這裡好黑……」陳謙一見楊辰逸，潰堤的眼淚，波濤洶湧地從眼眶湧了出來。

「阿謙別怕，你看，我就在這裡陪你。」

為了避免陳謙再度自殘，也為了讓陳謙感受到他陪在身邊，楊辰逸張開雙臂，將發抖不止的陳謙擁入懷裡。他抱住陳謙，不時輕拍他的背部，溫聲哄著陳謙。

「阿逸……別走……我好怕……」

「我真的好怕……我怕媽媽又來找我……」

陳謙埋在楊辰逸的胸膛，含糊說著楊辰逸聽不懂的字句。楊辰逸雖然不明白當年的陳謙都經歷了些什麼，可是他知道，現在的陳謙，很需要他的陪伴。

「阿逸……你不會走……真的不會走……對不對……」

楊辰逸捧起陳謙的臉，滾燙的淚滴，一滴滴滑過楊辰逸的指尖，他拭去陳謙臉上的淚痕，笑著說道：「不走，我就在這裡。」

楊辰逸一遍又一遍對著陳謙重複說著自己哪裡都不去，他哄了很久，終於讓陳謙收起眼淚，陳謙的情緒也明顯和緩許多。

「阿逸……對不起……」

「怎麼了？」

「剛才……我是不是嚇到你了……」

「沒有，這點小事才不會嚇到我。」

雖然陳謙冷靜許多，但他依舊不安的很，他攢緊楊辰逸的衣服：「阿逸……再一會兒就好……我現在……真的很需要你……」

看著這樣的陳謙，楊辰逸既揪心又不捨，他撫著陳謙的臉龐，細聲低喃：「阿謙，只要你需要我，我就待在你身邊，哪裡都不去。」

就這樣，楊辰逸靜靜摟著陳謙，一直摟到陳謙不再發顫為止，驀地，楊辰逸聽見埋在胸膛裡的陳謙，悶聲說道：「阿逸……我能親你嗎……」

基本上，楊辰逸並不太喜歡在外面做些過度親密的動作，不過他想，烏漆抹黑的電梯裡，現在也只有他們兩個人，稍微給陳謙親一下應該是沒什麼關係。

「好。」

陳謙吻上楊辰逸的雙唇，他小心翼翼地感受著楊辰逸唇上的溫度，陳謙舔舐楊辰逸不算好看的厚唇，他將舌頭探進楊辰逸嘴裡，與他的舌頭糾纏在一起。楊辰逸呼出的鼻息、楊辰逸身上的氣味、楊辰逸炙熱的體溫，每一樣都讓陳謙癡迷不已，由淺入深的親吻，令兩人意亂情迷，一時之間，誰都不願先抽離對方。

驟然，電梯門縫之間，插入一隻鐵鍬，被撬開的電梯門緩緩開啟，維修電梯的工人，拿著手電筒往漆黑的電梯裡面一照：「不好意思……電梯出了點小故障……幹！三、三小啦!?」

工人萬沒料到這一照，差點就把他嚇出尿來，他居然照到兩個坐在地板激烈擁吻的男人。

這聲粗口，很快就喚醒楊辰逸的理智，他誇張地立刻推開陳謙，趕忙轉頭看向聲音來源。

楊辰逸：「……」

維修工人：「……」

電梯外站著數名工人以及好幾名等電梯的乘客，空氣猶如凝結一般，尷尬到都快吸不到一點氧氣，楊辰逸此刻腦子裡的唯一想法便是——馬上拉著陳謙逃離這個大型社會死亡現場。

維修工人：「呃……打擾兩位先生了……我們先去修別台電梯……你們可以繼續沒關係……」

楊辰逸：「……」

楊辰逸生無可戀地目送一干工人及搭乘電梯的乘客離開，心裡一陣崩潰的楊辰逸，眼角默默滴下一滴熱淚。

我不就是接個吻而已嗎？到底是要被人撞見幾次啊啊啊啊——

第二十九章　不堪的往事

楊辰逸面紅耳赤地扯著陳謙迅速逃離現場，他就這麼半拖半拉，硬把陳謙拉到附近的停車場。

「阿謙，今天就先這樣，我要回去了，晚飯記得吃。」

內心才剛崩潰一輪的楊辰逸，現在只想趕緊躲回家，一點都不想再繼續待在街上晃悠，他話一說完，甩頭就想開車返家，豈料，陳謙卻又拉住楊辰逸，他說自己是叫車過來，想搭楊辰逸的便車一起回去。

幾分後，兩人先後上了車，返家途中，楊辰逸實在一股悶氣無處發洩。楊辰逸重生到現在，衰事便接二連三找上門，女廁親額頭、老高辦公室初吻、停車場喇舌、房間激吻、電梯熱吻，他大概是把這一輩子的霉運都給用上了，不管他怎麼親，總會這麼湊巧給人碰上，他只想低調好好過完這三個月，怎知卻變成他和陳謙到處高調搞基。

「阿謙，有件事我們商量一下好嗎？」

「嗯？」

「以後我們能不能別在外面親嘴，回去你家，你想親多少次都沒關係……」

「在外面接吻，讓你很困擾嗎？」

困擾，當然很困擾！我就怕哪天會被貼上網，到時候全世界都會知道我在跟你搞基啊！

不過楊辰逸自是不會把心裡話這麼直白地說出口，他開著車，乾笑幾聲，婉轉回道：「阿謙，這種事比較私密，老是在外面親嘴，給人看到也不太好，你說是不是？」

「我一點都不介意被人看到。」

「……」你不介意，但是我介意啊！你不是最愛面子的嗎？怎麼現在又雙標了？

楊辰逸本以為自己的拐彎暗示，陳謙應該很快就能聽出他的弦外之音，孰料，眼下的陳謙，腦子卻笨得像顆木魚腦袋，楊辰逸只覺得他在跟自己裝傻。

「阿逸，被看見就被看見，如果被人發上網更好，這樣全世界就會知道，你是我的男朋友，誰都不能搶走你。」

「……」

「可是……你如果不喜歡在外面接吻，那麼我以後就只在家親你，我不想做會讓你討厭的事。」

楊辰逸本來還在苦惱要怎麼與陳謙溝通，不過陳謙卻突然插上這麼一句話，這讓楊辰逸一時之間有些錯愕，但這也再度讓楊辰逸了解到，陳謙就是個不折不扣的傻子。他喜歡楊辰逸喜歡到，不管什麼事情，永遠都把楊辰逸排在第一順位，即便丟了臉面，受了委屈他也不在意。

這句話過後，楊辰逸便不再說上一句話，兩人就這麼安靜地坐在車內，不知為何，楊辰逸總覺得氣氛有些沉悶，他本想轉首歡快的音樂，怎料，陳謙卻突然出聲，他說：「阿逸，剛才在電梯裡……我……」

開車的楊辰逸，身體猛然一僵，陳謙怎會又提起這個話題了？

「阿謙，我沒有被你嚇到，你別因為這點小事放在心上。」楊辰逸開著車，眼神頻頻瞄向一旁的陳謙，他就怕陳謙會再度情緒失控。

雖然楊辰逸這麼回應，但陳謙卻雙睫低垂，神色悲愴。楊辰逸從他那樣子便知，陳謙仍對此事過意不去，為了不讓陳謙又像剛才那樣，楊辰逸當機立斷猛踩油門，本來四十分鐘的路程，硬是被他縮短成一半。

楊辰逸將車駛到家門前的巷口停下，委婉詢問道：「到家了，你需要我陪你回家嗎？」

陳謙搖了搖頭，俊俏的臉龐，泛起一抹酸澀笑意：「不用，只要家裡有亮燈，我就不會發作。」

「是、是嗎？那就好……可是……你這情況很久了嗎？我小時候好像從沒見過你這樣……」

「自從父母過世之後，就一直這樣到現在，不過時好時壞，嚴重的時候就會自殘。」

「……」

陳謙長吐一口氣，緩緩說起過去的事，他說，其實他並不是天生怕黑，而是父母慘死造成的心理創傷。事發當晚，他的父親拿著徵信社拍到的照片，與他的母親大吵一架，他雖然害怕，但卻天真地以為他們的爭吵，很快就會結束。可是他錯了，他等了很久，爭執聲不但沒有平息的跡象，反倒是越來越嚴重。

起先是父母的互罵聲，再來是母親的嘶吼聲與父親的辱罵聲，他躲在棉被裡，不斷發抖祈禱這場過於真實的惡夢趕快結束。煎熬的一個小時過去，他換來的不是父母停止爭吵，而是一個渾身鮮血的母親。

那一天，他的父親失去了理智，不只對他的母親動粗，更拿刀捅了他的母親，母親為了躲避父親的追砍，一路逃到二樓，衝進他的房間。房間當時並沒有開燈，那天只有淡淡的月光照進房裡，可是微弱的月光，仍把惡鬼修羅般的母親映得無比清晰。他就這麼傻愣地坐在床邊，眼睜睜看著自己的父親，硬把鮮血直流的母親扯下樓。

當時，他的腦子告訴他應該要立刻報警，可是恐懼卻讓他的雙腳抖到不聽使喚，直到他將情緒平復下來。他抖著兩條腿，鼓起勇氣往父母的房間走去，這一看，他整個人都嚇傻了，母親被亂刀砍死，父親則是上吊自殺。

「在這之後只要我一沒有了燈光，我的眼前總會不時出現上吊的父親，或是全身是血的母親……」

「阿謙……你有沒有去看過心理醫生……」

陳謙搖頭，又道：「我不敢和別人說這些事……那天如果我有鼓起勇氣，走下樓撥電話報警……或許爸爸媽媽就不會死了……都怪我太沒用……」

「小時候也是因為這樣……我三天兩頭就在叔叔家裡鬼吼鬼叫，有時候還會自殘……嬸嬸受不了，便吵著叔叔要把我送回來……」

楊辰逸聽完，簡直是要心疼死了，他從不知道，陳謙一個人過得有多麼辛苦，他輕拍陳謙的手背，安慰道：「好了，別再說了，這些都是不好的事，我說了，只要你需要我，我就會一直陪在你的身邊。」

楊辰逸才安慰幾句，陳謙的眼眶又微微泛紅，楊辰逸一看，只覺得一陣頭暈目眩，他對陳謙的眼淚真的沒轍，他手忙腳亂地又說了一堆安慰陳謙的話，而陳謙就像個大男孩，一個側身摟住楊辰逸，他把自己的臉埋進楊辰逸的肩窩，嘟噥道：「阿逸……我的事情……只對你說……所以你……」

「我知道，我嘴巴很緊，別擔心。」

「阿謙，以後有什麼事，就跟我說吧，你別憋在心裡，我是笨了點沒錯，可是我嘴巴緊，你不用擔心我會到處講。」

陳謙抬起頭，他對上了楊辰逸真誠的笑容，他的笑容，是陳謙的信仰，每當黑夜來臨，都是楊辰逸帶著他度過心中的恐懼。時隔多年，楊辰逸又再度回到他的身邊，陳謙心底那滿溢的愛意，再也無法壓抑下來。

陳謙情不自禁地親上楊辰逸的臉頰，他一路往下親吻，高挺的鼻尖輕輕刮撓楊辰逸的頸側，細微的麻癢感，從頸間蔓延開來。陳謙時而親吻，時而舔舐，他啞聲說道：「阿逸……我真的好喜歡你……」

「……」

陳謙伸出手，靈活地將手探進楊辰逸的上衣裡，另一手不時在他的雙腿間游移挑逗，他又問：「阿逸……我該怎麼做……你才會更喜歡我……你告訴我好不好……」

「阿、阿謙……你剛剛不是有答應我……不、不在外面做這些嗎……」楊辰逸實在欲哭無淚，怎麼說沒幾句話，陳謙就莫名奇妙地發情了？

「我只答應你，不在外面接吻，阿逸你還沒回答我的問題……」

楊辰逸看著精蟲上腦的陳謙，手上的動作是越發侵略，陳謙舔咬他的耳垂，右手搓著他的乳頭，左手還不停在他的胯間磨蹭。楊辰逸只覺得不妙，再這樣繼續放任下去，他有很大的概率，會被陳謙逼著在車上搞車震。

「阿逸……你喜歡我這樣碰你嗎……」

陳謙左手伸到楊辰逸的褲頭，他拉下楊辰逸的下褲拉鍊，撫摸楊辰逸被逗弄到充血的下體。

不、要、啊！我還沒有做好捅你屁股的心理準備啊——

楊辰逸心裡不斷大叫哀號，他猛力推開陳謙，拉上褲頭拉鏈，迅速跳下車，慌張道：「阿、阿謙……我要先回去了……有什麼事就打給我……」

「阿逸你……？」被驟然推開的陳謙，一臉愕然地看著楊辰逸。

「阿謙……對不起，我不是不喜歡你碰我……只是……我只是需要一點心理建設……」

嚇破膽的楊辰逸，丟下還坐在車內的陳謙，他頭也不回，狼狽地火速逃離現場。

第三十章　又愛又怕的傻子

逃之夭夭的楊辰逸，一回到家，馬上衝進浴室洗了個冷水澡。他打開水，不停淋著冷水，他看著下半身昂揚的慾望，簡直就是要瘋了，怎麼陳謙摸沒幾下，他居然就這麼輕易地勃起？難不成……他現在也跟陳謙一樣彎掉了？

不過說實話，楊辰逸自己也有隱約發現，他比兒時還要更加在乎陳謙，他的腦子裡，總會不經意想起陳謙，想他有沒有好好吃飯？想他現在到底在做些什麼？楊辰逸弄不懂，他到底將陳謙定位在哪個位置，是好兄弟？還是親人？亦或是戀人？

可是，若他已把陳謙當成戀人，那為什麼他卻沒有像陳謙一樣，也同樣渴望他的身體？對此，楊辰逸心裡實在矛盾的很。

「楊辰逸，你是死在裡面了是不是？你一個大男人，是要在裡面洗多久！」楊辰玲站在浴室門口前破口大罵。

楊辰玲的怒罵聲，總算喚回楊辰逸的思緒，他匆匆洗完澡，回到房間之後，楊辰逸左思右想，還是想不出個所以然。最後他決定，與其煩惱自己是不是已經愛上陳謙，倒不如先確定自己是不是變成 Gay 這件事。

既已決定，楊辰逸也不再遲疑，他迅速打開電腦，上網點進去G片網站，他隨意點了一部片子，準備測試一下自己的下身會不會因此有反應。

螢幕上出現兩名赤身裸體的男人，其中一名男人躺在床上雙腿敞開，另一名男人伸手摳挖他的後穴，指節緩緩進入又退出，躺床的男人因舒爽而發出沉醉的細吟。楊辰逸專心致志地研究這兩個男人的動作，只見鏡頭慢慢往上一帶，畫面特寫了0號男人的面部表情，楊辰逸看著螢幕上的男人，腦海裡竟沒來由地冒出陳謙躺在自己身下呻吟的樣子。他暗吃一驚，趕快把情色影片關掉，只是影片雖然是關了，楊辰逸卻滿腦子想著，他和陳謙一絲不掛躺在床上，而他伸手在玩弄陳謙的下穴。

最最最可怕的是，楊辰逸光是腦子裡幻想他在玩弄陳謙的屁股，他的下半身，居然又很有精神地站了起來。這慾火來得又急又猛，一時半刻也消不下去，楊辰逸就這麼一個人躲在房間，腦海裡想著陳謙，默默地將奔騰的慾望排解掉。

對於剛才點開同志情色片這件事，楊辰逸真是後悔莫及，有道是，不試不知道，一試嚇一跳。幾十分鐘前，他甚至還想著陳謙自瀆，楊辰逸總算確定，他，是真的被陳謙給弄彎了。

原來，楊辰逸並不是不渴望陳謙，而是他一直不知道自己已經愛上陳謙，他只是缺個契機，缺個提點。如今的楊辰逸，誤打誤撞頓悟了自己彎掉這件事，這下子，他也無需再困惑自己對陳謙抱持什麼情感。

回想起這段時間，陳謙對他的照顧及付出，楊辰逸心底很是感激，正如陳謙所說，他從頭到尾就只是想和楊辰逸談場戀愛，而他也一直在努力想讓楊辰逸喜歡上自己。

雖說一開始他們的假戀愛是有些荒唐，不過現在他既已確定心意，那麼楊辰逸就必需要讓陳謙感受到他的愛意，在這場戀愛裡，他還欠陳謙一個完美的約會，更欠他一個真心的告白。

只是戀愛經驗貧乏的楊辰逸，絞盡腦汁也想不出什麼完美的約會，於是，楊辰逸找上了楊辰玲，他把剛洗完澡的楊辰玲，硬是拉回自己房間。他簡單向楊辰玲說明來龍去脈，並表示想請她幫忙想約會行程。

「哥，所以你現在是不小心愛上謙哥了是嗎？」

楊辰逸羞赧地點了點頭。

「那他也喜歡你嗎？」

楊辰逸紅著臉，再次點頭。

楊辰玲一見自家老哥的回答，整個人精神都來了，她興奮追問：「哥，你們兩個人是怎麼相愛的？是做愛做出感情來了是嗎？」

楊辰玲對於他們兩人的印象還停留在炮友，否則怎麼可能才過沒多久，自家老哥就輕易愛上對方。楊辰玲直覺這兩人肯定是先性後愛，怎料，楊辰逸卻說，自己會愛上陳謙無關性愛，而是被陳謙無怨無悔的付出所感動。

「你是不是在騙我？你們真的沒有發生關係？」楊辰玲舉起雙手，她左手比個圓圈，右手伸出食指比個一，她一邊說，一邊還把右手的食指，戳進左手的圓圈。

楊辰逸一看楊辰玲的性暗示，他漲紅了臉，用力往楊辰玲淫蕩的手勢拍了一掌，怒斥道：

「妳少下流了！我到現在都還沒捅過他的屁股！」

「那謙哥捅你了嗎？」

「媽的，也沒有！」

楊辰逸的否認，讓楊辰玲頗是失望，不過楊辰玲很快就收起失落的神情，既然自家老哥現在有戀愛上的困擾，身為一個熱心的資深腐女，她必定要在背後推兩人一把，替這對佳偶架起愛的橋梁，讓他們可以順利走向彼此。

「好好好，你說沒有就沒有，這幾天我再想一下約會行程，想好我再把行程列給你。」語畢，楊辰玲又拍了楊辰逸肩膀，接著說道：「哥，你可要好好珍惜謙哥，謙哥說不定已經等你很久了。」

「妳什麼意思？」楊辰逸狐疑挑眉。

「我從以前就一直覺得你跟謙哥的感情實在好得太過頭，要不是你以前喜歡女孩子，我差點都以為你跟謙哥兩個人搞基了呢。」

「……」

「你腦子這麼直，小時候肯定都沒注意到謙哥一些奇怪的行徑吧？」

「小時候？妳是指什麼事情？」

「你還記得以前國一的時候，你們班上的同學來家裡玩，可是每次謙哥都會在你們聊得正開心的時候，突然找些小事把你支開，而且這種事情還不只發生過一次，每次只要有人來我們家玩，謙哥就會刻意這樣。」

楊辰逸赫然想起似乎是有這麼回事，以前他確實並沒有把這些事情放在心上，不過經楊辰玲這麼一說，他也開始覺得有些不對勁，難不成，陳謙從國中的時候就喜歡上他了？

「還有，除了你們國二開始吵架，中間有短暫分開過一陣子，在這之後，無論你去到哪裡總會碰上謙哥，你難道都不覺得奇怪嗎？」

楊辰玲精闢的見解，再次點醒楊辰逸。陳謙求學時的轉班及轉學、陳謙家中的陳舊小物、陳謙從小到大的死纏爛打，這所有事情的背後動機，全是因為他喜歡楊辰逸。

想通一切的楊辰逸，一時震驚到無法言語，楊辰玲在他耳邊說了些什麼，他都沒有聽進半句，就連楊辰玲離開房間，楊辰逸也渾然未覺。

嘟嘟——

楊辰逸被床邊的手機震動給嚇了一跳，他拿起來一看，原來是陳謙傳訊息過來。

阿逸，如果我做了什麼你不喜歡的事，你別忍著，一定要跟我說，我不想做會讓你討厭的事……

楊辰逸看著陳謙發來的訊息，他忍不住笑了，陳謙這個又愛又怕的傻子，怎麼就傻得這麼讓人心疼呢？

第三十一章　我喜歡你的一切

隔日，楊辰逸身穿公司制服、手提公事包，又來到陳謙家門前報到「上班」。

「阿謙，早。」

楊辰逸一見陳謙，為了不讓雙方都感到尷尬，他盡可能地表現得自然，只是陳謙看起來卻是有些無精打采。他替楊辰逸開了門，簡短嗯了一聲，扭頭就往裡邊走。

陳謙從廚房端了兩份他做的三明治，楊辰逸看陳謙那副表情，他猜想，陳謙肯定還在為昨天的事情耿耿於懷。

楊辰逸接過陳謙手上的東西，他給了愁眉苦臉的陳謙一個暖笑：「怎麼了，你是因為昨天的事不開心嗎？」

陳謙輕輕點頭。

「阿謙你別想太多，其實我也不是討厭……我只是需要一點心理準備而已……」楊辰逸赧然一笑。

陳謙一聽，神色瞬間好了許多，他著急追問：「那……昨天我這麼碰你……你喜歡嗎？」

楊辰逸耳根一熱，點了點頭。

得到答案的陳謙，俊美的容顏揚起耀眼的燦笑，他喜形於色地上前給了楊辰逸一個熊抱，不停在楊辰逸臉上又親又蹭。

雖然楊辰逸喜歡陳謙開懷大笑，不過他也怕陳謙一個情緒太過亢奮，又會無預警發情，他連忙把陳謙推開，喊著陳謙一起坐下吃早餐。

兩人安靜地吃著各自的早餐。楊辰逸昨晚想了很多，陳謙不只對楊辰逸有濃烈的愛意，更有純粹的慾望，楊辰逸也是個男人，對自己喜歡的人存有性慾，其實就是件再正常不過的事，所以他能理解陳謙為何會有這些舉動。可是，初入 Gay 界的他，就怕在第一次的性愛裡，會給陳謙留下壞印象，因此他必須慎重行事，先做功課再上床。

「阿謙，問你一件事。」

「嗯？」

「你……你有那方面的經驗嗎？」

楊辰逸話說得扭捏，不過陳謙很快就知道他在問什麼，他回：「沒有，這件事我只想和你做。」

想不到陳謙的貞操，足足留了二十八年，就為了等這一天。一想到這裡，楊辰逸頓時倍感壓力，不過這也讓楊辰逸的意志更加堅定，身為一個好老「攻」，他定要好好做功課，務必在初夜給陳謙留下美好的回憶。

「阿逸你怎麼突然會問這個？是不是……」陳謙說著說著，右手又往楊辰逸的褲襠探去。

楊辰逸一把抓起陳謙的右手，一本正經道：「阿謙，你聽我說。」

「……」

「雖然我們都是第一次，可是我不想給你不好的感受，所以你再給我一點時間做準備好嗎？」

陳謙看著楊辰逸如此認真的表情，他隱約發現，今日的楊辰逸似乎變得有些不太一樣，他先是表明不討厭陳謙的觸碰，現在又自己主動提及床事。他想，楊辰逸該不會對他……否則怎麼會無故問起這件事？

「阿逸……你是不是對我……不然怎麼會提起這個……？」

楊辰逸內心一驚，陳謙果然和他這個粗線條不一樣，才說沒幾句話，居然這麼快就意識到他的變化。單戀的苦，楊辰逸是不懂，可是他清楚陳謙已經等了自己十多年，這份感情，他必須好好回應才行。

楊辰逸湊上前，輕柔地吻了陳謙，鄭重說道：「陳謙，你聽我說，我喜歡上你了。」

「……」

「雖然現在說這些是遲了點，陳謙，你願不願意，在最後的時間裡，讓我陪你一起走完？」

陳謙日日夜夜盼著的話，猝然從楊辰逸嘴裡說出口，他整個人都傻了。陳謙愣怔看著楊辰逸將他摟在懷裡，輕聲問著願不願意接受他。這次，陳謙真真切切感受到楊辰逸的心意，他等了這麼多年，他的阿逸，真的如他所願愛上他了。感動的淚水不停從眼角滑落，陳謙摟著楊辰逸，哭著說道：「願意……我願意……阿逸……我真的好喜歡你……」

楊辰逸靜靜地摟著哭到上氣不接下氣的陳謙，一直等到陳謙情緒恢復。楊辰逸抽了紙巾，替他擦掉臉上的鼻涕和眼淚，苦笑道：「我的男朋友怎麼這麼愛哭，一張好看的臉都要被你哭醜了。」

「你、你……如果討厭……我就……」

楊辰逸又笑了，他搖了搖頭，輕輕拭去陳謙眼角的淚滴：「阿謙，別再說這種話，不管你怎麼樣，我都喜歡，就像你喜歡我的一切一樣。」

楊辰逸一說，才剛止住的淚水，又迅速地從陳謙的眼眶湧了出來。楊辰逸不發一語地繼續替陳謙擦眼淚，眼前的男人，把所有的喜怒哀樂全給了楊辰逸，他愛得唯唯諾諾，愛得如履薄冰，這樣的陳謙很傻很令他不捨。如果可以，他想在剩下的時間裡，教會這個傻男人什麼是平等的愛。

「阿謙，你記住，你別擔心我討厭你，以後想說什麼，就說給我聽，以後想做什麼，就放手去做，你別怕我會生氣，我說了，你的一切，我都喜歡。」

陳謙邊哭邊點頭，楊辰逸擅自勾起陳謙的小拇指，笑著繼續說道：「阿謙，那我們就這麼約定好了，千萬別忘了。」

第三十二章　越來越喜歡你

自從兩人互表心意之後，陳謙也不再掩飾他那澎湃的愛意。每回楊辰逸到陳謙家裡，陳謙總是熱情地讓他無法招架，他不斷對著楊辰逸訴說自己有多麼愛他，只是陳謙的行為舉止，卻是一次比一次還要侵略。

「阿、阿謙……嗯哈……先別弄了……下午還要進公司……」

楊辰逸上衣鈕扣大開，他敞著胸膛，下褲被陳謙褪至小腿間，陳謙將楊辰逸壓在木長椅上，他欺身舔咬楊辰逸的乳首，一手套弄楊辰逸挺立的慾望。此時的楊辰逸困擾萬分，他已經被陳謙連續三天，強脫褲子擼棒繳械，今天是第四天，陳謙又再度扒了他的褲子。

「阿逸你下面都硬成這樣了，我先幫你弄出來再出門吧。」

「阿謙……別這樣……我們……」

只是楊辰逸越推拒，陳謙就越踰矩，他吻上楊辰逸的唇，另一手拉著楊辰逸的手，放到自己鼓脹的褲襠上。陳謙眼神晦暗，他望著被自己吻到滿臉通紅的楊辰逸，啞聲道：「阿逸，幫我打。」

稜角分明的臉孔，過分好看的五官，磁性沙啞的低音，楊辰逸實在被這個發情的陳謙，迷得心臟噗通狂跳，他本來計畫這件事要留到初夜再做，豈料，陳謙發情的症狀竟一天比一天還嚴重，若是他再不給陳謙一點甜頭，難保陳謙等會兒一個精蟲上腦，到時候讓他自己硬騎上來那可就糟了。

楊辰逸雙手往陳謙的褲襠探去，他替陳謙拉下拉鏈，陳謙套弄的手勁也鬆開許多，速度更是刻意放慢。楊辰逸知道陳謙的用意，他想和楊辰逸一同攀上情慾的巔峰。

楊辰逸掏出陳謙脹大的下身，定睛一看，立刻暗罵一聲，陳謙這小子的尺寸居然比他還要大！

「阿逸你快點動……我快忍不住了……」

「知道了，你別催……」

楊辰逸緊握陳謙的下身，他跟隨陳謙的速度一起套弄，兩人忘情地喊著彼此的名字，充滿情慾的粗重喘息，迴盪在兩人的耳側。隨著套弄的速度逐漸加快，舒爽的感覺流竄至四肢百骸，快感在體內迅速累積，他們望著彼此，盡情感受對方給的刺激感。

「阿逸……哈啊……哈……」

「我快……再快點……阿謙……」

楊辰逸望著神情壓抑的陳謙，他知道陳謙也和他一樣就快到達歡愉的頂點。驀地，楊辰逸微微弓起緊繃的身體，同時他也感覺到一股濃稠的熱流濺射在自己的手上。

「阿逸……」剛發洩完的陳謙粗喘著氣，他俯身靠近楊辰逸耳側。

「怎麼了？」

「下次……我們互相用嘴巴幫對方口出來好不好？」

「……」楊辰逸背脊一涼，他隱約覺得自己可能會被陳謙榨成人乾。

兩人各自換了套乾淨衣物，下午兩點一同準時抵達G公司。楊辰逸和陳謙一進G公司大門，馬上被副總經理的特別助理領到會客室，而副總經理也早已在會客室裡面等候著二人。

「陳主任，楊先生，請坐。」副總經理Leo一見兩人，他站起身禮貌招呼道。

楊辰逸和陳謙雙雙入座，Leo也不和他們兜圈子，開門見山就把周羽涵向公司自首的事情，完完整整地敘述一遍。周羽涵坦承，打從她進公司之後沒多久，老高就找上了她，說是希望她和楊辰逸多接觸，要她深入了解公司的新品專案，這樣在工作上也能更快進入狀況。

在這之後，老高陸續又與周羽涵私下談了幾回，他洗腦並利誘周羽涵，要她用嫁禍的方式，將配方寄到指定的信箱，只要事成，便會給她一筆不小的金額，以及透過管道引薦她轉往知名的P公司任職。

老高的提議相當誘人，加上他不停洗腦周羽涵，他謊稱即便嫁禍給楊辰逸，楊辰逸頂多也只是被公司資遣而已，初入社會的周羽涵也就這麼信了老高的話。她刻意接近楊辰逸，在私下的談話過程中，她發現楊辰逸是個心思極為好懂且隨性的人，這也是為什麼，周羽涵會這麼輕易地破解楊辰逸的密碼，進而偷到配方寄送出去。

為了將老高一起拖下水，也為了取信讓公司採信她的說詞，她刻意用電話聯繫老高，說是想提前拿到約定的那筆錢，藉此引導老高說出他們之間有合作關係，再將其對話錄音，作為佐證交與公司。

「除了高協理以外，公司內部都沒有其他人協助涉案？」楊辰逸問。

Leo 聽聞，接著繼續說道：「楊先生，別緊張，該處理的公司一定會處理，目前高協理已先做留職停薪處分，其他高層我們也有一併私下調查，初步調查發現，高協理近期投資失利，身上背負鉅額的債務問題，我們猜想這可能是他轉賣配方的動機，只是我們還需要再多一點時間，來澈底追查他於任職期間，是否還有做出其他不法行為。」

「好，既然事情已經明朗化，所以你們打算什麼時候要讓陳謙復職？他跟這件事一點關係都沒有，我真的不懂，公司為什麼要對他下留停的處分？你們都不覺得很荒謬嗎？事情都還沒……」

楊辰逸越說越來氣，他不滿地把滿腔怒火全往 Leo 身上倒，身旁的陳謙，心底雖然感動楊辰逸替他出氣，但他也察覺到楊辰逸逐漸失控。他悄悄拽了楊辰逸的褲管，示意楊辰逸馬上閉嘴停下來，可是楊辰逸卻狠擰陳謙的手背，暗示他別插手。

楊辰逸就這麼說了近半小時，他沒有替自己說上半句話，反而全在細數陳謙為公司付出多少，公司怎麼能這麼對待陳謙。眼見楊辰逸的情緒越發激動，Leo 抬手制止楊辰逸繼續發話，臉上仍是那副禮貌溫和的神色，笑道：「楊先生，我能理解你的憤怒，但以公司的立場，確實有我們的考量，關於復職的部分，晚點我會再請人資部的主管，來與你詳細說明後續的事情，在這之前我們先談另一件事情好嗎？」

一個位居高位的高階主管，遇事處變不驚是基本，更別說官腔回覆、打模糊仗更是家常便飯，陳謙明白，想從 Leo 嘴裡得到合理的解釋或誠摯的道歉，根本就是不可能的事。深諳這個道理的陳謙，也不與 Leo 拐彎抹角，直接反問道：「該不會又要我們簽什麼保密條款？」

「沒錯，雖然你們並非當事者，但就我所知，兩位手上持有這次事件的證據，站在公司的角度，我們還是希望事情別張揚出去，所以才會要求你們簽署保密。當然，只要簽了合約，公司一定讓你們復職，並且針對這次的事件給予相應補償，還望兩位理解。」

聽完Leo的解釋，楊辰逸與陳謙面面相覷，他們也踏入社會多年，心底當然清楚這已經是資方最大的誠意，若再堅持要求更多，反倒會弄巧成拙。兩人也沒有思考太久，很快就答應了Leo的要求，Leo又與他們寒暄客套幾句之後，便請來人資部的楊主任來與他們詳談後續事宜。

楊主任先是讓兩人簽完保密合約，而後又要求他們將手上持有的證據全數繳回，公司才會讓陳謙和楊辰逸復職。人資部目前暫定於下週一完成復職手續，所以要他們盡快在這一兩天內就將證據繳回人資部。

事情處理告一段落，楊辰逸和陳謙離開大樓，兩人先後上了陳謙的車，只是陳謙卻坐在駕駛座上遲遲不發動車子。

「阿逸，謝謝你，今天你在公司替我……」

陳謙話音未完，楊辰逸立刻打斷他的話：「你怎麼這麼愛對我說謝謝？我看你脫我衣服的時候也沒有這麼禮貌，我替你說話，是因為我心疼你，你呢，什麼都別說，只要放在心裡收好就行了。」

楊辰逸從小時候就是這樣，他替陳謙打跑欺負他的孩子，他摟著陳謙安慰他別哭，他替陳謙大聲打抱不平。楊辰逸從來就不花言巧語，他總用行動來表達自己的心意，楊辰逸，他的真誠和踏實，他所有的一切都耀眼地令陳謙緊緊跟隨其後，直到陳謙回神過來，他已深陷其中，愛得不可自拔。

「阿逸……怎麼辦……我好像越來越喜歡你了……」陳謙被楊辰逸說得感動不已，他又一個情不自禁摟住楊辰逸。陳謙對著他的臉頰、頸側又親又舔，手也不安分地伸進楊辰逸的上衣。

楊辰逸呼吸一窒，每回陳謙情到深處，他的精蟲也會隨之上腦，楊辰逸已經連續好幾天被陳謙強脫褲子繳械，他知道自己若再不阻止，可能他倆還沒初夜，陳謙就會先將他搞到精盡人亡。

楊辰逸硬把黏在自己身上的陳謙猛力推開，緊張說道：「阿謙，這裡是外面，別這樣……」

「那回家就可以？」

「也不行。」

「……」被楊辰逸一口回絕，陳謙很是失落。

陳謙一副委屈巴巴的模樣，真把楊辰逸看得差點心軟，只是這次他一定要堅定立場，否則他又會被陳謙騙去繳械，更何況眼下還有件更重要的事情要說。楊辰逸輕撫陳謙俊朗的臉龐，柔聲哄著：「阿謙，你這幾天就先忍著點好嗎？」

「……為什麼？」

「呃……我已經連續好幾天都被你……咳咳……」

後面的話，楊辰逸尷尬到都快說不出口，所幸陳謙也意會得很快，他表示自己會收斂一點，不會再這麼天天給楊辰逸脫褲擼棒。

「阿謙，我們這個假日別待在家裡，改出門約會吧。」

「出、出門約會？」陳謙不可置信地望著楊辰逸，只因在兩人的互動裡，楊辰逸多數還是處於被動那方，怎知，楊辰逸這次居然主動提出約會的要求。

「嗯，行程我都安排好了，週日我們就去約會吧。」

「怎麼這麼突然……？」

楊辰逸撓頭嘿嘿一笑，他說：「既然我們都交往了，我就自作主張地想說要帶你出去約會，還是說其實你比較喜歡待在家裡？如果你不喜歡，那我們……」

楊辰逸話講到一半，陳謙又一個撲上來，他摟著楊辰逸，激動喊道：「我想、我想和你一起去約會……我想讓大家都知道你是我的男朋友……」

「好好，我知道……阿謙你先放開我……等等……你的手又在摸哪裡⁉」

「阿逸……我真的好喜歡你……好喜歡……」

「不、不是……我就說你別亂摸……等、等等……你不要拉我的拉鍊啊——」

第三十三章　喜歡你不是一件丟臉的事

兩人一番纏鬥，再次被繳械的楊辰逸，差點去了半條命，陳謙則神清氣爽地發動車子，準備開車返家。

「阿逸，等等路上買點東西回去吃吧？」

「好……」

陳謙將車子繞去公司附近的美食街，楊辰逸先行下車，陳謙則將車子開往美食街的專屬停車場。楊辰逸站在街口，腦子還在想著等會兒要買些什麼，後方卻猛然傳來一聲叫喚，楊辰逸回頭一看，喊他的人，面孔有些熟悉，他總覺得在哪裡見過。

「楊辰逸，你是楊辰逸對吧？」

「呃……你是……」

「我曾永志啦！你忘了喔？你看起來還是沒什麼變，我大老遠就認出你來了。」

曾永志這麼一說，楊辰逸總算想起眼前的人是誰，只是曾永志現在的樣貌實在與國中相差甚大，他看上去就像是年近四十的中年胖大叔，髮際線還明顯地往後退了五公分左右，這也難怪楊辰逸一時之間認不出他是誰。

「阿逸，你這幾年過得怎樣？和陳謙還有聯絡嗎？」

「還行，我現在跟他在同一間公司上班，你呢？最近怎樣？」

「我也就那個樣子，日子還算過得去，不過你們也太巧了，居然在同一間公司上班？你都不知道，自從你國三轉學之後，陳謙變得有多奇怪……」

「奇怪？」

「是阿，你離開之後，他對每個人的態度都非常冷淡，也不知道他到底是哪根筋不對勁。當時只要有人向他搭話，他一聽得不高興，甚至還會開口罵人，到了後來班上也沒人想跟他相處。阿逸，陳謙的人格是不是有點問題？不然怎麼會這樣？」

「不可能吧，該不會是你們起了什麼爭執，所以他才會對你態度冷淡？」

「我沒事跟他起爭執幹嘛？阿逸我跟你說，他這個人真的有毛病，尤其現在你還跟他同間公司，你一定要小心一點，說不定哪天他就會神經病發作……」

曾永志一股腦地詆毀陳謙，這讓楊辰逸感到惱火，只是他才正要反駁曾永志，遠方卻突然走來一個牽著五歲大孩子的女人，曾永志一看，急忙說道：「阿逸，我老婆買完東西了，我們互留一下電話，有時間我們約出來一起吃個飯……」

曾永志匆忙與楊辰逸互留聯絡方式，之後便和他的老婆孩子一起離開，只是曾永志前腳才剛離開沒多久，陳謙恰巧也走了過來。一小時過去，兩人將這條美食街全逛了個遍，最後決定外帶披薩當今晚的晚餐。

兩人又回到陳謙的住處，他們坐在客廳裡，一邊看著無聊的晚間新聞，一邊吃著熱騰騰的披薩。只是這頓晚飯，楊辰逸卻滿腦子都在回想曾永志剛才那些話，而陳謙似乎也注意到楊辰逸這頓飯吃得心不在焉，他拿了片披薩，遞到楊辰逸嘴邊：「在想什麼？」

「阿謙，剛才我在美食街遇到了曾永志。」楊辰逸嚼著披薩，含糊回道。

「他怎麼了嗎？」

「我們就互相聊個近況，然後他跟我提起你，他說自從我轉學走了以後，你在班上就變得不太搭理人……」

「曾永志這人就愛誇大，我只是因為升上國三想專心準備升學考，下課時間比較少和他們去合作社買東西，這樣也被他說成不理人。」

「可是他說你當時脾氣變得……還和班上的人處得不是很好……」

「根本就沒有這回事，你別聽他亂說。」

「阿謙你是不是和他們吵架了？否則他為什麼要這麼說你？」

陳謙一聽，他的臉上沒有過多的情緒，只是冷淡回應：「我們沒吵架，你不也很清楚曾永志的為人，他這人本來就愛道人是非，他說的話能信嗎？」

「……」

「阿逸，你還要吃披薩嗎？」

果然沒錯，陳謙和曾永志的說詞明顯對不上，既然兩人都說沒有吵架，為何又會互相詆毀對方？除非……陳謙和曾永志為首的這群小團體，並非楊辰逸表面上看到的那麼要好。

「……阿謙。」

「嗯？」

「你老實說，你是不是因為我的關係……才會和曾永志他們做朋友？」

陳謙神色一凝，他驟然停下拿披薩的動作。

「我從以前就覺得奇怪……我感覺你自從轉到我們班上之後，整個人都變得不太一樣……而且那時候我總覺得……你是故意來搶我的朋友……」

面對楊辰逸的問題，陳謙沉默不應，兩人就這麼僵持不下，到了後面，楊辰逸直覺自己似乎把氣氛搞僵，他本想開口讓陳謙別介意剛才他說的話，孰料，陳謙卻突然回話，可是他一開口，就是對著楊辰逸道歉。

「阿逸……對不起……當時我真的很害怕……所以我才會這樣對你……」

「阿謙你……？」

「其實我一點都不喜歡曾永志他們，我討厭他們接近你，更討厭你把心思放在他們身上……」

「為了靠近你……我裝得像個正常人一樣，我學你開朗健談，學你主動攀談，學你和大家玩成一片……」

陳謙說，改變是一件困難的事。可是每當他一想到，他若繼續站在原地，楊辰逸就會因此離他而去，於是他逼著自己改變。當年，他想盡辦法融入楊辰逸的朋友圈，再藉此讓其他人疏遠楊辰逸。他想讓楊辰逸依靠自己，他想讓楊辰逸知道只有自己會在乎他，陳謙異想天開地以為，只要讓楊辰逸徹底依賴自己，那麼他就永遠不會離開他。可是陳謙錯了，他越是這麼做，反倒將楊辰逸推得越遠，他們為此大吵一架，最後弄得一發不可收拾。

聽完陳謙的自白，楊辰逸恍然大悟。當年的陳謙，不管做什麼事情，總是最後才詢問他，就如當年的分組，陳謙不在第一時間就將楊辰逸寫進去組員裡面，而是留到最後一個位置才詢問他，原來，不是要孤立楊辰逸，而是刻意對他的潛意識灌輸，只有陳謙才會對楊辰逸好的思想。只是陳謙失算了，楊辰逸並沒有因此變得更依賴陳謙，反而逃離陳謙，就只為掙一口氣。他想證明，即使少了陳謙，他一樣也可以過得很好。

「阿逸……對不起……我不是故意要傷害你……對不起……」

陳謙拉著楊辰逸的手，頻頻對著他道歉，若換做是當年，他大概會氣到給陳謙揍上一拳，可是，當他更深入了解陳謙之後，他才發現，陳謙所犯的錯，其實都源於他過於在乎楊辰逸。正因陳謙失去太多，才會變得患得患失，為了避免再失去手上有的東西，他拚盡全力將手攢得特別緊，可是他用錯方式，傷害了楊辰逸，同時也讓楊辰逸傷害了他。

「阿逸……對不起……嘶……」陳謙的大腿猛然傳來一陣疼痛，他倒抽一口氣，低頭一看，原來是楊辰逸在擰他的大腿肉。

「好了，我接受你的道歉，也發完脾氣了，這件事就讓它過去吧。」

「阿謙，現在換我跟你道歉。」

「……阿逸？」

「當年我因為太生氣，對你說了一些難聽話，所以……我想向你道歉，看你是要揍我一拳，還是捏我一把，總之，我們兩個這樣就算扯平，你看怎樣……？」楊辰逸說著說著，最後還是忍不住地笑出來。他只覺得自己都幾歲了，到底為什麼還要講這麼幼稚的話，可是即便幼稚，他還是想在死之前把話說開。

「……」陳謙傻愣望著不停催促他動手的楊辰逸。到了後來，楊辰逸見陳謙遲遲不動手，便幼稚地替陳謙折起拳頭，然後再抓著他的拳頭朝自己的胸口捶了一拳。

「現在你也打了我一拳，以前的事情，我們就一筆勾銷吧。」

「阿逸……謝謝你……」

「你又要謝我什麼？」楊辰逸實在搞不懂，陳謙怎麼老愛跟他說謝謝。

「謝謝你……包容這樣的我……你也知道……我太不正常……我的親戚各個都說我有病……」

其實陳謙心底十分清楚，楊辰逸當年尖銳的言語，全是他咎由自取，儘管陳謙再如何偽裝，依舊掩蓋不了自己有心理疾病的事實。陳謙隱藏多年的陰暗面，他的自私、他的佔有慾、他的心理疾病，全部都被楊辰逸給瞧見，可是，他沒有半點嫌棄，更絲毫沒有生氣，反而一笑置之地全然接納了陳謙。

「阿逸……我好怕你會覺得……喜歡我是一件丟臉的事情……因為我不正常……我有病……」

陳謙猝不及防的問話，讓楊辰逸愣怔半晌，他的心思並不如陳謙細膩，他不明白陳謙為何總是鑽牛角尖，可他明白，眼下的陳謙又因為自卑而陷入迷茫。楊辰逸捧起陳謙的臉龐，蜻蜓點水般地朝他額頭親了一下，他說：「阿謙，喜歡你才不是一件丟臉的事，你要對自己有自信一點，好嗎？」

楊辰逸話才剛說出口，陳謙馬上又哭得一把鼻涕一把眼淚，楊辰逸真是無奈，他的男朋友，怎麼會這麼愛哭？

楊辰逸摟著抽抽噎噎的陳謙，苦笑道：「阿謙，怎麼辦，你就算這麼愛哭，我還是很喜歡你，我是不是談戀愛談到腦袋壞掉了？」

只是楊辰逸越說，陳謙眼淚就掉得越兇，忽地，楊辰逸赫然感覺有東西在拉扯他的褲頭，楊辰逸趕緊推開陳謙，他發現陳謙仍舊哭哭啼啼，可是他的手卻又莫名其妙地發情了。

楊辰逸臉色慘白，他趕忙抓住陳謙的手，聲音發顫：「阿、阿謙……不要……再擼下去真的會破皮……」

「阿逸……我……我……」

「住手、快住手……我就跟你說……真的不要啊——」

第三十四章　我們的約會

當晚，回到家的楊辰逸，他坐在書桌前，認真鑽研週日的約會行程，楊辰玲說，這些行程乃是她精挑細選，保證能讓兩人感情迅速升溫。

只是，楊辰逸卻對這張約會清單不甚滿意。

08：30-09：30田原Brunch早午餐

10：30-12：00ＤＩＹ烘焙教室

12：30-14：00森鷗義大利餐館

14：20-16：20威秀影城

16：40-17：40小松咖啡館

18：00-19：30BRICS法式餐廳

19：40-22：40包你爽汽車旅館

首先，這張行程的時間安排得太過緊湊，感覺像在趕場。

再來，陳謙怕黑，所以一起看電影也不行。

還有，為什麼最後的行程，居然會是汽車旅館？

楊辰逸一番思考，還是決定修改部分行程。

約會當天，楊辰逸起了個大早，他換了件合身的休閒短T及牛仔褲，拿著錢包、車鑰匙就到陳謙家門前報到。

楊辰逸按了陳謙家的門鈴，他才按沒多久，陳謙很快就上前應門。楊辰逸定睛一看，心臟差點漏了一拍，今日的陳謙，穿了件軍綠色的寬鬆落肩短T、黑色窄管束口牛仔褲。陳謙就像個衣架子，明明就是非常普通的打扮，可是穿在身上卻莫名好看，好看到楊辰逸都要被他迷暈了。

陳謙鎖上門，臉上盡是藏不住地雀躍，他問道：「阿逸，我們現在要去哪？」

陳謙又喚了幾聲，終於喚回楊辰逸心神，兩人先後坐上車，約會也正式開始。

第一站，田原 Brunch 早午餐，吃早餐。

這間早午餐，因店內採田園風格裝潢，是最近話題性很高的複合式早午餐店。為了這次的約會，楊辰逸可是做足準備，前一天就已先行訂好位置。

現在是早上八點半，店內卻高朋滿座，裡面用餐的客人，多數都是年輕人居多，兩人一進店內，陳謙馬上就成了眾人的焦點，站在他身旁的楊辰逸，都能明顯感受到在場的女客人以及女店員，眼神頻頻往陳謙身上飄。

「先生，這是您的冰拿鐵。」

「謝謝。」

楊辰逸看著這兩人的互動，女店員笑靨如花地將咖啡放到陳謙手邊，陳謙基於禮貌回謝，女店員宛如羞澀少女，竟然對著陳謙紅臉嬌羞，不知怎地，楊辰逸總感覺胸口有股說不出的鬱悶。

「阿逸你怎麼了？吃不下嗎？」

「喔……沒什麼……快吃吧，等下我們還有其他行程要跑。」

雖然楊辰逸心裡不舒坦，不過他也沒表現出來，他只當自己是在嫉妒陳謙比他帥，畢竟他和陳謙的長相實在相差太多。他們兩人走在一塊兒，楊辰逸就是一株可悲的雜草，完全來襯托陳謙這朵鮮花。

陳謙一聽，急著追問：「我們要去哪？」

「等等就知道了，急什麼？」

今日的陳謙，神色異常地興奮，楊辰逸失笑，他想，看來這次的約會，真的帶陳謙來對了。

第二站，ＤＩＹ烘焙教室。

這個行程，可是戀愛大使楊辰玲極力推薦的地點。雖然楊辰逸覺得做甜點這檔事，就是女孩子們的家政課，但楊辰玲卻說，這個行程可以兩人共同完成一件事情，甜點做好之後，還可以互相餵對方吃下甜點，光是想像那個畫面，就是滿滿的粉紅泡泡，所以無論如何，楊辰逸都必須帶陳謙去烘焙教室。

兩人一前一後走進烘焙教室，果不其然，教室裡面滿滿的女性客人，在場的少數男性，也幾乎都是陪著女朋友一起前來，兩個大男人走進烘焙教室，不免成為在場眾多女性關注的對象。不過更準確點來說，他們的視線，都是往陳謙身上投射，耳朵靈敏的楊辰逸，甚至還聽到旁邊的女性，正在私下討論陳謙的長相。

「請問是預約十點半的楊先生嗎？」女店員熱情地走上前，招呼問道。

「對，是我。」

女店員將手上的價目表，分別遞給陳謙和楊辰逸，她開始解說起店內的計價方式。烘焙教室是採客人想做什麼甜點來分樣計價，等決定好之後，店員會再提供給客人製作甜點的教學影片，影片採分步驟教學，輕鬆易學簡單上手，現場亦有各式各樣做甜點需要用到的食材。

不過礙於兩人都是對烘焙一竅不通的笨蛋，於是他們就照著女店員的建議，選了個最簡易上手的熔岩巧克力杯子蛋糕。

楊辰逸拿著一台平板電腦，被店員領到他們專屬的位置，兩人坐在椅子上，仔細看著螢幕上的教學影片，第一個步驟，影片要求他們先拿固定份量的食材。

為了展現可靠的一面，楊辰逸決定，他要在這次的烹飪中大放異彩，讓陳謙澈底對他刮目相看。楊辰逸把教學中提到的食材，全部記錄在手機的備忘錄裡，他站起身，自信滿滿地對陳謙說道：「阿謙，我去拿材料，你在這裡等著就好。」

「不用我陪你一起去拿嗎？」

楊辰逸故作姿態地給陳謙使了個眼色，他對著手機螢幕敲敲打打，隨後陳謙的手機便響起震動。陳謙一看，原來是楊辰逸神祕兮兮地給他傳了訊息。

今天做蛋糕的事情就包在我身上，你只要等著吃男朋友做的蛋糕就好。

楊辰逸傳完訊息，瀟灑轉身走去材料區領材料，只是當他拿回一堆材料的時候，卻見到陳謙身旁，圍了許多年輕女性，而陳謙看上去也和這些女性聊得相當起勁。楊辰逸見狀，心中那股說不出的鬱悶感又油然而生。

「你也喜歡做蛋糕嗎？男生喜歡甜點還滿少見的。」穿著時髦的年輕女性，攀談問道。

「對啊，該不會是想來這裡學做蛋糕，之後想親手做給女朋友，趁機給她一個驚喜？」同行的女性友人，試圖打探陳謙是否單身。

「不是，我沒有女朋友。」陳謙燦爛笑回，這一笑，差點把在場的女性給笑暈了。

陳謙這麼一說，周遭女性各個躁動不安，紛紛上前想和陳謙索討聯絡方式。楊辰逸一看，真是怒火中燒，這該死的陳謙，在家裡和他情話綿綿，出了門就像脫韁野馬，四處勾搭女性，這口氣，要他如何能忍？

心裡酸溜溜的楊辰逸，氣得大步上前，準備給這些女人來個宣示主權的下馬威，怎料，陳謙卻又接著剛才的話繼續說道：「可是我有男朋友，很抱歉，我不能和妳們交換聯絡方式。」

陳謙爆炸性的言論，嚇得在場女性臉色慘白，她們怎麼會料到，陳謙竟若無其事地直接對著陌生人自曝性向，可是，陳謙的話，卻瞬間澆熄楊辰逸心中的妒火。

楊辰逸憶起，陳謙這個傻瓜說過，他想讓全世界都知道楊辰逸是他的男朋友，看來他還真是說到做到，陳謙居然這麼輕易就向路人坦承出櫃這件事。

周遭的女性一鬨而散，楊辰逸也把手上的食材拿回自己的座位，陳謙見他歸來，欲將食材接過手，可楊辰逸卻一個側身迴避，不讓他拿走。

「阿逸，我們一起做吧？」

「不用，你等著我做給你吃就好。」

楊辰逸回話時，嘴角止不住地上揚。陳謙一臉疑惑，他不懂，楊辰逸不就是去拿個食材，怎麼一回來卻突然眉開眼笑？

做蛋糕的事情，楊辰逸全程一手包辦，只是，理想很豐滿，現實很骨感。一個半小時過去，楊辰逸將杯子蛋糕從杯子取出時，本該呈現立體杯子形狀的蛋糕，卻中間陷入一個大凹洞，裡面的巧克力，都還沒咬下去，便不停往外流出。整體看上去，只有噁心至極四個字可以形容。

楊辰逸看著慘不忍睹的蛋糕，臉真是黑了一半，他本想霸氣帥一回，怎麼知道卻是跌個狗吃屎。不過愛到深處無怨尤的陳謙，依舊笑著將桌上這些愛的甜點，面不改色地全數吃下肚。

「阿謙怎麼樣？好吃嗎？」

「好吃，只是樣子不好看了一點，可是吃起來跟外面賣的沒兩樣。」

「阿逸，想不到你做甜點還滿有天分的，說不定再多做個幾次，你就能開一間甜點店了。」

陳謙一個勁兒地猛誇楊辰逸，誇耀中還不時參雜欽佩楊辰逸的話語，不過楊辰逸似是聽不出陳謙的違心之論，整個人被陳謙捧到自信滿滿，他只覺得自己這趟真是來對了，他這麼帥氣，陳謙現在肯定是愛他愛得死去活來了吧？

楊辰逸臉上盡顯得意之情，他沾沾自喜地說道：「是嗎？你喜歡的話，我們下次再來，到時候我做點別的甜點給你吃。」

「所以我們下禮拜也能出來約會嗎？」

「當然可以，我等等就去預訂下週的時間。」

楊辰逸抓起錢包，走去櫃台結帳，順便預約下週的烘焙教室，只是在楊辰逸離開座位之後，陳謙的嘴角卻悄然勾起一抹壞笑。陳謙，下週又可以和他的男朋友，一起出門約會了。

第三站，森鷗義大利餐館，吃午餐。

離開烘焙教室之後，兩人到了一間網路評價很高的義式餐館，不過因為陳謙方才吃了甜點，已經吃不太下正餐，所以這頓午餐，楊辰逸草草吃完，接著又繼續趕下一個行程。

第四站，看塔位，買生前契約。

楊辰逸把原先看電影、喝下午茶的行程，硬生改成看塔位和生前契約，畢竟他們能活的時間剩沒多少，也是時候該替自己好好安排後事。

只是以楊辰逸那可憐到不行的戶頭餘額，他也僅能替自己買下一個位置極差的靈骨塔位，最後還是陳謙看不下去，替他多墊了將近一倍的錢，兩個人一起買了相鄰且昂貴的靈骨塔位。

第五站，平價熱炒店，吃晚餐。

本來預計要帶陳謙到高檔的法式餐廳，來個浪漫晚餐做一個完美的 Ending，可惜楊辰逸的荷包，長期處於乾癟狀態，幾經思考，還是把昂貴的法式餐廳，忍痛改成平價熱炒店。

而最後一站的包你爽汽車旅館，楊辰逸根本就沒有考慮，馬上就把這個選項給剔除。其因有二，一為，荷包不夠開房間，二來，他還處於待機恢復狀態，此事，需要再緩緩。

今日的約會全數跑完。返家的路上，楊辰逸開著車，他側眼看了坐在副駕的陳謙，喊道：「阿謙。」

「嗯？」

「這是我們的第一次約會，結果我卻帶你去吃這麼便宜的熱炒，你會不會感到很失望？」

「為什麼這麼問？」

「就……感覺熱炒是隨時都能吃的東西，可是今天是我們第一次約會，總覺得要帶你去更好的地方，我就怕你會留下不好的回憶……」

楊辰逸話說得吞吞吐吐，陳謙心裡清楚楊辰逸想說些什麼。楊辰逸從小理財觀念就特別差，所以他的身上總是沒有多餘的閒錢可以應用，這次的熱炒店，肯定也是沒錢上高檔餐廳，才會改去熱炒店吃飯。

陳謙聽聞，他勾了勾唇角，低笑道：「怎麼會失望？我一點都不在意吃些什麼。」

「真的？」

「嗯，真的。」

其實楊辰逸不知道的是，對陳謙來說，去哪裡都不是重點，重要的是，是楊辰逸陪在陳謙的身邊，這才是陳謙要的回憶。或許在旁人看來，這並不是最完美的約會，可是在陳謙心中，卻是最有意義的一天，今天，是他的男朋友，頭一回帶他出門約會的日子。

晚上九點，兩人走在巷口準備各自返家，就在快要接近家門口時，楊辰逸卻意外在自家門前，見到一位不速之客。

「羽涵？妳怎麼會在這裡？」

「辰逸哥……我們聊一會兒好嗎？」

第三十五章　兩攻相逢，必有一受

陳謙一見周羽涵，整個人都警戒起來了，他臉色一垮，冷聲問道：「他和妳沒什麼好說的。」

陳謙兇狠的神情及充滿敵意的語氣，可把周羽涵嚇得不行，她緊抿紅唇，眼角隱約閃著淚光，看上去真是可憐地惹人疼愛。她看向楊辰逸，軟聲喊著：「辰逸哥……」

陳謙見她這副裝模作樣的姿態，真是要氣死了，他很明白楊辰逸一向心軟，周羽涵也很懂楊辰逸的罩門，刻意擺出一副受委屈的模樣，來博取楊辰逸的同情。陳謙也不再客氣，刻薄回道：「收起妳那假惺惺的眼淚，我告訴妳，妳別想再對他設圈套，有什麼話就在這裡說，不說妳就馬上回去。」

楊辰逸看了一眼神色陰沉的陳謙，現場氣氛真是一觸即發的緊張。楊辰逸趕忙拽了下陳謙，隨後又出聲緩頰，他說，有什麼話就在這裡直接說，不方便再與她私下談論。

眼見這兩人口徑一致，周羽涵也只好當著陳謙的面說明來意。她說，自己是真的不知道做這些事情，會有這麼嚴重的後果，現在公司改而向她求償，可是求償的金額實在過大，她根本就拿不出錢來償還，進退兩難的情況下，她只好又跑來求助楊辰逸。

「妳跟他是什麼關係？妳哪來的臉來這裡求他幫忙？自己做了什麼，就要自行承擔。」陳謙冷哼一聲，譏笑道。

聽了陳謙的冷言冷語，周羽涵不禁落下眼淚，她不停對著楊辰逸道歉，字句間更是頻頻向他哀求，請他一定要幫幫自己。楊辰逸本就心軟，周羽涵這麼一哭，他更是尷尬地不知該如何是好。

「羽涵，妳先別哭，辦法我一時半刻還想不出來，不然我……」

楊辰逸話才說一半，一旁的陳謙卻是倒抽好大一口氣，他知道楊辰逸果然又心軟了。陳謙深藏心底的嫉妒，頃刻之間，排山倒海地席捲上來，被妒心蒙了雙眼的陳謙，理智早已蕩然無存，此時，他一心想著，他絕對不能讓這個該死的女人，再度從他的身邊帶走楊辰逸。

陳謙也不讓楊辰逸把話說完，他用力扯著楊辰逸，直接將他拉回自己家裡，只是狀況外的楊辰逸，實在被陳謙的舉動搞得一頭霧水。

「阿、阿謙……你幹嘛……」拉著我？

陳謙將楊辰逸拉進屋裡，他用力把門甩上，二話不說就吻上楊辰逸，他不想聽楊辰逸提起那個女人，更不想他再與她有交集。陳謙發瘋般吻著楊辰逸，蠻橫無理的深吻，讓楊辰逸有些抗拒，可是他越推拒，陳謙就越生氣。他抓住楊辰逸揮動的雙手，死死地將他堵在門邊。

「嗯唔……嗯……阿謙……放開……」

氣急攻心的陳謙，往楊辰逸的下唇狠咬下一口，痛得楊辰逸猛力掙脫陳謙的箝制。他輕碰嘴唇的傷口，怒瞪陳謙一眼：「阿謙……嘶……你搞什麼？」

「阿逸你剛才是不是又對她心軟了？」陳謙語氣冷冽，眼神陰鷙地回瞪楊辰逸，字裡行間夾雜幾分質問意味。

陳謙一語中的，倒讓楊辰逸一時回不上話，楊辰逸也很清楚，既然自己已跟這件事撇清關係，他就不該再私下介入此事。他暗想，或許陳謙也是擔心他會再次惹禍上身，才會這麼氣急敗壞地將他拉離現場。

楊辰逸的沉默不語，看在陳謙眼裡無異於是默認，他氣楊辰逸為何總是放不下周羽涵，但他卻更害怕楊辰逸會棄他而去。楊辰逸和陳謙不一樣，在楊辰逸的世界裡，有各式各樣的人伴在他的身邊，可是在陳謙的世界裡，卻只有楊辰逸一人陪伴著他，儘管陳謙努力克制自己，他仍然壓不下那可恥又醜陋的忌妒心和佔有慾。

楊辰逸依舊不回應陳謙的問話，他的態度又讓陳謙的自卑感開始作祟，他不想失去楊辰逸，也不想讓楊辰逸看到這樣醜陋的自己，陳謙很迷茫、很慌張，他不知道自己到底該怎麼做才是正確的，這樣的負面情緒就快將他給壓垮。

「阿逸我拜託你……你別再和她扯上關係了……你知不知道……我只要看到你和她說話……我就忌妒到快要瘋掉……」

「……」

「我跟你不一樣，我心眼很小……我不喜歡她靠近你……更擔心你又會喜歡上她……我好不容易才讓你喜歡我……」

心思簡單的楊辰逸，本來還在想著要怎麼好好向陳謙解釋，誰知道陳謙卻又突然頹喪地說這些話。楊辰逸一時還有些狀況外，不過他也沒蠢到看不出來陳謙情緒低落，行動派的楊辰逸，將陳謙一把摟進懷裡，輕聲細語地解釋道：「阿謙你冷靜點，先聽我說好嗎？」

埋在楊辰逸肩頭的陳謙，輕輕點了點頭。

「剛才是我毛病又犯了，好不容易才把事情解決，我就不該想著又要再跳下去蹚渾水，我跟你保證，我不會再和她有聯絡，也不會再去插手這件事……」

「……真的？」

「真的，還有我是不是跟你說過，你要對自己有自信一點，我喜歡的人是你，所以你別再擔心我會喜歡上她……」

陳謙抬起頭，兩人一對望，楊辰逸又接著說道：「阿謙，其實我也跟你一樣小心眼……你可能不知道，今天在烘焙教室時，我看到一堆女生圍在你旁邊……我就克制不了地生悶氣……事後我也覺得這樣的自己很好笑……你明明就喜歡男生……我到底在跟女生吃什麼醋……」

「……」

楊辰逸捧起陳謙的俊顏，戲弄般捏了他的臉頰，咧嘴笑說：「我的男朋友長得這麼英俊又好看，我可是比你還要擔心，你會被別人給拐跑。你看看我，我長相普通，身上還沒存到幾毛錢，我條件差成這樣，會喜歡我的，大概也只有你了。」

其實，陳謙不喜歡女人，但他卻也不是Gay，他只是單純地喜歡楊辰逸，喜歡到眼裡只容得下楊辰逸一人。楊辰逸說這些話的動機，陳謙心底也都明白，楊辰逸嘴拙，他不擅花言巧語，所以他只能用貶低自己的方式，一點一滴地替他建立自信。可是對於陳謙而言，無論他變得如何，他依舊是他心中最堅定的信仰，楊辰逸，是這個世界上最好的男人。

眼看時間不早，楊辰逸向陳謙說了自己要先回去，可是陳謙卻一直摟著他不放，楊辰逸輕拍陳謙的後背，苦笑道：「阿謙，我要先回去了，你也早點休息吧。」

「別走……你今天晚上留在這裡好嗎……」

楊辰逸疑惑抬頭，兩人四目相交，他居然看見陳謙眼眸裡赤裸裸的慾望，楊辰逸寒毛豎起，怎麼每次情話綿綿過後，他的男朋友就會順勢發情？這樣他以後哪裡敢再對陳謙說情話？

更何況陳謙剛才的性暗示這麼明顯，他迫不及待地想要楊辰逸趕緊捅他屁股，無奈的是，楊辰逸現在還處於待機中，他就怕到了床上金槍一軟，會給陳謙看笑話。不行，他什麼事都好商量，就床笫之事絕不可退讓，所以這次，他一定要堅定拒絕陳謙！

楊辰逸也不打算和陳謙繞彎，他推開陳謙，嚴肅說道：「阿謙，我知道你等不及想躺在床上當0號……可是我跟你說，這種事還是要慎重一點，我前幾天差點被你榨乾，你也是個男人，你懂我想表達的意思嗎？」

陳謙點頭，表示理解。

「那好，我們現在約定，到下週日之前，你都不能再脫我的褲子，我的事前功課都已經做好了，你就稍微忍個幾天，好嗎？」

「阿逸……我跟你說一件事……」

「什麼事？」

「其實……我是1號……」

「什、什麼!?」

「如果你能當0號的話，那我們也不用等到下個禮拜，今天就可以……」

楊辰逸感覺自己的腦袋彷彿被丟了顆核彈，他整個人都傻了，陳謙看起來就像個0號，怎麼可能會是1號？這完全不對啊！

「阿逸……我私下也有做功課……你別擔心屁股會痛……」陳謙一邊說，一邊趁機解開楊辰逸的褲頭。

直到回神過來，楊辰逸就連內褲都被陳謙褪下，他連忙按住陳謙不安分的手，又趕緊把褲子穿回去，他凜然說道：「阿謙，我並沒有打算要當0號。」

正所謂，兩攻相逢，必有一受，但是誰攻誰受，他們必須先好好談一談。

雖然陳謙的大尺寸已經佔有先天優勢，不過楊辰逸相信技巧可以彌補一切，再來，楊辰逸知道自己只要堅決不退讓，陳謙肯定會為愛當0號。思及此，楊辰逸準備表達自己只想當1號的決心，怎料，陳謙卻又忽地插上話。

「阿逸……我知道你會害怕當0……一開始可能會有點不習慣……可是多做幾次就會習慣了……」

「……」

兩人乾瞪眼許久仍舊得不出結論，好吧，看來陳謙也跟他一樣堅持，既然如此，也只能大家各退一步了。於是楊辰逸提出，這次陳謙先當0，下次再換他當0的建議，可是，陳謙卻又反駁了他的提議。

「阿逸，我只能當1號……」

「你什麼意思？」楊辰逸不禁有些惱怒，他只覺得陳謙就是不願各退一步，死命堅持要當上面那個。

只見陳謙神祕兮兮地對著楊辰逸說了句耳語。陳謙一說完，楊辰逸臉色驟變，他瞠目結舌地瞪著陳謙。

「阿逸，這樣你懂了嗎？」

陳謙的話，著實給了楊辰逸一記無情重擊，楊辰逸千算萬算，怎樣就是沒算到陳謙竟是得「痔」青年。他從頭到尾都以為自己是1號，天天想著要捅陳謙屁股，誰成想，繞了一大圈，小丑竟是他自己。

「阿逸你別怕，我會慢慢來的，你硬不起來也沒關係，只要我找到你的敏感點，你一樣會有舒服的感覺……」陳謙試圖遊說楊辰逸躺平。

「阿謙……聽我說……不然這樣……」楊辰逸仍不放棄，他還想著要找出一線生機。

「阿逸你不是說過，你喜歡我的一切嗎？還是說……你不能容忍我的病……」

楊辰逸簡直要暈了，他哪裡會料到，自己說過的情話，竟坑了自己好大一把，若是他現在矢口否認，肯定會傷害到陳謙。古人說，愛屋及烏，既然他愛陳謙的一切，那麼就要連他的痔瘡也一起愛。

楊辰逸咬牙含淚，強顏歡笑道：「沒有的事，我怎麼會不包容你的病……我說了，你的一切……我都喜歡……為了你，我願意當下面那個……」

陳謙聞言，一掃陰鬱，他唇角一勾，側頭親了楊辰逸的右頰，性感渾厚的低嗓，在楊辰逸耳邊輕喃：「阿逸，你先去洗澡，今晚就在我家睡吧。」

第三十六章　下地府

在剩餘的這段時間裡，兩人白天依舊照常進公司上班，下班後便如膠似漆地黏在一塊兒談戀愛，日子一天天過，閻王給的三個月期限很快就到來，今天兩人都很有默契地向公司請了一天假，楊辰逸今日整天都與陳謙膩在一起，準備迎接他們在人間的最後一天。

晚上十點，兩人先後洗了個澡，楊辰逸洗完澡上樓回房，卻見到陳謙坐在書桌前動筆寫字。楊辰逸往床邊坐下，他擦著濕漉的頭髮，疑惑問道：「阿謙，你在寫什麼？」

「沒什麼，我只是在打分數而已。」

一提到打分數，楊辰逸心頭又是一緊，他完全把戀愛小本本的事情忘得一乾二淨，他回想起自己要八十分才能免入畜生道，可是前幾週他的表現似乎不盡理想，更何況當時師爺也說了，一旦分數打上去就不能再修改。楊辰逸是真怕陳謙會一時意氣用事，給他連續打了好幾個零分，一想到自己下輩子可能會變成一大鍋滷豬肉，他的心底不禁興起一股惡寒。

「阿謙，我能看一下你的戀愛小本本嗎？」

聽完楊辰逸的要求，陳謙沒有半分遲疑，他爽快地將戀愛小本本遞給楊辰逸。楊辰逸一接過戀愛小本本，他翻開有些陳舊的書皮，第一頁的空白內頁，寫上幾個顯眼的大字，楊辰逸仔細一看，上面寫著……

警告！非戀愛小本本持有者，任意查看本書內容抑或是竄改內容，須處以墮入畜生道輪迴七七四十九次之刑罰。

「……」

「阿逸，你是想知道自己的分數嗎？」

楊辰逸點頭，他默默地把戀愛小本本還給陳謙。

「放心好了，你的分數平均有在八十以上。」

「真的？」

陳謙並未馬上回應楊辰逸，他從容不迫地將戀愛小本本收進抽屜，隨後又坐到楊辰逸的身旁，他摟著楊辰逸，輕柔吻上楊辰逸的唇。

「阿逸，我從來就沒有想過要給你低分，在我心裡，你永遠都是那麼好。」

楊辰逸聽了陳謙的情話，可把他樂得嘴角都快闔不攏。楊辰逸笑說，陳謙實在太過誇大，可是他不知道，其實這些話並不是陳謙過於誇飾的情話，這每一字一句，全是陳謙心底最真切的實話。遲鈍的楊辰逸，或許一輩子都不會發現自己對於陳謙有多麼重要，他是他的曙光、他的救贖，這世上無人能及上楊辰逸分毫。

晚上十一點，距離他們待在人間還剩最後一小時，兩人躺在床上，十指交扣。

「阿謙。」

「嗯？」

「你覺得我們會投胎到哪裡？」

「不知道。」

「如果可以，我希望我們能繼續當鄰居，就像現在這樣，我是哥哥，我會保護這麼愛哭的你。」

楊辰逸的一席話，陳謙啞然失笑，他側頭看了身旁的楊辰逸，說道：「阿逸，下輩子我絕不會再像現在這麼愛哭，我想當個比你還勇敢的哥哥，下輩子由我來保護你。」

兩人相視而笑，雖然他們的生命正在倒數，可是雙方的情緒卻是十分平靜，他們又在床上聊了很多，時間緩緩流逝，距離午夜十二點，還剩五分鐘。

「阿逸，我想跟你道歉。」

「為什麼突然又要跟我道歉？」

「老實說，我有件事一直瞞著你……」

眼看只剩五分鐘兩人就要死了，楊辰逸也無心執著在這點小事上面，他打斷陳謙，不假思索回答道：「好了好了，不管你做什麼，我都原諒你。」

「真的……？」

楊辰逸撐起身子，他親了一口陳謙微微開合的薄唇，爽朗一笑：「真的，不管你做什麼，我原諒你就是了。」

「阿逸……」

陳謙話都還沒說完，兩人又意亂情迷吻在一起，只是他們才親沒多久，門邊卻突然傳來幾聲尷尬的乾咳聲，楊辰逸和陳謙回頭看向聲音來源，門邊站著一高一矮的鬼差，原來是七爺八爺。

兩人兩鬼對視片刻，和藹的七爺面上掛著尷尬卻不失禮貌的微笑，溫聲笑道：「時間不早了，還請兩位盡快隨我們下地府。」

七爺一邊客套的說著，身旁的八爺也沒閒下，他快步走至兩人面前，右手的羽扇往前一搧，楊辰逸和陳謙瞬間就像被抽光力氣似的，他們驟然失去力氣，撲通一聲就往床上倒下，二人的肉身開始緩緩浮出半透明的靈體。

「別磨蹭，閻王已在閻羅殿內等著你們。」性急的八爺，催促道。

鬼差收走陳謙的戀愛小本本，而後又領著兩人下到地府，因為他們三個月前已有先預約登記面見閻王，所以下到地府之後，二人很快就被帶進閻羅殿內。

陳謙和楊辰逸跪在閻王面前，威嚴凜然的閻王，正在仔細審閱陳謙的戀愛小本本，但奇怪的是，閻王看到後面居然為之動容，哭得一把鼻涕一把眼淚，一旁的師爺見狀，更是貼心地把整包衛生紙遞到閻王面前。

「寫、寫得實在太好了……也不枉費本王的用心良苦……」

看著淚流滿面的閻王，楊辰逸實在搞不懂陳謙到底在裡面都寫了些什麼，不過看到閻王這樣的反應，楊辰逸暗鬆一口氣，看來他應該不用再擔心墮入畜生道了。

閻王哭了好半晌，終於收拾好情緒。閻王將戀愛小本本闔上，開始提筆書寫判決書，幾分之後，師爺接過閻王寫好的判決書，高聲朗誦：「楊辰逸，陳謙將這三個月的事情，明明白白記載於這本冊子內，閻王已深刻感受到你的悔過之意，以及你倆之間情比金堅的愛意，閻王也會依約，將你害死陳謙的罪孽一筆勾銷。」

第三十七章　投胎

楊辰逸聽完師爺的宣讀，他不斷對著閻王和師爺磕頭道謝，閻王聞謝，他冷淡地點了下頭便抬手一揮，吆喝門外的鬼差入內將二人帶走。鬼差進入閻王殿，抓起跪地的楊辰逸和陳謙，被架起的楊辰逸，卻倏忽掙扎起來，似是還有什麼話要說。

閻王重拍一下驚堂木，喝斥道：「楊辰逸，休得胡鬧！既然判決已下，你還有何話要說？」

「閻王大人，我有一事相求，投胎之前我能不能不喝孟婆湯……」

「休得胡鬧！這是地府的規定，豈能因為你說改就改？」

楊辰逸強行掙脫鬼差，他趕忙又跪到閻王面前，誠心哀求：「閻王，我希望留著這一世的記憶，好讓我找到來世的陳謙。」

「為何如此執著？你必須給我一個說服我的理由。」

楊辰逸說，陳謙花了大半輩子在等他，可是陳謙等了那麼久，最後卻只換來短短數月的愛情，這對陳謙來說並不公平，所以他才會貿然向閻王提出要求，他想用自己的來世，來償還陳謙的這份不渝的愛意。

「若來世的陳謙忘了你，甚至已不再愛你，這樣你也無妨？」閻王又問。

「無妨。」

楊辰逸堅定的回答，讓陳謙激動地甩開鬼差的箝制，他淚流不止地衝到楊辰逸面前，哽咽道：「阿逸……你不喝……我也不喝……我們……」

二人於眾目睽睽之下，相擁互訴衷腸，此時此刻的場面，好比賺人熱淚的狗血愛情片，坐於大堂之上的閻王，又再次被這兩人感動到潸然淚下。

「楊辰逸，想不到你們二人用情如此之深……本王雖有成人之美，但規定就是規定……」閻王擦著眼淚，語帶鼻音說道。

聽到這裡，楊辰逸心都要涼一半了，孰料，閻王竟又接著說：「不過……本王倒是有個提議，可破例讓你們二人免喝孟婆湯……」

「什麼提議……？」

只見閻王擦乾眼淚，而後又喝了口茶潤了下嗓子：「本來這事，本王是要等你們下次再回地府之時再向你們提起，不過既然你們希望不喝孟婆湯，那本王就趁這個機會，先和你們把話說清楚。」

「前陣子月老親自下到地府來，說是聽聞本王在審判時撮合了一對男鬼，月老對此事十分感興趣，甚至還私下算出你倆確實有姻緣，所以便前來向本王提了個不情之請，他希望你們再次來到地府的時候，想和你們私下會談。」

閻王的一番話，真把楊辰逸搞得一頭霧水，不過既然閻王願意給他和陳謙一個免喝孟婆湯的機會，他當然是要好好把握。

「那麼敢問大人，月老為何會突然對我們的事感興趣？還有……面談的時候我們需要做些什麼？」

「你們有所不知，月老廟和地府不同，月老負責服務凡人，而地府則是管理死人。既然是服務凡人才能獲得香火供奉，那自然是需要更加了解凡間之事，更何況近年人間變化太快，如今男人和男人，女人和女人都能成親，身為月老更應該了解這些事不是嗎？」

這麼一聽，閻王說得好像也不無道理，而且只要和月老聊個天，就可以免喝孟婆湯，這聽上去似乎是筆划算的交易，所以楊辰逸很快就答應閻王的提議。按照慣例，白紙黑字，有憑有據，閻王又讓師爺寫了一張契約讓兩人簽上大名。

楊辰逸接過契約一看，一開始上面寫得倒也沒什麼問題，但越看到後面楊辰逸就越覺得奇怪。契約前幾項條款寫著，陳謙繳回的戀愛小本本，月老將無條件擁有此書，但後面幾項卻又提及，日後戀愛小本本二次利用所獲得的利潤，則是盡數歸於閻王所有，而當事人楊辰逸和陳謙，則能獲得來世投胎免喝孟婆湯之特權。

「好了，如果看過沒有問題的話就簽字，後面還有不少人正等著進殿讓閻王大人審判。」師爺伸手指向契約的空白處，催促二人趕緊簽字。

雖然師爺頻頻催促，但楊辰逸卻總覺得有些詭異，這契約前面幾項並沒有太大問題，最後的孟婆湯也是他想要的結果，但是這第三項怎麼卻是寫上戀愛小本本二次利用的字眼，還有，合約上面更提到利潤全部歸屬閻王，這好像跟閻王剛才提到的不太一樣？

楊辰逸身為一個踏入社會多年的社畜，簽契約的首要條件就是，契約上的每一條項目都必須瞭解地清清楚楚，楊辰逸無視師爺的催促，指著契約的第三項問道：「大人，這上面的第三項，似乎和大人您說的不太一樣。」

閻王見楊辰逸和陳謙二人對契約有疑惑，他倒是沒有催促他倆簽字，反而開始解釋起契約的第三項。起初，月老提出這項要求時，閻王也沒多想搭理，畢竟兩個八竿子打不著的單位，接受了對地府又有什麼好處，但月老卻表明，如今人間變化極快，勢必也要因應凡人做些改變，所以月老想多加了解同性之間的情事，日後也能讓更多的同性愛侶，常上月老廟祈求姻緣紅線。

只是閻王平時公務繁忙，實在沒什麼意願再去蹚這趟渾水，若是陳謙和楊辰逸二人不同意，屆時他斡旋其中也只是徒增困擾，豈料月老竟在這時，提出一個極為誘人的條件。月老說，如果閻王願意出手幫忙，那麼他會將此次的會談，以陳謙的戀愛小本本作為劇本，再以人間常見的人物專訪做成一檔訪談式節目，之後拍出來的節目，將只會在地府獨家播放。

「可是我不明白，那契約上面寫的利潤又是什麼意思？」楊辰逸問。

閻王說，地府不如其他單位，是依賴人間供奉的香火來維持運作，地府的所有經費全由天界發放配給。恰巧月老提了這個提議，閻王正好將這檔訪談節目賣給排隊等待投胎的死者，賣出的所得，也能替地府添購更多現代化設備。

「原先是想與你們商議盈利分潤，但你們卻是要求免喝孟婆湯，不過這樣也好，本王正好可以拿此事與你們做交易，如若你們沒有其他疑問，那就趕緊把字給簽了吧。」

「所以……我們是要拍完節目才能去投胎是嗎？」楊辰逸又問。

「不急，製作節目一事，還是要按照天界的規矩，光是上報審核就得花上不少的時間，待確定下來，後面還有許多事要忙，這一來二去，就足以耗上多年之久，待時機到了，本王會讓鬼差帶你們再次前來地府。」

聽完閻王的解釋，楊辰逸和陳謙倆人也覺得並無不妥，只要拍個訪談節目，就能免喝孟婆湯留住前世記憶，也好過拿到地府專用的冥紙，於是他們二人毫無懸念先後在契約上簽下名字。

師爺將簽了字的契約收回，鬼差進入殿內準備帶走二人，離開前，閻王又留了句話給他們：「楊辰逸、陳謙，你們之間的愛情，本王深受感動，願你們重返人間之後，一生相守，生死不渝。」

「謝閻王大人。」楊、陳二人向閻王叩首道謝。

二人被鬼差帶往奈何橋前，鬼差又像上一回一樣，將兩人丟在原地，先去找孟婆領取快速通行證。

「阿謙你記好，這次投胎你一定要選個好人家……」

陳謙輕輕點頭。

「還有如果我們不是鄰居也沒關係，你記住，只要等著我過去找你就好。」

陳謙拉著楊辰逸，淚眼汪汪地再度點頭。

沒過多久，鬼差已辦完快速通關手續，楊辰逸和陳謙繞過排在奈何橋前的眾鬼們。他們走過奈何橋，橋的對面是一道閃著炫目強光的大門，楊辰逸因強光而下意識地閉起雙眼，他牽著陳謙二人一同沒入那道炫白光暈之內。

楊辰逸感受到眼前強光正逐漸退去，他緩慢地將雙眼睜開，雖然視線還有些模糊不清，不過眼前的朦朧景象卻有幾分熟悉，眼熟的書桌、貼滿泛黃畫紙的牆壁、擺著模型小車的透明玻璃櫃……楊辰逸又用力眨了幾回眼，這次他終於看清楚自己身處何方。

不對、這似乎有哪裡不太對勁……一股無法言喻的詭譎感湧上楊辰逸心頭，他不是去投胎了嗎？那為什麼他現在人卻還待在陳謙的房間裡？

這……到底是發生什麼事了？

第三十八章　最真切的苦澀人生

楊辰逸迅速坐起身，他連忙伸手探了身旁陳謙的鼻息，規律且灼熱的呼氣從鼻下緩緩呼出，這代表著陳謙人還活得好好的，可是這又讓楊辰逸更加搞不懂了，現在他們倆個人到底是有沒有投胎成功？

楊辰逸也不管三七二十一，他伸手猛烈搖晃陳謙，嘴裡還不時喊著要陳謙快點醒來，楊辰逸吵了陳謙將近一分鐘，總算是將他給吵醒。

陳謙睜開睡眼惺忪的雙眼，含糊問道：「阿逸……怎麼了……？」

「阿謙你快點起床，我總覺得好像有點奇怪……」

「奇怪……？」

「我們不是去投胎了嗎？怎麼現在又回到你的房間？還是說地府出現業務過失，所以我們又莫名其妙地活過來了？」

楊辰逸一口氣說了一堆問題，只見陳謙揉了揉眼，他從床上坐起身，拉著楊辰逸的手安撫道：「阿逸放心吧，我們沒死。」

聽陳謙這麼一說，楊辰逸真是一臉困惑，什麼叫做他們沒死？

陳謙瞧著楊辰逸困惑的模樣，他又接著繼續解釋：「我們本來就沒死，這一切都是我跟閻王做的約定而已。」

「約定!?」

陳謙神色比方才嚴肅幾分，他清了下嗓子，開始把完整的事情詳述一遍，其實早在三個多月以前，因鬼差作業疏失而誤將陳謙帶去地府，結果到了閻羅殿前審判時，師爺才驚覺鬼差抓錯人。陳謙一怒之下大鬧地府，他不停嚷著要向天庭投訴地府草菅人命，正所謂，會吵的奧客有糖吃，陳謙這麼一鬧，閻王馬上出面緩頰，他答應陳謙在重生之前，可以許下一個願望作為補償。

「願望……？」

「嗯……這也是下地府之前我要跟你說的事情……」

不知為何，楊辰逸頓時又有一種不妙的感覺。

陳謙說，他向閻王許了一個願望，陳謙要地府的人一起陪他演一場戲，就只為了騙楊辰逸和他一起談戀愛，所以他讓鬼差隨意弄了個名目帶走楊辰逸，再與閻王和師爺串通，聯合起來誆騙楊辰逸和陳謙談戀愛。

聽到這裡，楊辰逸真是晴天霹靂，他的離奇死亡、墮入畜生道、閻王莫名把他倆湊成一對、戀愛小本本寫日記打分數，這誇張到不行的每一件事，竟然全部都是在演戲!?

「不、不是……你到底為什麼要做這些事情……」幾近崩潰的楊辰逸，顫聲問。

陳謙用著楚楚可憐的眼神，眼巴巴望著楊辰逸，歉疚道：「因為我如果不這樣的話，你根本就不肯看我一眼……我是真的沒辦法了，才會找閻王陪我演出這場戲……」

「所以你們從頭到尾都是一夥，就只為了騙我跟你談戀愛⁉」

「嗯……」

楊辰逸聽完只差沒有當場暈倒，原來他自始至終都被陳謙給套路了，而他為了不投胎變成豬，硬是把自己彎成了Gay！結果現在陳謙卻跟他說一切都是在騙他？

「所以那個外流案，也是你弄來騙我的？」

陳謙頻頻搖頭，焦急解釋：「阿逸，那件事我是真的不知道……我只和閻王做約定，你也知道……我就只是單純想跟你談戀愛而已……」

「那剛才簽的那張免喝孟婆湯的契約呢？該不會也是你們聯手騙我的？」

陳謙早就料到楊辰逸得知此事會有多麼震驚及憤怒，他努力解釋了很久，楊辰逸總算是願意相信陳謙和外流案無關，而方才的契約，陳謙說那是閻王和月老私下的交易，他也是直到剛剛才得知。雖然陳謙不斷道歉哀求楊辰逸原諒他的過錯，不過楊辰逸一時之間卻也沒辦法消氣，他甩開陳謙的手，冷著臉就要離開他家，嚇得陳謙趕緊從後面抱住楊辰逸不讓他離去。

「阿逸……我知道我有錯……求求你原諒我好不好……」

「放手，我要回去了。」

「不要……是你自己說過……無論我做了什麼你都會原諒我……」

楊辰逸一聽，差點嘔出一口血來，他竟然又被自己說過的情話給坑了一把。

身後的陳謙還在一個勁兒的道歉，楊辰逸雖然還在氣頭上，但他自己也明白，他不只被陳謙給弄彎，現在更是愛到深處無怨尤。

「阿逸……都是我的錯……拜託你別丟下我……」

身後傳來陳謙哽咽的鼻音，心軟的楊辰逸，一聽到陳謙的哭腔，心頭的怒火立時消了大半，他雖知道陳謙做這些事的背後動機，不過一時半刻他還是拉不下臉原諒陳謙，只見楊辰逸刻意板起臉，轉頭瞪了陳謙一眼：「要我原諒你可以，往後床上的事情，全部都我說了算，一直到我氣消為止」

「……」陳謙倒吸一口氣，頭皮發麻。

「你現在是什麼表情？不願意是嗎？」

「願意……我願意……只要你能氣消你說什麼都好……」

楊辰逸見陳謙答應自己，他笑逐顏開，一個側身回摟住陳謙，他說：「阿謙你聽好了，以後想要上床就要先喊我老公大人，我聽高興了你才能上床，如果你不肯喊，那你就休想碰我一根汗毛。」

「……」

就這樣，這聲老公大人，陳謙一連喊了兩個多月，外加他在床上各種花式討好楊辰逸，總算是順利把炸毛的楊辰逸給安撫下來。

***

半年後。

「阿謙，等等進去你只要專心吃飯，必要的時候，你再出聲回話。」

陳謙點了點頭。

楊辰逸準備打開自家大門，進門前他似乎又想起最重要的事情還沒交代，於是他回頭望向陳謙，慎重說道：「對了，如果他們有問起我是上面的還是下面的，你一定要說我是上面的，知道了嗎？」

陳謙唯唯諾諾地再度點頭。

今天是除夕夜，算了算時間，他們倆人已暗地交往半年多了，不過楊辰逸並不打算一輩子藏著這段關係，於是他特意邀了陳謙一起來家裡吃飯，楊辰逸打算藉這次的機會，順勢向家人坦白他和陳謙在交往的事情。

楊辰逸領著陳謙走進家裡，楊母一見陳謙到來，熱絡地上前招呼陳謙一起吃飯，陳謙踏入楊家的飯廳，飯廳內已坐著楊父和楊辰玲。陳謙同楊辰逸一起入座，楊家四口和陳謙開始吃起這頓晚飯。

今日是團圓圍爐的日子，楊母煮了滿桌子的菜餚，吃飯的時候，楊母和楊父不時開口關心陳謙的近況，字裡行間都是對陳謙滿滿的關切，若從外人的角度看過去，陳謙就如同楊父和楊母的第二個兒子。

「阿謙，你都這個年紀了，交女朋友了沒啊？難道你到現在都還沒有考慮要結婚嗎？」楊母問。

長輩過年的寒暄金句不外乎就是，薪水、結婚、生子這三件事，楊母當然也不例外，只見陳謙還在夾菜的筷子，忽地停在半空中，他並不知道該如何回答楊母這個問題。

早在楊辰逸準備要攤牌之前，他早與楊辰玲做過商量，楊辰逸很明白出櫃這件事肯定會引起不愉快，但他仍希望楊辰玲能多少替自己說些好話。楊辰玲看到陳謙那副欲言又止的模樣，她連忙對著自家老哥擠眉弄眼，要他現在出聲順勢攤牌。

楊辰逸放下碗筷，他悄悄伸手輕拍陳謙的大腿，暗示他別緊張。楊辰逸罕見地一臉嚴肅，他對著楊母說道：「爸、媽，有件事我想跟你們說。」

楊父和楊母順著楊辰逸的話，將視線轉而投向楊辰逸，楊母不解回問：「阿逸你幹嘛？我在跟阿謙講話，你插什麼話？」

楊辰逸也不拐彎抹角，一開口就打算直球對決，他板起臉，正經八百道：「我在跟阿謙交往。」

楊父：「……」

楊母：「……」

楊辰逸出櫃的宣告，讓這頓晚飯的氛圍瞬間降至冰點，楊父和楊母錯愕到都說不上話來，約莫過了十幾分，楊母率先從驚駭之中抽回心神，她狠瞪楊辰逸一眼，額上浮起青筋，顯然就快要氣炸：「楊辰逸，你現在是在跟我開玩笑？」

「我沒有在跟你們開玩笑，我真的和他在交往。」

楊辰逸堅定地又把話重述一遍，他這樣的舉動就像是在提火澆油，非但沒有平息楊母的怒火，反而澈底將楊母的理智線給剪斷。對於楊家而言，楊辰逸是獨子，總歸是要娶妻生子，這樣的觀念，早已根深蒂固深植他們心中，結果現在楊辰逸卻說自己和男人廝混在一起，而且這男人還是他們從小看到大的陳謙，這讓他們情何以堪？

「楊辰逸你現在是哪來的勇氣來跟我說這些？還是你覺得承認自己是同志是一件很光榮的事情？」

相較於楊母尖銳的言語，楊父倒是和緩多了，他嘆了口大氣，試圖勸說：「阿逸，從小到大你要什麼，我們都順著你，可是這種事情……你是要我們怎麼接受……？」

「我不要求你們馬上接受，我只是希望你們能尊重我的決定。」

楊辰逸的回話更是激怒楊母，她氣得指著楊辰逸的鼻子破口大罵：「楊辰逸你是聽不懂你爸說的話嗎？都說了我們不接受你跟陳謙在一起，你到底是在想什麼？往後過年過節的時候，如果有親戚朋友問起你的事情，你是要我怎麼跟他們坦白，其實我的兒子就是個噁心的基佬!?」

失控的楊母，說出口的每一字一句就像把利刃，無情地一刀刀凌遲著楊辰逸。楊辰逸也不是個不切實際的人，這樣的情況他早有預料，所以他也不想再與他們爭論什麼，楊辰逸打算堅定自己的立場，剩下的就是和他們軟磨硬泡消耗時間，一直到他們願意接受陳謙為止。

「楊辰逸你啞巴是不是！我讓你說話，你為什麼不回話？」楊母歇斯底里大吼大叫。

「阿姨……」陳謙眼看楊母已經失控，他想說些什麼來緩和她的情緒，卻被楊辰逸擰了一把大腿，楊辰逸要陳謙閉上嘴別說話。

「媽，妳先別這麼氣，現在風氣都已經這麼開放了，大街上不是一堆登記結婚的同性夫妻嗎？妳也別把事情想得那麼嚴重……」楊辰玲溫聲勸道。

「開放!?楊辰玲妳知道自己現在是在說什麼屁話嗎？妳要不要去打聽其他人家，看看他們的父母對於同性戀是什麼看法？」

就如楊辰玲所說，現在社會風氣都這麼開放了，這種事情多數人似乎都持著開明且包容的態度，但可笑的是，當真的發生在自己家裡的時候，卻沒有人能真的笑著接受，現實並非過於美好的小說故事，不是一句簡單的坦然出櫃，家裡人就能欣然接受。現實真的很殘忍，殘忍到不斷提醒著楊辰逸和陳謙，這並非是場過於真實的噩夢，而是最真切的苦澀人生。

楊辰逸的沉默，非但未換來楊母的消氣，反倒是愈加惹怒她，楊母清楚楊辰逸的硬脾氣，她很明白和自己的兒子軟聲勸說根本就沒有用，於是她也決定豁出去與楊辰逸死嗑到底。

「楊辰逸我告訴你，你如果堅持要跟陳謙走在一起，那你就給我立刻滾出這個家，以後出去也別說你是我的兒子，少給家裡的人丟人現眼！」

第三十九章　我不會丟下你

楊母話一說出口，楊辰逸臉色驀地一沉，同桌的楊父、楊辰玲臉上的神情也同樣好不到哪裡去，他們哪裡能料到楊母竟會氣成這樣，甚而用斷絕關係這種激烈手段，來逼迫楊辰逸做出選擇。

陳謙一聽這話，他也莫名急了，楊辰逸都還沒開口回話，他就先一步對著楊母說道：「阿姨……我……」

只是陳謙話都還沒說完，楊母硬是打斷陳謙，忿忿回道：「陳謙，從小到大阿姨有虧待過你嗎？你要喜歡誰我管不著，可是你就非得要來找我們家阿逸嗎？他跟你不一樣，他有父母、有親戚，這種事情說出去，以後他身邊的人會怎麼評論他？」

「……」陳謙本想勸楊母別這麼意氣用事，豈料楊母的一番話，卻堵得陳謙不知該如何回答。

「媽，妳剛才的話真的太過份了……他們也是有互相喜歡才會在一起，否則誰會無聊到拿這種事來開玩笑……」相較楊辰逸的沉默，楊辰玲不假思索地出聲反駁楊母。

「過分？楊辰逸你在做這些事情的時候，真的有考慮過家裡人的感受嗎？」楊母又把話鋒轉到楊辰逸身上，小時候楊辰逸任性也就算了，就這件事她絕不會答應。

遲遲不發話的楊辰逸，猛然站起身，他垂著頭給了楊父和楊母一句道歉。

「爸、媽，對不起，都怪我太自私一心只想著自己好，我晚點就去收行李，省得在這裡繼續給你們丟人。」

這一年，楊辰逸在親情和愛情之間，他毫無懸念地選了愛情，楊辰逸自己也很明白，楊母說的每一句話全都是事實，可是楊辰逸卻怎麼也想不透，喜歡上陳謙的他，到底是錯在哪裡了？其實楊辰逸要得很簡單，他不求自己的父母接受陳謙，他只是想要他們的理解和尊重，可是就連這麼一點尊重，在他們的面前卻成了無理取鬧，父母這樣的態度，著實讓楊辰逸感到心寒。

為了不給家裡人丟顏面，楊辰逸和陳謙一起搬離了從小長大的社區，他們在公司附近的精華地段租了一間套房，兩人開始過起同居生活。雖然陳謙心底感動楊辰逸的決定，只是楊辰逸和家裡斷了聯繫這件事，卻也不是陳謙所樂見的。為了盡快打破這個僵局，也為了盡早讓楊家父母接受他們的感情，陳謙總是三不五時買些補品或是時令水果，再私下請楊辰玲假借楊辰逸關心家裡人的理由，將禮品帶回家裡孝敬楊家二老。

二年後，某咖啡廳。

「謙哥，你這兩年也用我哥的名義送了不少東西，雖然我媽還不知道那是你送的，但我隱約感覺她已經消氣很多，再過幾天就要中秋了，你看要不要和我哥一起回家裡一趟？」楊辰玲戳了一小塊蛋糕放進嘴裡，含糊說道。

「那妳能先幫我試探一下阿姨的意思嗎？我就怕又會像之前一樣……」

「不用，你就跟我哥直接過來，你讓我去打聽，想也知道我媽又會死鴨子嘴硬，問了也是白問。」

楊辰逸和楊辰玲這對兄妹，處事態度全是一個樣，他們不拐彎抹角，總是想到就做，雖然陳謙也想要讓楊母早日原諒楊辰逸，只是面對這種事，還是不能太操之過急，他就怕一個不小心又會弄巧成拙，反倒把先前的努力給全部搞砸。

「好吧，我會再和你哥討論一下。」陳謙婉轉回道。

兩人又多聊了幾句，陳謙先行離開咖啡廳，回家前，他特地繞去附近的夜市，給楊辰逸買了幾樣他愛吃的小吃。

晚上九點半，陳謙回到兩人的租屋處，楊辰逸坐在椅子上看著電視，他的肩頭掛了一條毛巾，頭髮還有些濕潤，看上去應是剛洗好澡沒多久。

陳謙將手上的宵夜放到小桌上，他坐到楊辰逸身旁，拿起他肩膀上的毛巾替他擦起還在滴水的頭髮。楊辰逸側了個身，由著陳謙替自己擦頭髮，自己則拿起陳謙買回來的宵夜逕自吃了起來。

「剛才跑去哪裡鬼混了？怎麼這麼晚才回來。」

「沒什麼，今天和 Leo 吃飯聊多了，所以才會晚了一點。」

雖然楊辰逸在G公司還是可悲的資深研發工程師，可是陳謙卻不一樣，現在的他，已是G公司的研發副理。這一年以來，陳謙偶爾會和G公司的高層私下吃飯，今日他確實有和 Leo 一起吃晚飯，只是去見楊辰玲這件事，陳謙暫時還不打算和楊辰逸坦白。

「是嗎？」楊辰逸回頭，半信半疑地盯著陳謙瞧。

陳謙都還沒回話，楊辰逸便一個側身抱住陳謙，他開始在陳謙的襯衫上聞聞嗅嗅，雖然楊辰逸知道他的阿謙真是乖到家了，只是有一個帥到泯滅人性的男朋友，他還是要適當提防路邊的野花黏到陳謙身上。

嗅了很久，楊辰逸總算確定陳謙的衣服上沒有可疑的香水味，他推開陳謙，繼續啃著吃到一半的雞腿，說道：「所以 Leo 今天又為了什麼事情找你吃飯？」

每回陳謙晚回家，楊辰逸總會這麼摟著他，一直聞陳謙身上有沒有香水味，雖然這樣的行為太過孩子氣，可是陳謙卻特別喜歡他這樣。陳謙喜歡和楊辰逸膩在一起的感覺，更喜歡楊辰逸把心思放在他的身上，這樣的阿逸，真的很迷人。

「沒什麼，只是在討論明年初要和知名影星，推出聯名限定洗沐的事情。」

「喔？這次是要和哪一個藝人合作？」

「是最近得了最佳男主角的溫ＸＸ，而且以他現在的年紀，正好對到我們公司產品主要客群的年齡，所以行銷部就建議找他來代言，而這次推出的聯名洗沐……」

兩人又談了好一會兒的公事，眼看時間也不早了，楊辰逸本來想讓陳謙趕緊去洗澡休息，但是陳謙卻又摟著他不放。

「阿逸，有件事我們商量一下好嗎？」

「怎麼了？」

「我是想說……你要不要偶爾打個電話關心家裡近況，都已經兩年了，你媽她……」

楊辰逸也不傻，陳謙話才說一半，他就大概猜出陳謙想表達什麼，楊辰逸打斷陳謙，說道：

「家裡的狀況我私底下都有在問楊辰玲，我媽的個性我很懂，她就是個特別保守又愛面子的人，我自己也很怕她會氣我一輩子，可是你知道嗎……比起這個，我更怕她要我去傷害你……」

楊辰逸伸手撫上陳謙的臉龐，苦笑說：「我一看你傷心掉淚我就會心痛得要命，我哪裡有辦法狠下心來把你拋棄，改和其他的女人在一起？」

「阿逸……」

楊辰逸說沒幾句，他的阿謙又被感動到熱淚盈眶。楊辰逸用著油膩的手指，戲謔般捏了一把陳謙的臉頰：「哀呦，我的男朋友怎麼說沒幾句又要哭了，時間不早了，你快點去洗澡，我明天會再找個時間打電話回去的。」

陳謙點了點頭，他站起身，準備要回房拿乾淨衣物，楊辰逸卻陡然想起一件重要的事情。

「阿謙，下個月開始，我的零用錢能再多給我二千嗎？」

「現在的零用錢還不夠嗎？」陳謙眉頭輕皺，語氣冷了幾分。

「自從我把存摺印章都交給你保管，我每個月也就只能花這麼點錢……有時候月底了，我連一杯手搖飲料都買不起……」楊辰逸越說越心虛，他就怕陳謙會拒絕他的要求。

兩人同居沒多久，楊辰逸便下定決心洗心革面，他把自己的存款本子全給陳謙保管，讓陳謙來約束他花錢，於是陳謙也照著楊辰逸的要求，每個月只給他少少的零用錢，目的就是為了幫助楊辰逸改掉亂花錢的壞習慣。不過大概是楊辰逸剛才說了感人肺腑的情話，陳謙這次倒是很爽快地答應楊辰逸的要求。

有了陳謙這次的提點，楊辰逸也試著給家裡打電話，起初，楊母仍是不願與楊辰逸說上半句話，不過值得慶幸的是，楊父的態度倒是軟化許多，他已經願意和楊辰逸在電話裡聊上幾句話，有了這樣的轉變，陳謙更是不時推著楊辰逸給家裡多打幾通電話。

這樣的日子又過了一年，陳謙照常送禮，楊辰逸定時打電話回家關心，雖然楊母仍不知情那些禮品都是陳謙買來的，但這樣循序漸進式的討好，儼然已起到效用。

『阿逸，你媽她雖然沒有明說，可是我看得出來她還是很擔心你，今年過年你就回家一起吃個飯，讓你媽看看你吧……』楊父蒼老的聲音，從電話另一端傳了過來。

「好，那我……」

『還有這次……你自己回來就好……吃飯的時候……你也別在你媽面前提到陳謙……』

「……」

通話結束，一旁的陳謙看楊辰逸臉色沉重，連忙問道：「怎麼了？該不會是伯父對你說了什麼難聽的話？」

楊辰逸惆悵地搖了頭，他說，他本來想帶著陳謙一起回家，可是他爸卻要求他一個人回家就好。楊辰逸很快就明白，這些年下來，他的父母心底仍是不諒解他和陳謙走一起的事情。

「阿逸，你今年就回家吃飯吧，他們好不容易……」陳謙神色黯然，他故作堅強地撐起笑容。

楊辰逸湊上前親了陳謙，刻意打斷陳謙繼續往下說，楊辰逸咧嘴一笑，淡然笑道：「我就送個禮盒給他們但是不進去吃飯，陳謙，你也是我的家人，我不會丟你一個人吃年夜飯的。」

第四十章　我們結婚好不好？

除夕夜當天，楊辰逸提著水果禮盒來到自家大門前，而陳謙則站在不遠處等著楊辰逸。

叮咚——

楊辰逸按下門鈴沒多久，楊辰玲很快就出來應門，她的後方還站著楊父和楊母，或許是太久沒有返家，楊辰逸陡然這麼一看自己的父母，總覺得他們又老了好多。

「爸、媽。」楊辰逸率先打了聲招呼。

楊父走上前，他拉著楊辰逸的手，示意他趕緊進來吃飯，可是楊辰逸卻推開父親的乾枯老手，苦笑道：「爸、媽，這個補品給你們補身子，我今天就先不回去吃飯了……」

「阿逸……你難得回來一趟……怎麼不吃個飯再走？」楊父訝異問道。

「爸，真的抱歉，你們先吃吧，我晚點還要回公司忙呢。」

「楊辰逸你知道什麼叫做為人子女嗎？你真的有那麼忙？忙到連吃一頓飯……」楊母話說到一半，她卻赫然驚見門口不遠處站著陳謙，這時她才明白，原來她的兒子並不是忙於公事，而是為了陪在陳謙身邊。

「媽，對不起……這個人蔘精你們……」楊辰逸雖知道楊母不悅，但他仍笑著將禮盒遞到楊母面前。

啪！清脆響亮的巴掌落在楊辰逸臉上，他拿禮盒的右手也停在半空中，遠處的陳謙也清楚見到這一幕，他看見楊母重重甩了楊辰逸一巴掌。

「楊辰逸，你就一定要為了一個男人來跟家裡人嘔氣是嗎⁉」

「……」楊辰逸提著禮盒，低頭不語。

「你走！你馬上給我走！我不想再看到你！」

碰！

楊母吼完便大力將門甩上，楊母一關上門，家裡登時又亂成一團。

「我好不容易勸阿逸回家一趟，妳就一定要把場面弄成這樣才甘心？妳難道忘了嗎？阿逸不只是我的兒子，更是妳懷胎十月生下來的孩子啊！」忍無可忍的楊父，對著楊母吼道。

「妳如果再繼續這麼堅持，等妳哪一天真的失去阿逸的時候，妳就別來對著我喊後悔！」

「媽，我知道妳討厭他們在一起，可是我真的快要忍不下去了，妳知道謙哥為了讓妳跟哥趕快和好，這些年我拿回來家裡的禮品，全部都是謙哥買來給妳的！」

「什麼……？」楊母咋舌。

「謙哥也不求妳們接受他，他瞞著大家，一個人默默地在做這些，他一心只想著讓妳和哥趕緊和好，可是妳卻只知道顧著自己的面子……」

「……」

「謙哥妳從小看到大，他的家庭怎麼樣妳不是最清楚，妳如果願意接受他們的話，謙哥也一定會把妳當成自己的媽媽來孝順，我是真的想不明白，妳的面子到底有多重要？重要到連自己的親生兒子都可以不要⁉」

楊母傻愣站在原地，眼前的楊父和楊辰玲還在不停數落著楊母，可是後頭的話，她卻是一句都沒聽進去。在這個看似開明的社會，但當這種事情發生在自己家裡的時候，親人又該用什麼心態去面對這一切？楊母心裡其實十分迷茫，她從未想過自己的兒子性向會和正常人不一樣，所以她不知道到底該用什麼心態去正視這樣的兒子。三年多了，楊辰逸依舊沒有回頭，她……到底該怎麼做才好？

與此同時，楊辰逸提著禮盒和陳謙兩人一起回到租屋處，方才的每一幕，陳謙都看在眼裡，楊辰逸雖然表面笑著說沒事，但陳謙知道楊辰逸又在逞強。

「阿謙，義大利麵不好吃嗎？還是我去附近超商再買點其他的回來？」

因為今天時逢除夕，路上的店家幾乎都提早打烊回家團聚，買不到外食的兩人，只能去超商買些微波食品回家，而陳謙手上那碗義大利麵，只吃了一半就被他擱到一旁。

「阿逸……你還好嗎……？」

「嗯？怎麼了？」

「剛才的事……」

楊辰逸拿起那半碗麵，他對著發燙的麵條呼了幾口氣，隨後又把麵條餵到陳謙嘴裡，他說：

「我沒什麼事，你別擔心，他們現在只是還不懂你的好，等他們明白了，也就不會再這麼跟我生氣了。」

「我本來還想著這次能帶你回去，順便在我媽面前和他說家裡的禮盒，全是你買來要孝敬她的，只不過今天大概還不是時候，我們就耐心點等吧，我爸媽他們總有一天會看見你的好。」

打從楊辰逸開始和家裡人通電話，他就知道陳謙瞞著他偷送禮盒這件事，楊辰逸本想讓陳謙別繼續買東西，可是陳謙卻是異常堅持要繼續送，拗不過他的楊辰逸，只好就這麼放著陳謙去做這些事。

「阿逸……謝謝你……」

眼看陳謙眼角又閃著淚光，楊辰逸又塞了好大一口麵到陳謙嘴裡，笑道：「你這個愛哭鬼，今天是大過年，你的眼淚給我忍著點。」

陳謙淚汪汪地點了點頭，楊辰逸就這麼一邊哄著他的愛哭鬼，一邊餵完手上的義大利麵。

這一年，是楊辰逸和陳謙一起度過的第三個年夜飯，如果可以，他希望有生之年，他的父母能真心接納陳謙，而他也能牽著陳謙的手走進自己家裡的飯廳，一起和他的家人吃上一頓真正地年夜飯。

雖然今年的過年不盡理想，可是在這之後，楊辰逸還是照常給家裡打電話，陳謙的禮品還是不時在買，他們仍不氣餒地繼續做這些事情，就只為了能得到家人的諒解。

這樣的日子又過了一年，陳謙又如往常那般，私下約楊辰玲到咖啡廳見面，只是今天來的人卻不只有楊辰玲，她的身旁還坐了楊母。

「我這次來，是要跟你說這些東西別再買了。」

「……」

「先前我讓楊辰玲把你拿來的東西全部退還給你，可是她說你不收，所以我是特地來這裡當面跟你說清楚的。」

「阿姨妳如果覺得有負擔我可以不送禮，可是都這麼多年了……妳和阿逸……」

「我和阿逸的事情，我會自己處理，不用你……」

一旁的楊辰玲，用力拽了一把楊母，低聲道：「媽！妳好好講話是會怎樣嗎？妳剛才出門前不是才答應過我了嗎？」

楊辰玲這聲勸阻過後，楊母就不再說上半句話，三人坐在咖啡廳內乾瞪眼，氣氛很是尷尬，而陳謙也在這次會面裡承諾楊母不再送禮，半小時過去，楊母率先開口要求楊辰玲去櫃台結帳。

楊辰玲離去，留下陳謙和楊母面對面坐在位置上，陳謙低著頭，視線緊盯已經喝空的咖啡杯，他就怕自己再多說什麼又會惹得楊母不快。

「陳謙。」

陳謙疑惑抬頭，兩人一對上眼，他卻見到楊母臉上的表情，扭捏得有些不自然。

「陳謙你回去告訴阿逸，讓他下禮拜六回來家裡一起吃飯……」

「……阿姨？」

「還有……你也跟阿逸一起過來吃飯……」

「……」陳謙不可置信地瞪大雙眼，他甚至還有那麼一瞬間以為自己聽錯了什麼。

「我年紀大，沒有你們年輕人開放，我用了很多年來調適自己的心態，始終還是沒辦法完全放下心裡的疙瘩……」

「……」

「不過你放心，雖然我還不能接受你們兩個在一起，可以的話，我想先從尊重開始，你們的事情我以後也不會再去干涉……」

結完帳的楊辰玲大步走回，她拿了放在椅子上的包包，說道：「媽，走吧，我結完帳了。」

楊辰玲和楊母離開咖啡廳，陳謙卻又從咖啡廳裡面追了出來，他喊下準備坐上車的楊母：「阿姨……真的很謝謝妳……」

楊母冷淡地應和一聲，她才剛坐進計程車內，卻又突然搖下車窗對著陳謙說道：「陳謙，我拒絕你的東西，不是因為我討厭你，而是家裡也就只有幾個人而已，實在吃不下那麼多東西，所以我才會要你別再買過來了。」

計程車駛離咖啡廳，回程途中，楊辰玲用手偷偷撞了一下楊母，她側頭靠近楊母，小聲說道：「媽，剛才我離開的時候，妳有沒有又對謙哥說了什麼難聽話？」

「我剛才那樣說話，到底是哪一句難聽了？」楊母擰了楊辰玲的大腿肉，咬牙切齒道。

「所以妳有好好跟他說，妳要找他們回來家裡吃飯嗎？」

「廢話！我當然有好好講，都已經過了這麼多年，我也算是想通了，與其剩一個女兒來孝順我，倒不如讓你們三個一起來養我，這樣豈不是更好？」

楊母態度軟化的好消息，很快就傳到楊辰逸耳裡，一向堅強的楊辰逸，聽到這個消息竟然哭得比陳謙還慘烈。他抱著陳謙哭說，他終於可以光明正大地牽著陳謙的手，和他最愛的家人一起坐下來好好吃頓飯。

***

一年後，G公司，晚上六點，研發部辦公室只剩幾盞燈還亮著。

「阿逸，你還有很多資料要用嗎？」陳謙走出自己的辦公室，他來到楊辰逸座位旁，輕敲他的桌面幾下。

楊辰逸目不轉睛地盯著螢幕，指尖迅速在鍵盤上敲敲打打：「阿謙，你先回去吧，餓的話你先吃晚飯沒關係。」

「不急，你慢慢來，我先去買晚餐，我等你回家再一起吃。」

只是陳謙離開辦公大樓沒多久，楊辰逸也馬上把電腦關上，他提著公事包，匆匆刷了下班卡，他騎上摩托車趕緊離開公司，只是他卻沒有直接回到租屋處，而是又去了另一個地方。

楊辰逸將摩托車停在一間銀樓前面，他推開門，掏出口袋裡的收據放到櫃台上，羞赧笑說：「妳好，我來拿我訂的東西。」

坐在櫃台的小姐，按照收據上寫的明細，拿了一個戒指盒出來，楊辰逸打開戒指盒，再三確認裡面是他預訂的東西無誤，便又急匆匆地離開銀樓。

晚上七點半，楊辰逸回到租屋處，他見到桌子上擺著兩顆便當、一個訂製的四吋小蛋糕、一個包裝精緻的禮物盒。

「阿逸先吃飯吧，晚點來吃蛋糕。」

今天是楊辰逸的生日，兩人吃完便當、蛋糕，身旁的陳謙便迫不及待催著楊辰逸將禮物打開，可是楊辰逸卻沒有在第一時間將禮物拆開，反而神祕兮兮地要陳謙先閉上眼睛。

「阿逸，你要做什麼？」

「阿謙快點閉上眼睛，今天我也有買禮物要給你。」

「禮物……？」陳謙閉上眼，不解問道。

楊辰逸拿出口袋內的戒指盒，他拿起戒指，二話不說就往陳謙的手上戴，察覺到異樣的陳謙立即睜開雙眼，他視線往下一看，自己的左手中指被楊辰逸套上一個銀戒。

「阿謙，我們結婚好不好？」楊辰逸紅著臉，笑問。

「……」

「現在我爸媽對你的態度也比以前好上許多，更何況我們也在一起五年了……所以我想說也是時候跟你提這件事了……」

「……」

「阿謙對不起，你老公的腦子很笨，我賺不了大錢給你買很貴的戒指……就連這個求婚戒指也是我用零用錢存了很久才買下來的……」

楊辰逸猝不及防的求婚，陳謙的腦子霎時一片空白，原來楊辰逸早在好幾年前就想著要給他買戒指，所以他才會厚著臉皮要陳謙給自己加零用錢。楊辰逸的求婚，沒有誇張的排場、沒有昂貴的求婚戒指，他用了好幾年的時間，一點一滴地存了錢要給陳謙買婚戒，然後再用最真摯的愛意來給陳謙戴上求婚戒指。

「阿逸……我……」陳謙淚如泉湧，他哭到就連話都說不好。

楊辰逸早就料到陳謙會這麼哭哭啼啼，他拿起桌上的面紙，不停替陳謙擦拭落下的眼淚，直到他情緒恢復平靜為止。

「我的愛哭鬼，你還沒回答願不願意跟我結婚。」楊辰逸溺愛地捏了一把陳謙的臉頰。

哭紅了眼的陳謙，對著楊辰逸輕輕點頭。

「阿逸……今天我給你準備了生日禮物……你快點拆開來看……」

楊辰逸順著陳謙的話，他拿起桌上約莫十公分大小的方形禮物盒，只是他一拆開來，卻驚見禮物盒裡面也同樣放著一個戒指盒。楊辰逸拿起戒指盒打開一看，裡面是一個刻著細膩浮雕的金戒。

只見陳謙的俊顏，浮起羞臊的殷紅，他拉著楊辰逸的手，替他戴上金戒，囁嚅道：「阿逸，換我問你了……我們結婚好不好？」

「等我們結婚那天，我會再買一個比這個更好更貴的戒指給你……」

「阿逸你賺多賺少我都不在乎，你不需要給自己這麼大的壓力，我也會努力賺錢，以後你想要什麼，我一定會拚命賺給你，所以你別擔心跟著我會吃苦……」

陳謙不停在楊辰逸面前說著和他結婚的好處，他那副模樣真把楊辰逸給逗笑了，他捧起陳謙俊朗的臉龐，輕聲笑說：「傻瓜，像你這麼好的人，我當然願意和你結婚。」

「阿逸……我真的好愛你……」才剛止住的淚水又瞬間湧上陳謙的眼眶，他一邊哭一邊反覆說著他很愛楊辰逸。

看著這樣的陳謙，楊辰逸笑彎了眉眼，這些眼淚，全是陳謙對楊辰逸的愛。陳謙，就是個徹頭徹尾的傻子，他愛楊辰逸更甚於自己，這樣的傻男人，楊辰逸要如何能不愛呢？

「阿謙，我也愛你。」

完。

要彩虹9　PG2916

要有光 FIAT LUX

閻王叫我和他談戀愛

作　　者	咩嚕羊
責任編輯	陳彥儒
圖文排版	陳彥妏
封面設計	王嵩賀

出版策劃	要有光
發 行 人	宋政坤
法律顧問	毛國樑　律師
印製發行	秀威資訊科技股份有限公司 114台北市內湖區瑞光路76巷65號1樓 電話：+886-2-2796-3638　傳真：+886-2-2796-1377 http://www.showwe.com.tw
劃撥帳號	19563868　戶名：秀威資訊科技股份有限公司 讀者服務信箱：service@showwe.com.tw
展售門市	國家書店（松江門市） 104台北市中山區松江路209號1樓 電話：+886-2-2518-0207　傳真：+886-2-2518-0778
網路訂購	秀威網路書店：https://store.showwe.tw 國家網路書店：https://www.govbooks.com.tw
總 經 銷	聯合發行股份有限公司 231新北市新店區寶橋路235巷6弄6號4F 電話：+886-2-2917-8022　傳真：+886-2-2915-6275

出版日期	2023年8月　BOD一版
定　　價	340元

讀者回函卡

Printed in Taiwan

國家圖書館出版品預行編目

閻王叫我和他談戀愛 / 咩嚕羊著. -- 一版. --
臺北市 : 要有光, 2023.08
面 ;　公分. -- (要彩虹 ; 9)
BOD版
ISBN 978-626-7058-99-2(平裝)

863.57　　112010888